Krzysztof Kieślowski & Krzysztof Piesiewicz

基耶斯洛夫斯基 & 皮耶谢维奇　电影剧本集

〔波兰〕克日什托夫·基耶斯洛夫斯基　克日什托夫·皮耶谢维奇　著

DEKALOG

十诫

沈河西　译

邓鹤翔（Damian Jaśkowski）　校译

上海文艺出版社
Shanghai Literature & Art Publishing House

克日什托夫·基耶斯洛夫斯基1941年6月27日生于华沙。他的处女作是短片《电车》（1966），当时他还是罗兹电影学院的学生。1969年毕业后，他拍摄了更多的纪录片，其中最有名的是《工人》（1971），讲的是1971年什切青大罢工。他的第一部剧情长片是1976年的《生命的烙印》。《影迷》（1979）为他摘得莫斯科电影节一等奖，也奠定了他在波兰"道德焦虑电影"[1]学派的领军地位。《机遇之歌》（1981）拍摄时，波兰正值"团结运动"[2]爆发之际，官方颁布戒严令后，该片被禁，直到1987年方解禁。《无休无止》（1984）

---

[1] 指战后波兰电影的一个经典潮流，主要时间段为1975至1981年。——本书注释均为译者注，不再一一列明。
[2] 指由1980—1989年间波兰最大的反对派组织波兰团结工会发起的工人运动，该运动对波兰及东欧政治格局产生深远影响。

是基耶斯洛夫斯基与律师克日什托夫·皮耶谢维奇合作的第一部电影。他们的下一个电影计划便是《十诫》。1990年，他俩合作完成了剧本《维罗妮卡的双重生活》，该片拍摄于法国和波兰，于1991年发行。两人最后合作的作品是《三色三部曲：蓝，白，红》，拍摄发行于1992到1994年间。1996年3月13日，基耶斯洛夫斯基病逝。

克日什托夫·皮耶谢维奇生于1945年10月25日。1970年从华沙大学法律系毕业，之后做了三年实习律师，后决定专攻刑法。1981年戒严令的颁布让他更多地介入政治案件。皮耶谢维奇与基耶斯洛夫斯基初识于1982年，当时后者正在拍摄一部关于戒严令下的政治审判的纪录片。后来基耶斯洛夫斯基就他正在筹拍的电影向他咨询法庭问题：结果就有了《无休无止》。拍摄《十诫》的想法是皮耶谢维奇提议的。他称自己为基督徒，而非天主教徒。皮耶谢维奇与妻子和两个孩子定居华沙。

目录

1
前言

十诫

1　　第一诫
45　　第二诫
81　　第三诫
117　　第四诫
159　　第五诫之杀人短片
209　　第六诫之爱情短片
259　　第七诫
299　　第八诫
331　　第九诫
385　　第十诫

前言

2018年12月的上海，克日什托夫·皮耶谢维奇先生给我们看了克日什托夫·基耶斯洛夫斯基不多的生活照，他指着其中一张瑞士小木屋前的留影和一张套着游泳救生圈的留影，平静甚至严肃地说"看，就是这个家伙"。《基耶斯洛夫斯基&皮耶谢维奇电影剧本集》的出版计划便是在那时进入了细节的讨论。

"1984年到1993年间，我们一起写了十七部电影"，皮耶谢维奇曾提起1982年他与基耶斯洛夫斯基相识于华沙一家灰冷的咖啡馆，之后才有了所有的合作，从首部《无休无止》到《十诫》《关于杀戮的短片》《关于爱情的短片》《维罗妮卡的双重生活》和《三色》，以及日后未竟的计划。基耶斯洛夫斯基将两人的编剧工作和剪辑阶段的讨论描述为"难分彼此"。两位克日什托夫的作品向世人提出了恒在的疑惑——"我们为何活着",当年的波兰、紧接着的欧洲和日后的世界消费主义,令每一个体都孤独地面临着"为何活着"的问题。

1966—1981年间,在《无休无止》之前,基耶斯洛夫斯基已经完成了十九部纪录片,包括纪录片处女作《办公室》(1966)和他决意不拍纪录片前的最后一部《车站》(1980);担任编导的剧情片十部,包括——纪录剧情片《初恋》(1966)和《履历》(1975);短片《电车》(1966)、《愿望音乐会》(1967)和《人行地道》(1973);电视长片《人员》(1975);以及长片《生命的烙印》(1976)、《宁静》(1976)、《影迷》(1979)和《机遇之歌》(1981)。

回看影片《无休无止》及剧本,这一合作起点已可见对灵魂的探讨,他们在日常中观察着由机遇、决心和自由三者组合而成的个体命运。基耶斯洛夫斯基强调自己在每件事物上都追求一种抽象概念的"超越",最后,由每一个细察和悲悯镶嵌而成的微观"超越"成了他的作品总和;而皮耶谢维奇则在个体与世界、信仰与规训的命题上,带来了观念的深度和普适性,这让基耶斯洛夫斯基的的电影从《无休无止》开始,亦即

1984年之后，进入了另一阶段，发展并逐步完成了一种安杰伊·瓦伊达（Andrzej Wajda）所说的"悖论式创作"——通过心理学和精神层面的棱镜，观察着当代生活。

《十诫》的灵感起于1983年，律师皮耶谢维奇阅读了《轨迹》一书并在波兰国家博物馆反复观看了一幅匿名油画，画作里道德戒律被引入世俗社会。他向正处于《无休无止》剪辑工作的基耶斯洛夫斯基建议"为什么不拍《十诫》"。1985年后的十个月，他们一起完成了十个电视电影剧本及两个衍生电影版，并在1987年3月开机，拍摄及后期制作共用廿一个月，也就是说，两年时间拍摄了十二部电影。

从1987年12月单片《关于杀戮的短片》的波兰试映，到戛纳电影节的多部放映，及至1989年9月威尼斯电影节的全系列电视电影首映，《十诫》和这位47岁才真正走向世界的电影作者带来的震动是多重的。最首要的是其创作的形式与方法，为当时正经历电影的过度商业化转向和意识形态新命题的欧洲带来了某种振奋。其次，《十诫》在全新定义了电视电影的模式及可能性的同时，对艺术、法律、神学、民族和文化思想界，以及各大洲几十个国家（包括中国）的观众的影响延续至今，而就其中大部分而言，是十分深刻的影响。

二十世纪八十年代，华沙Dzika街公寓大楼若干个窗口延伸出来的故事，由于其所表现的人性、光影和声音的力量，触动了观看者难以言说的经验或想象之地。电影让角色们所背负的道德伦理的无解难题，并未受地域和时间所限，成为每一位当下的观众走出影院时沉思的开端。每部影片由《十诫》的一个句子而来，皮耶谢维奇的职业积累、博览群书和哲学关怀，转化为基耶斯洛夫斯基对场景、摄影机、演员、道具和后期剪辑等等不计其数的确切选择，其中包括那个无名的年轻人，如同复调注解一般现身于每一集，但唯独第十集不见踪迹。

1991年的《维罗妮卡的双重生活》（也译作《两生花》）可以说是《十诫》与《三色》的间奏，基耶斯洛夫斯基的电影由此开启了从波兰到法国的旅程。这部两国双城电影，先后在波兰的克拉科夫和法国的克莱蒙·费朗（以及巴黎）拍摄，它可能暗示着信仰（波兰）和理性（法国）、围绕木偶师的诸多隐喻，以及相似与等同的问题。此外，片中预言般的心脏问题的情节，源自《第九诫》，也使两个维罗妮卡的神秘关联被悬置起来。然而，皮耶谢维奇认为，《双重生活》是一部很难用理性分析的电影。

故事要表现的是分处两地的一个自己和另一个自己，一明一暗的前、后景对峙有美学的考虑，也暗示着两位克日什托夫的"后《十诫》心态"和女性进入主视野后对"实存"与生命意义的仔细掂量。剧本酝酿和动笔的1989—1990年，波兰面临改制，皮耶谢维奇则刚刚遭遇恐怖的家庭悲剧。最后，正如我们所见，电影在"相同者的永恒轮回"和"希望"之间寻找着平衡。基耶斯洛夫斯基曾就此说过，"很难分清剧本哪个地方究竟是谁的想法，……我们两人几乎讨论一切事物。"

电影《双重生活》中，最直观体现剧本字里行间的灵性、预感和未知关联的，便是音乐——由兹比格涅夫·普瑞斯纳（Zbigniew Preisner）创作。在导演仅能提供一个剧本及大致设想的有限条件下，普瑞斯纳成为（可能是唯一的）阅读剧本文字进行创作的电影配曲师。普瑞斯纳与皮耶谢维奇同期加入基耶斯洛夫斯基的故事片创作，一起完成了导演1984年之后的所有十七部电影；也就是说，《无休无止》一片，也启动了这个"导演、律师、配乐师"三位一体的电影团队。

法国制片人马林·卡密兹（Marin Karmitz）怀着极大的认同感和孤注一掷的勇气开启了与基耶斯洛夫斯基的合作项目《三色》，他曾描述说，基耶斯洛夫斯基身上有一种不断折磨着他的自觉性。

《三色》包含着三组数字"3"。首先是片名所指的法国国旗的三种颜色；其次是三个词：自由、平等和博爱；最后，是故事所发生的三个国家和城市：法国巴黎（《蓝》）、波兰华沙（《白》）和瑞士日内瓦（《红》）。《三色》延续着两位编剧的数字游戏，《十诫》的"10"、《维罗妮卡的双重生活》的"2"和《三色》的"3"，可能呼应着的是1981年《机遇之歌》最初的"3"，以及因基耶斯洛夫斯基去世而被搁置的剧本计划——源自但丁的三部曲：《天堂》（当时已完成）、《炼狱》和《地狱》。而《红》结尾处对获救人员的安排，让整个三部曲旋即成为一个电影中的电影。这种含游戏意味的超越，在音乐中也有迹可循——《第九诫》中被虚构出来的荷兰古典音乐家范·登·布登梅尔（Van den Budenmayer），他的作品被《三色》使用，而《无休无止》的葬礼主题曲在《蓝》中重现。

纪录片时代起就以聚焦人和个体现实而与众不同的基耶斯洛夫斯基，其最为之努力的对真实的追求，在《三色》里仍显现在每幅画面的边缘、一场戏的背景或两组镜头的衔接处，甚至是一块糖浸入咖啡的现实时间；这也被认为是"有着纪录片的精确性"。与此同时，另一重真实性来自于皮耶谢维奇，职业律师每日所面对的卷宗让他深感现实之喧嚣，十七部合作电影高度提炼了真实的人和事，而从《无休无止》的题材到最后一部《红》的男主角身份，我们都意识到了隐在深处的那个律师；然而，皮耶谢维奇每次向基耶斯洛夫斯基所建议的下一部电影，都几乎是抽象的概念或哲学命题，包括柏林墙倒塌后，他提出了对自由、平等和博爱的沉思，并认为博爱这个美丽的事物，是真正不可或缺的。

1994年，《三色：红》入围戛纳金棕榈主竞赛，映后的新闻发布会上，基耶斯洛夫斯基表示将不再拍摄电影，随后开始在母校洛兹国立电影学院担任教师。1995年，《红》获美国奥斯卡奖最佳导演、最佳原创编剧和最佳摄影指导的提名，他与皮耶谢维奇一起参加了学院奖典礼。同年夏季在波兰马苏里亚（Masuria）湖区度假时，基耶斯洛夫斯基心脏不适，遂听从女儿开始戒烟。1996年2月24日，他带病参加了波兹南的基耶斯洛夫斯基回顾展，这也是他最后一次公众活动；3月9日，与两名波兰高中刊物的学生记者面谈，成为他接受的最后一次采访。3月12日，手术前一天，他去挚友家道别并借书，离开时一同出门的挚友在其坚持下坐进他的爱车，他炫技般地踩足油门飞驰，而且看来心情极佳。3月13日，克日什托夫·基耶斯洛夫斯基在华沙的医院完成心脏手术后，因又一次心脏病发去世。

波兰导演、他曾经的老师、同事和挚友——克日什托夫·扎努西（Krzysztof Zanussi）回忆最后的病中探访，"那是在他处于危险期的一次告别。……他想知道，什么是他的命运？是什么对他施以的命运？"而此后留下的，他的全部作品及追随者，成了某种意义上的孤儿。

作为《基耶斯洛夫斯基&皮耶谢维奇电影剧本集》中国大陆授权版的首次引进，从酝酿到最终成书，历经多年。期间与克日什托夫·皮耶谢维奇先生在上海、华沙和巴塞罗那的多次见面交流，不仅让本书系的出版事宜日渐成型，更让有机会聆听他睿智之言的我着实受益匪浅。我们也有幸得到克日什托夫·基耶斯洛夫斯基的遗孀及女儿在版权等方面的支持，同时，波兰文化中心为译校工作提供了最大的帮助。

我在此尤其要感谢Julia Frąckowska女士和Damian Jaśkowski先生，他们细致而无私的工作贯穿着本书系从最初意向至片目校译的整个过程；还需要特别感谢Magdalena Czechońska女士，我们所有关于基耶斯洛夫斯基和皮耶谢维奇的电影项目都得力于她最初的支持和长期的帮助。

我还要感谢的有：Jan Jerzy Malicki先生、Zofia Gulczyńska女士、黄琳女士、Paula Gumienna女士和高原女士，他们为本书系的译校和联络工作提供了不可或缺的协助；更有王晔女士，正因她在上海国际电影节期间对《十诫》展映项目的决策支持，让我们之后的诸多计划（包括本书系）成为可能；还需感谢为本书系的翻译工作付出了大量时间和精力的沈河西先生、杨懿晶女士、黄珊女士、刘安娜（Anna Liu）女士和刘倩茜女士等。

本书系的视觉与装帧设计在审美和深度上准确传达了出版初衷和作品的力量，深深感谢朱云雁女士。

倏忽已多年，最关键也最繁杂的出版工作，在上海文艺出版社张翔先生和胡远行先生之专业且敬业的辛勤之下，得以圆满。

王方
2022年10月17日

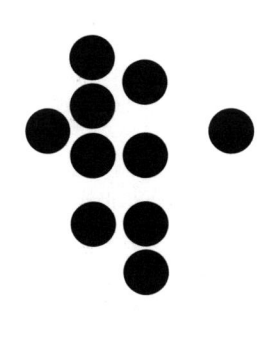

第一诫

1.

这是深秋的一个灰暗早晨。公寓楼,一幢庞大的混凝土板造建筑,每年这个时候都会显得不招人喜欢。几只公狗在追逐一只杂种母狗。门洞里走出扛着电池的车主们,跑去给各自停在巷子里的汽车装上电池。司机和狗惊起一群冻坏了的鸽子,它们飞起一阵又落下。其中的一只则在空中转个弯,向下滑行,轻轻飞落在这幢公寓大楼几百个窗台中的一个上。它蹲在那儿,望进窗户。

2.

一片寂静——居民们似乎仍在睡梦中,又或者不在家。一个孩子的房间里挂满史蒂芬·斯皮尔伯格电影的海报和模型,家具是时髦的红色。床还没理——此前睡在上面的人一定刚起床。大客厅里有一口挂钟，以及一些新旧家具。硕大的松木桌上有几台电脑显示器，周围绕着一圈散乱的电线、延长线、打印机和键盘。我们的镜头向其中一台显示器推近，上面显示着一些数字和符号。键盘上传出一串轻轻的有节奏的打字声：小帕维乌正往电脑硬盘里输入东西。他十岁或十二岁左右，还穿着睡衣——显然刚起床，昨晚来不及解决的一个数学难题正在折磨他。他微笑起来：运算有了一个满意的结果。他从椅子上起身，打开卧室门。

帕维乌 爸爸……

大沙发床上躺着克日什托夫，衬衫没脱就睡下了，手上还戴着表。

克日什托夫 你的眼镜呢？

帕维乌 等等，给我一些数据。

克日什托夫 你搞定了？

帕维乌 给我一些数据，我们快有结果了。

克日什托夫 你没碰我的（电脑）吧？

帕维乌 爸爸……

他被冒犯到了，不经同意，他从不会碰爸爸的任何东西。

帕维乌 喂？

克日什托夫　时速79.4，全程四小时十三分钟。

男孩冲到电脑前。

克日什托夫　戴上眼镜！

他眯着眼睛看看手表。帕维乌敲键盘核对结果，然后回到爸爸的房间。他拽着爸爸的肩膀，迫不及待地要报答案，显然对自己很满意，但克日什托夫只是把被子往上拉了拉。

克日什托夫　你不戴眼镜，我就不告诉你。

帕维乌　可是……

克日什托夫　戴眼镜！

帕维乌走出房间。他从自己房间桌子上的一堆玩具和练习簿里找出眼镜，戴上，闷闷不乐地坐到床上，听着动静。

克日什托夫　帕维乌！

等到第二声招呼，男孩才从床上起身，不情不愿地站到门口。

克日什托夫　答案是什么？

帕维乌　我不记得了。

克日什托夫　别难过，你答应过我会一直戴眼镜的，是不是？

帕维乌　是。

克日什托夫　答案是什么？

帕维乌仍带着被冒犯到的口气。

帕维乌　164356公里。

克日什托夫眯起眼睛，认真做了些简单运算。

克日什托夫　听上去应该对了。

笑着看儿子过来，伸出双手。帕维乌犹豫了下才过来抱住爸爸。克日什托夫抚摸他的头发。

克日什托夫　对不起，我得监督你。你懂的，是不是？

帕维乌　是的。你身上一股烟味，昨晚弄到几点？

克日什托夫　三点。

帕维乌　然后呢？

克日什托夫　我想我搞定了。它现在能够容下的数据，比我过去做过的所有程序都多。

帕维乌　我能看看吗？

克日什托夫　吃完午饭再看吧。现在把衣服穿上。没不开心了吧？

帕维乌点点头，依然紧紧抱着爸爸：是的，没事了。

3.

帕维乌跑出公寓楼，去报亭买了份报纸，然后跑到小区中央的幼儿园门口停下。他望望四周，跳到一边，身体紧贴在墙上：一个跟他差不多大的女孩，带着一个包裹得严严实实的小孩走进幼儿园的楼里。帕维乌稍等一会儿，又走回到人行道上，以致女孩从大门出来时，他恰好从她身边走过。两人都不动声色，没有露出丝毫惊讶或欣喜。

帕维乌 嗨。

女孩 嗨。

两人朝相反方向走，都回头看了对方一眼，又马上装作没做这个动作。帕维乌奔跑起来，但跑出几十米又停下了。一条被车撞死的狗躺在小区的路上，黄色的大眼睛空洞地瞪着。小男孩慢慢伸出手，试着抚摸这个被冻僵的小动物：狗毛杂乱地竖着，对他的抚摸毫无反应。帕维乌站起身，慢慢走回自家那栋楼。

4.

克日什托夫在准备早餐。帕维乌拿着报纸回来了。

帕维乌 连续五天气温零下了。

他把报纸递给爸爸，耳朵被外面冻得红通通的。他抹了抹布满水汽的眼镜，脱下外套。

克日什托夫 你见到她了吗？

帕维乌笑。

帕维乌 嗯……

克日什托夫 然后呢？你跟她说了什么？

帕维乌 呃，就说了声嗨。

克日什托夫 她跟你说什么了？

帕维乌 她回了我一句嗨。

克日什托夫 她有看你吗？

帕维乌 她回头看我了。

克日什托夫 嗯，那你成功了。

帕维乌 爸爸，你知道吗？

克日什托夫看儿子。

帕维乌 她鼻子红红的。

克日什托夫 这很正常，哪怕女孩也一样。

他拿起报纸，坐下吃早餐。帕维乌给自己倒了点牛奶，又起身去冰箱顶和灶台上找什么。他找到了一只烟缸，里面有一截烟头。

帕维乌 你抽烟了。

克日什托夫 是昨天抽的。

帕维乌 你答应过我早饭前不抽烟的，对不对？

克日什托夫 昨天抽的，不骗你。

父子俩用完早餐。克日什托夫在一边抽烟，一边喝咖啡，面前是摊开的报纸。帕维乌凑过去瞅一眼，读出——讣告栏。

帕维乌 如果……有人死在国外，也会登讣告吗？

克日什托夫 会的，给钱就会登。

帕维乌 爸爸……

帕维乌的声音里有什么让克日什托夫放下了报纸。

帕维乌 人为什么会死？

克日什托夫 原因很多，有时候是心脏病发作，有时候是发生意外，有时候是年纪大了……

帕维乌 不是，我的意思是，为什么人必须得死？

克日什托夫 你查一下百科全书上的"死亡"词条是怎么说的。

帕维乌起身，从塞满各类百科全书的书柜里取下一本大部头。他在翻找，显然很习惯用它查东西，随后大声读了出来。

帕维乌 "……一种由于身体器官、心脏、中枢神经系统……的不可逆转的功能衰竭造成的现象。"什么是中枢神经系统？

克日什托夫 你查呀——标题下有条目的。

帕维乌拿起另一本大部头，读了里面复杂的解释，然后砰地合上书本，走回来。

克日什托夫 现在知道了？

帕维乌 里面什么都没有。

第一诫 9

克日什托夫　一定有。所有能描述和理解的都在里面。人就是一部机器，心脏就是一个泵，大脑就像一台电脑，它们会精力耗尽，然后停止运转——那里面就是这个意思。怎么了？有什么问题吗？

帕维乌　没有。（指着报纸）里面只说"为了让她灵魂安息"，可百科全书里从没有提到过灵魂。

克日什托夫　那只是一个名词而已，它并不真的存在。

帕维乌　姑姑说有灵魂。

克日什托夫　对有些人来说，相信灵魂存在，人生更容易过而已。

帕维乌　那你呢？

克日什托夫　我？我不信。有什么问题吗？

帕维乌　没，没问题。

克日什托夫　怎么了？

帕维乌　今天看到一条死狗，我买报纸回来的路上。黄眼睛那条，又冷又饿，老在垃圾箱边转，你知道我说的是哪条吧？

克日什托夫　知道。

帕维乌　嗯。我早上刚兴高采烈有了正确答案……然后它就躺在那里，眼睛完全没神了。

5.

课间，有个摄制组来拍电视，记者在采访校长和老师，像是有关学校牛奶的质量问题。身穿白色围裙的食堂阿姨正从身边的一个大锅里舀出牛奶，孩子们挨个上来，领取自己的那杯。帕维乌的视线从众人围观的片场移开。欧拉，也就是我们在幼儿园遇到的那个小女孩，正独自站在窗边，腋下挟个小纸盒。帕维乌忐忑地走过去。

帕维乌 里面是什么？

欧拉打开盒子：一只小仓鼠在惊恐地张望。

帕维乌 这是干嘛用的？

欧拉 生物课。但老师很怕它，不让我带出来。

帕维乌轻摸仓鼠的头。

欧拉 你看它的牙齿。

她拉下它的嘴唇，牙齿惊人的又长又黄，彻底毁了它的表情——看着像一只嗜血的野兽。

欧拉 别怕。

帕维乌伸出手指，让仓鼠轻轻咬住。欧拉笑了。帕维乌也笑了。电视编导大声招呼所有孩子来摄像机前随意扮鬼脸，帕维乌也被朋友们叫过去，留下欧拉一个人在窗边，手里握着仓鼠，看他们玩。

6.

天气冷得要命。几个小男孩在冻住的水坑上整出一条滑冰道。他们在上面滑行，冰道擦到路面或草丛时，他们会因重心不稳跳下来。跟其他人一样，帕维乌也以最快的速度滑了过去。克日什托夫的姐姐伊雷娜站在操场外的围栏边，慈爱地望着他。帕维乌滑下冰道时跄跄了一下，他拍拍身体，笑着朝姑姑挥手。

  帕维乌 我再滑一次！

伊雷娜点点头。帕维乌潇洒地从冰道上滑下，拎起书包，向她跑过来。显然他俩都很喜欢对方。

  帕维乌 午饭吃什么？

  伊雷娜 汤，还有主菜。行吗？

  帕维乌 好棒。今天电视台来拍我们学校了。

  伊雷娜 拍什么？

  帕维乌 跟牛奶有关。爸爸什么时候来接我？

  伊雷娜 晚上就来接你。

  帕维乌 他正在鼓捣他那台伟大的电脑，你知道的。

7.

伊雷娜住的是她父母的老房子。她和帕维乌在一个舒适但稍显邋遢的厨房里刚用完午餐。

帕维乌 我来收拾吧？

伊雷娜 不用，放着吧。想不想看样东西？客厅台灯下面有个白信封。

帕维乌走到客厅，打开台灯，看到了那个白信封。他打开信封，里面是几张彩色扩印照片，上面是一帮去梵蒂冈短途旅行的波兰人，几个人带着节日般的欢笑簇拥在一个白衣人周围，帕维乌认出了其中的伊雷娜——总共三四张照片里都有她。

伊雷娜 认出我了吗？

她站在门道口，手里拿着一块抹布。

帕维乌 是你带给我粉色铅笔盒的那次吗？

伊雷娜 没错，我今天把冲好的照片取回来了。

帕维乌 认出来了——那人，他是个好人吗？

伊雷娜 是的——一个非常好的人。

帕维乌 他聪明吗？

伊雷娜 哦是的，非常聪明。

帕维乌 你说他知道——

伊雷娜手里拿着洗碗布走过来，坐到帕维乌的身边，丝毫没有打断他的思绪。

帕维乌 生命的意义是什么吗？

伊雷娜 是的，他知道。

帕维乌 爸爸说，努力让后代人生活得更好，就是生命的意义，但事情并不总是尽如人意。

伊雷娜　没错——但或许这不是我们活着的唯一理由。

帕维乌　爸爸是……你弟弟，对吗？

伊雷娜　你不知道吗。

帕维乌　那为什么他不像你一样去教堂拜见教皇？

伊雷娜　他没比你大多少的时候就常说，人已经聪明到可以做到任何事。他就是任何事都靠自己。

帕维乌　这不对吗？

伊雷娜　人的确有能力做很多事——比如你爸爸。可他如果不放弃一些别的，或许成就会更大。明白吗？

8.

克日什托夫和帕维乌走进电梯，克日什托夫瞅瞅自己的电子表。

克日什托夫　我们要计时吗？

帕维乌　开始。

克日什托夫按下读秒键，电梯开始上升。

帕维乌　爸爸，伊雷娜姑姑给我报了宗教班。

克日什托夫　什么时候？

帕维乌　星期二。

克日什托夫 好的,只要不和你的英语课冲突就行。

电梯停下。

帕维乌 停!

克日什托夫 我忘了,你一直讲话让我分心了。

帕维乌 他妈的,真没劲。

克日什托夫大笑。

克日什托夫 你说脏话还打算去上宗教课?

9.

冰冷刺骨。父子俩脱下外套和围巾。电话铃响。帕维乌已经到了喜欢接电话的年龄,他奔向电话机,脚上还有一只鞋没脱。

帕维乌 喂?

伊雷娜 (画外音)怎样?你问过他了吗?

帕维乌 啊哈。(转头朝爸爸)是姑姑。

克日什托夫还在门厅里。

克日什托夫 她想干嘛?

帕维乌 她想知道你是不是同意了。

克日什托夫 同意什么?

帕维乌 让我上宗教课。

克日什托夫走向电话。

克日什托夫 别犯傻了,伊雷娜。如果他想上这个课,当然没问题,这是他自己的事。

挂电话

帕维乌 我想泡茶!

克日什托夫 给我也泡点儿。

他撇了眼那台新电脑,吃惊地发现显示器亮着,绿光漫溢在桌子、书架,以及桌上杂陈的各种高科技产品,导线、印刷品和测量仪上面。

克日什托夫 帕维乌!是不是你打开的?

帕维乌 不是我——我没碰过。

他一脸迷惑地盯着大屏幕。父子俩站在那里一动不动,盯着屏幕。屏幕上的光条开始闪烁,最后变成两个英文字:"I'm ready."

克日什托夫 一定是我忘记关了。

他关掉电脑,屏幕变暗。

帕维乌 我来——

克日什托夫 它还没准备好。

他又打开电脑,屏幕上重新闪起绿光。

帕维乌 它能干嘛?

克日什托夫 它能做很多事情。你可以用不同语言问它问题,波兰语也行。

帕维乌在键盘上打出一个问题。

帕维乌 今天星期几？

答案立刻跳出。

电脑 （英语）1986年12月3日，周三337。

克日什托夫 它的日历设置到3000年，我也不清楚是否有必要设那么远。

帕维乌打出另一个问题。

帕维乌 你会下国际象棋吗？

答案立刻跳出。

电脑 （英语）会。

帕维乌 明天我该上什么课？

电脑 （英语）我不明白。

克日什托夫 你得输入你的名字。它还没学会认人，没那么智能。还没到…

帕维乌重新打出问题。

帕维乌 帕维乌明天要上什么课？

答案又很快跳出。

电脑 波兰语、波兰语、数学、历史、体育、体育，8∶45—13∶30。

帕维乌转向爸爸。

帕维乌 太不可思议了。

克日什托夫 等着瞧吧。水开了。

我们的确能听到厨房里烧水壶的尖叫。

第一诫　17

帕维乌已经上床,克日什托夫推开卧室门。

克日什托夫 睡吧,九点半了。

还在看书的帕维乌抬起头。

帕维乌 你查过温度计了吗?

克日什托夫 零下14度。

帕维乌 爸爸——

克日什托夫 等着吧,耐心点。明天再看。

他关灯。就在他要关门的时候,小男孩的声音从黑暗里传来。

帕维乌 你觉得圣诞节前妈妈会来电话吗?

克日什托夫 我想会的。睡个好觉。

10.

大学报告厅里坐满了学生。克日什托夫正在黑板上完成一道复杂的方程式,学生们在记笔记。角落里的帕维乌在画画:威尼图[1]和他的女人围坐在火边。克日什托夫的讲课已近尾声。

克日什托夫 差不多就是这样。当然,我们本来

---

[1] 威尼图(winnetou),是卡尔·迈(Karl May)虚构的美国原住民英雄,卡尔·迈是有史以来最畅销的德国作家之一,作品发行约2亿册,其中包括《威尼图》三部曲。英语剧本中此处提到的是坐牛(Sitting Bull),印第安苏族部落酋长。

可以更早解决问题，（他在黑板上的一长串数字下划了一条线）但这么做太无趣了，方程式的后半部分更有意思。谢谢大家。

他走向帕维乌。

克日什托夫 我们走吧。

他打量儿子的画，帕维乌立马将画塞进书包里。一位初级讲师走过来。

初级讲师 您好，卡罗尔。我被邀请参加一个讨论小组——只是想让您知道一下——在教堂。

克日什托夫 什么主题？

初级讲师 科学与宗教。

克日什托夫 有意思。

初级讲师 我只是觉得，我是您的助理，您又管整个系……

克日什托夫 但我不管同事的观点。谢天谢地。

帕维乌指了指他的手表，克日什托夫跟助理道别。

11.

一场国际象棋车轮大战正在大厅里举行。一位大师，或者特级大师，正在摆满棋盘的大厅里踱来踱去。克日什托夫坐在其中一个棋盘前，旁边站着帕维乌。大师行棋如风，从一个棋盘到下一个棋盘都费时很少，帕维乌在密切观察他的招法和一举一动。大师不假思索地在克日什托夫的棋盘上移动一个棋子，便走向下一个棋盘。帕维乌侧身对爸爸耳语。

帕维乌　用车护王，然后用皇后将他。

克日什托夫　那太简单了，他已经赢下八盘了。

帕维乌　九盘。你会发现听我的没错。他会用车护王，这局你就拿下了。

很快又轮到他们这桌。就在大师快走过来时，克日什托夫用车护了王。大师一脸惊讶地看看这对父子，手掌轻轻撑在桌上思考片刻，移车护王。随后走去下一桌。

帕维乌　我说得没错吧。他这是惯性思维。他输定了。

克日什托夫　你是对的。

他们平静地等待大师再次光临。就在他转向他们时，克日什托夫把象从棋盘上的第八行移走。

帕维乌　将。

大师　果然。

帕维乌开心地用尽全力拥抱爸爸。

12.

帕维乌打开阳台门，门外牛奶瓶里的水已经冻成冰，玻璃瓶好几处冻裂了。帕维乌捡起冻瓶子，得意洋洋地拿回屋。

帕维乌 你看！才过了一个小时！

他没费多大劲就剥下碎玻璃，扔进一个桶里，手中留下瓶子形状的一块冰。他走到父亲身边。

帕维乌 你摸摸。

克日什托夫摸了摸：冷冰冰的，但形状真好看，手感滑滑的。

帕维乌 太棒了。

克日什托夫 是的，放到浴缸里去吧。

帕维乌 不，放回阳台吧，看看接下去会发生什么。

克日什托夫 不会有什么变化了，天一暖和就会化掉。

帕维乌把瓶子拿回阳台，放在原处，从阳台往里喊道。

帕维乌 茶也会冻住吗？

克日什托夫 会的。

帕维乌 那我要用茶水弄一个黄的，再弄一个红的。给它来点颜色。

克日什托夫 可以的。

帕维乌回来，站到爸爸身旁，看爸爸在电脑上忙活。

帕维乌　我们现在可以算一下了吗？你昨天说今天可以做这个。

克日什托夫　可以。

帕维乌　用这台电脑？

克日什托夫　不，用原来那台，我不确定这台行不行。

他们移到那台小电脑。

克日什托夫　温度不会一直零下的。最多十个小时，主要是夜间，我们必须知道究竟是不是这样。

帕维乌　怎么知道？

克日什托夫　问气象台。你给他们打个电话，问问他们今天、昨天还有前天的地面温度。

帕维乌查电话簿，拿起听筒。

帕维乌　您好，请问今天的地面温度是多少？谢谢。还有昨天和前天呢。非常感谢。是的，华沙。谢谢。

他记下数据，回到父亲身边。克日什托夫用手挡住屏幕。

克日什托夫　压力的方程式是什么？

帕维乌立刻背出方程式。克日什托夫把手移开：与屏幕上的吻合。

克日什托夫　气温多少？

帕维乌报出纸上的数字。

帕维乌　晚上七点后，零下17.4度。昨天是零下16.8度，前天是零下13.4度。

克日什托夫将这些数据输入电脑，飞快地敲击键盘，电脑在运算。不一会儿，屏幕上就出现了答案。

帕维乌　怎么样？

克日什托夫　这是每平方厘米的冰能承受的重量，也就意味着你三倍体重的人也可以在冰上安全行走。

帕维乌　我的小伙伴们已经在上面溜好几天了，他们都嘲笑我。

克日什托夫　明天你也可以去了。

帕维乌跑到阳台口，拉开门，大叫。

帕维乌　我明天可以溜冰啦！

克日什托夫　帕维乌！

帕维乌　为什么不能让他们知道！明天我可以溜冰啦！现在你可以给我了吧？

克日什托夫　什么？

帕维乌　别装了。我的圣诞礼物，你，还有妈妈的。

克日什托夫　那是什么？

帕维乌　我已经知道了……

克日什托夫　在哪儿？

帕维乌　就在你床底下。

克日什托夫笑了。他核对帕维乌记录温度的那张纸，又算一遍——结果完全吻合。与此同时，帕维乌又走了进来，身形被一双西方产的高级溜冰鞋一下子抬高了几厘米，在艰难地移动着步子。

克日什托夫　鞋子没问题吧？

帕维乌　棒极了。

克日什托夫　好，可以去睡觉了。我出去跑个步，希望我回来时你已经睡着了。

13.

克日什托夫身穿运动服和运动鞋，在公寓楼间的灯光下慢跑，小路向光线昏暗的前方倾斜而下，这是克日什托夫要跑的方向，那里只有一根孤零零的灯柱给一片小湖投下亮光。克日什托夫滑下一处低岸，轻手轻脚地走上冰面——冰面很结实。他有信心了，开始一蹦一跳地走向湖中央，边走边用脚跺着冰面，冰面看上去是安全的。他开始加速，运动鞋并不适合溜冰，但他还是成功地滑出十几米。湖有一侧渐渐收窄成一条小溪，溪水进进出出，没完全冻住，冰面也开始发出吱嘎的响声——克日什托夫离开湖面，去岸边捡了根木棍回来探测水深。他把木棍往下伸了几厘米,最多十几厘米,又在其他几处位置重复试探——都很浅。他用棍子猛敲冰面,想砸出一个大洞,但冰面固若金汤,只有在接近小溪的地方才能砸破。他扔掉木棍,转身时看到对岸的高处有一丛小小的篝火,篝火边坐着一个身穿毛皮大衣的男子,一张年轻的脸,沉思着,微笑着。他们互相望了一会,克日什托夫便转身向家里走去。

14.

帕维乌的房间已经黑了。

克日什托夫 你睡着了吗?

他轻声问,听到一句轻声的回答。

帕维乌 没有,你看它们有多亮闪闪啊。

克日什托夫走进房间。帕维乌已经把新的溜冰鞋挂在自己床的正上方,窗外的路灯射在冰刀上。帕维乌轻轻碰一下鞋子,墙上便舞蹈起细细的光条。两人在轻声交谈。

克日什托夫 我检查过湖上的冰了。

帕维乌 我就在等这个。

克日什托夫 湖面是安全的,你只要保证不往溪边去就好,那里还没冻牢。你可以滑十五米,但不要靠近那里。

帕维乌 十五米。好的。

克日什托夫 那里水倒是不深,但干嘛要弄湿自己呢?你的泰迪熊呢?

帕维乌拉开被子,泰迪熊正躺在枕边。

帕维乌 他已经睡着了。

15.

阳光明媚,冰面闪着光。帕维乌的新冰鞋以慢动作形式在冰面上滑行,接着我们可以看见是帕维乌在轻盈掠过。这显然是一个梦,因为他滑行时还伴着音乐。帕维乌在湖面滑了好几圈,绕着欧拉滑行,圈子越绕越小,她站在中央。他滑行的姿态、阳光、刻进晶莹剔透的冰里的冰鞋、还有帕维乌和欧拉的脸庞,都那么美好而梦幻。

16.

克日什托夫坐在堆满纸的书桌前沉思。上一场的背景音乐在渐行渐远,初冬的薄暮在窗外降临。克日什托夫打开灯,注意到面前摊开的那些纸在渐渐变成深蓝色。他看到自己记录的整页整页的数字和字母没入到一片蓝色的湖水中,他吃了一惊,很快意识到它们消失的原因。他迅速收起那些纸，捡起桌上的一瓶墨水，瓶子已经裂开，淌出一股又细又暗的蓝色液体。克日什托夫尽力挽救可以挽救的纸面。墨水瓶在被扔进垃圾桶的沿途留下一条深蓝色的尾巴。克日什托夫身上也沾到了墨水。此时他听到一阵轻轻的敲门声，他过去开门：一个大约四岁的小女孩站在门口，一脸害羞。

女孩 妈妈让我来问帕维乌在家吗？

克日什托夫笑笑。

克日什托夫 不，他不在。怎么了？

女孩 是妈妈让我问的，我也不知道。

她一脸尴尬地跑了。

17.

克日什托夫目送她消失在走廊尽头。他去卫生间洗干净墨迹，鼻梁上还留有很深的一道，显然是沾满墨水的手指不小心碰到脸上的。自来水的汩汩声中，他听到有消防车开过的汽笛声。一辆消防车开进小区，闪着蓝色的警报灯，后面跟着一辆警车和救护车。克日什托夫茫然地看着他那双沾满肥皂泡和墨迹的双手。电话铃响了，他从恍惚中惊醒，隐隐有一种厄运临头的感觉。

克日什托夫 您好。

声音 （画外音）晚上好，我是艾娃·叶杰茜斯卡。

克日什托夫 晚上好。

声音 （画外音）帕维乌在家吗？马瑞克还没回来。

克日什托夫 哦，您好，不好意思，一时没想起来您是哪位。没有，他还没回来。他应该……他们应该还在上英语课。现在几点？

声音 （画外音）五点多了，这会儿应该回家了。

克日什托夫 他们马上会回来的。

克日什托夫此时异常镇定。

声音 （画外音）我打电话来，是因为出了点状况。

克日什托夫 什么？

声音 （画外音）我也不太清楚。小区里出事了，我准备过去把他们接回来。

克日什托夫 麻烦您告诉帕维乌让他马上回家。

对方没有回应——显然艾娃·叶杰茜斯卡已经挂断了电话。克日什托夫一动不动地站了一会儿，然后跑去卫生间冲干净双手，再把刚擦过桌上墨迹的脏纸和脏报纸塞进塑料袋。

18.

距离隔壁公寓楼还剩几米时,克日什托夫跑了起来。他已经忘了手上还有个塑料袋,一味紧紧攥着。人们从四面八方跑过来。又一辆警车开进小区,警笛长鸣。

19.

克日什托夫几步就上了二楼。他找到那间公寓,又按门铃又敲门,愈发焦躁起来。门开了,出来一位长相姣好的年轻女子,头发凌乱,穿着浴袍。

克日什托夫 抱歉——帕维乌在吧?

年轻女子面带歉意地笑

年轻女子 我感冒了。今天没上课,我让他们都回家了。

克日什托夫 什么时候?

年轻女子 他们一来就回去了,四点钟吧。

艾娃·叶杰茜斯卡则站在楼下的电梯口,这是一个四十来岁的优雅女人。她按下电梯按钮,没等电梯来,就烦躁地用拳头锤打电梯门。克日什托夫走过去。

克日什托夫　他们不在这儿。她病了。

叶杰茜斯卡瞬间脸色煞白，背靠到电梯口，额头冒汗。克日什托夫想拉她起来，却惊讶地发现自己手里还紧紧攥着那个塑料袋。艾娃·叶杰茜斯卡失魂落魄地盯着塑料袋，几乎像在对着它说话。

叶杰茜斯卡　湖上的冰裂开了。

克日什托夫　不可能。

叶杰茜斯卡　融化了。裂开了。

克日什托夫　这不可能。

叶杰茜斯卡　真的，真的——冰裂开了。

电梯门开了，欧拉站在里面。

克日什托夫　您有看到帕维乌吗？

欧拉　在学校……我在学校看到过他，他把梦里的一切告诉我了。

20.

克日什托夫跑到自己那栋楼的门洞口：一个人都没有。他闭上眼睛，默数到二十，慢慢按下按钮，耐心等电梯，像什么意外都没有发生。他注意到一个老头儿拖着极慢的步子走过来，便把着门等他。老头儿按下二楼的按钮，始终严厉地盯着他。电梯到二楼，老头又缓缓走出去。克日什托夫只是平静地等着，按下通往他那层的按钮，电梯上行。显然他想表现得理智些。

21.

克日什托夫打开房门，脱口喊道。

克日什托夫 帕维乌？帕维乌！

他期盼这场噩梦赶紧过去，但他的声音背叛了自己，屋子里一片寂静。克日什托夫再一次意识到手里还攥着那个荒谬的塑料袋，怒不可遏地把它猛地扔到角落里，又很快恢复了镇定。他走进儿子的房间：滑板挂在床头。这是他期望看到的，松了一口气。他走到电话边，拨了一个号码。

克日什托夫 伊雷娜？

伊雷娜 （画外音）什么事？

克日什托夫 帕维乌有打过您电话吗？

伊雷娜 （画外音）什么时候？

克日什托夫 就刚才。

伊雷娜 （画外音）他放学后来过电话，两点钟左右。我让他过来吃中饭，但他说还有英语课要上。

克日什托夫 他没上英语课。

伊雷娜 （画外音）那他去哪里了？

克日什托夫 我不知道，他不在这儿。

伊雷娜　（画外音）出什么事了？

克日什托夫　我不知道。墨水泼出来了，就这样。

伊雷娜　（画外音）什么？

克日什托夫　没什么。我的墨水瓶突然裂了，泼得桌上到处都是。

伊雷娜　（画外音）帕维乌怎么了？

克日什托夫　他不在这儿。有人说冰裂了，湖那边。

伊雷娜　（画外音）我现在就过来。

放下听筒，他在帕维乌的桌上找到一只对讲机，把它放进了口袋。在一个堆满运动器材——哑铃、小型举重器械、保卫格[1]的小房间里，克日什托夫取下墙上挂着的自行车，找出打气筒，开始给轮胎打气。

22.

天色渐暗。在这个几近隆冬的背景下，骑着自行车的克日什托夫显得有些反常。他沿着小区慢行，一次一次地停下，拿出对讲机轻声重复：

克日什托夫　帕维乌，完毕。

---

[1] 保卫格（Bullworker）是一种用于力量训练的健身器材，于20世纪60年代初开始推向市场。

没有回音。克日什托夫又骑上车，大喊，这次没有用对讲机。帕维乌！

他不紧不慢地在公寓楼周围转，不时停下来对着对讲机传送他平静又机械的呼叫。不用对讲机时，他的呼叫声却越来越响。一个男人出现在一栋居民楼的阳台口。

男人 那位骑车的先生，您在叫我吗？

克日什托夫停下，费劲地辨认着那个喜气洋洋的男人。

克日什托夫 不是。

男人 我的名字就叫帕维乌。

男人将身体探出栏杆，开心地打算继续回应，克日什托夫却朝着附近一个稀疏的林子骑走了。林间小路光秃秃的，没有一片叶子。他朝印第安人村骑过去，那是作为孩子们的游乐区建的。他找到用树枝搭的维格沃姆[1]，走了进去。里面一片漆黑，空荡荡。他发现一截木桩上有个食品罐头：里面全是烟头。他摸了摸，想试试有没有温度，然后举向空中。一缕烟从罐口飘出来。克日什托夫坐上桌子，对着对讲机喊话。

克日什托夫 帕维乌，完毕。帕维乌，回答我！

---

[1] 维格沃姆（wigwam或wickiup）是一种北美土著部落使用的类似于窝棚的小屋。

帕维乌，我知道你在那儿！

23.
帕维乌的床上，另一只对讲机藏在泰迪熊后面，克日什托夫机械的呼叫声透过气波传了出来。

  克日什托夫 帕维乌，回答我！帕维乌，我知道你在那儿！

他的声音在空荡荡的房间里诡异地回荡。

24.
克日什托夫朝湖边骑去，此刻的湖面正沐浴在消防队探照灯下。残破的冰面上，有几个消防员在用长杆子探查水下。冰层脱落的地方水很深，杆子很快就没到杆柄。更多消防员正在湖的另一边努力做同样的事，那边的冰已经裂到湖边。一群人在静静地看着他们奋力救援。一辆大车驶来，拖车上载着一只船，好几个人上去帮忙把船卸下。每次杆子被拉出水面，所有人都焦急地张望。几个警察费力地推开人群，好让消防员走到船边。一个披着围裙的女人对他们的呼喝没有反应，只管盯着被拉出水面的杆子，像是被催眠一般。克日什托夫把自行车放到一边，站在身边的一个男人转过身来。

男人 那些王八蛋放进了热水。

克日什托夫 你说什么?

男人 热水是发电厂放出来的。

克日什托夫 什么意思?

男人 夜里他们从发电厂往湖里放过热水,王八蛋。

克日什托夫 王八蛋。

他并没真的意识到自己在说什么,但他明白发生了什么,以及他为什么计算错误

克日什托夫 我计算过冰面的承重,根据公式,每平方厘米的压力——

男人 你干不倒他们的,你知道。

克日什托夫 是。百万分之一的概率,他不可能预见。

男人 谁?

克日什托夫是对自己嗫嚅,那人听不清他在说什么。有个小男孩走到湖边那个披围裙的女人身旁。她没注意到他。男孩把手伸进她手里,可女人太焦虑了,仍没有反应。男孩开始拽她。她抗拒,却渐渐意识到有人在拉她的手,开始审视起自己有没有看错,像盲人一样用另一只手摸他的脸。她觉得不可思议,但还是认可了这个熟悉的轮廓。

女人 亚采克？

亚采克 是的，妈妈。

女人 亚采克。

女人一把拽过男孩，紧紧抱住。

女人 亚采克，我的小心肝。亚采克，我的宝贝，你去哪儿了？

亚采克 我们在玩印第安人。

女人直起身，拥着孩子离开。丈夫跟在后面，拿着她的外套。船上的消防员继续一米一米地地毯式搜索，一边对着正用探照灯作引导的同事喊话。岸上的汽车也全部打开车前灯。湖面现在就像一个戏台。克日什托夫环顾四野：那团篝火还在那里燃烧，年轻人还坐在那里，仿佛从那晚起，他就没有挪过地方。克日什托夫感觉到年轻人在看他，又或许只是他的幻觉。他听到身边有一个声音。

欧拉 不好意思……

克日什托夫转过身。欧拉站在他旁边，神情严肃，心力交瘁。

欧拉 帕维乌晚上应该打电话给我的。您还记得我吗？

克日什托夫 是的。

欧拉 也许那个男孩知道情况。

克日什托夫　哪个男孩？

欧拉　那个小男孩——亚采克。

克日什托夫终于弄明白她说什么，拔腿往住宅楼奔去，追上了那一家三口。那个女人拥着亚采克，男人跟在后面，刚走到门洞口。他碰一下男孩的肩膀——男孩转过身。女人也察觉到要发生什么，停下。男孩看了克日什托夫一会儿，回答了那个他没有问出的问题。

亚采克　帕维乌没有和我们一起玩。

25.

克日什托夫看到亚采克慢慢消失在电梯门合上的缝隙里，显然他还有话要说。

亚采克　帕维乌——

门关上，克日什托夫还没反应过来，电梯就上去了。他冲上楼梯，跑到他那一层，这家人正好从电梯出来。女人拥着亚采克上楼梯，小男孩设法抓住扶手，用尽全力攥住。他站在楼梯上，脸和克日什托夫几乎平行。

亚采克　他在湖上滑冰，跟马瑞克还有另一个男孩。他们在一道滑。他们三个。

克日什托夫的手无意识而有节奏地拍打亚采克刚才握

住的栏杆，脸上渐渐像蒙上一层面罩。一扇门在远处的什么地方砰的一声关上，他听到狗叫和收音机里播放的音乐。克日什托夫一动不动。

26.

克日什托夫还坐在大客厅里，一片死寂。一会儿，他的侧脸被一束绿光照亮，克日什托夫没有觉察。光线越来越密集。他开始留意到光源，转过头，电脑的大屏幕正从黑暗中闪出明晃晃的绿光。克日什托夫面无表情地盯着它：一条线闪过屏幕。过一会儿，出现一个句子。

电脑 （英语）我准备好了。

（克日什托夫坐在那里，一直紧握的拳头终于松开，手指移向键盘。缓慢的，一个字一个字地打出一句。）

克日什托夫 你在那儿吗？

尽管克日什托夫按下了回车键，电脑还是思考了一会儿，跳出一个句子。

电脑 （英语）再重复一遍。

克日什托夫 我问你是不是在那里。

电脑沉默。克日什托夫按下回车键，但屏幕只是一味亮着那片明亮的绿光。过一会儿，克日什托夫打出更多字母，一个接一个。

克日什托夫 我该怎么做？

问题停留片刻，屏幕再次变绿，字母消失。克日什托夫又打出一个问题。

克日什托夫 为什么？

跟之前一样，字母化成一滩绿色。克日什托夫的手继续在键盘上敲击。

克日什托夫 为什么带走一个小男孩？

句子停留。克日什托夫又加上一句。

克日什托夫 听我说。为什么带走一个小男孩？我想不通……

他按下回车键——字母消失。他继续。

克日什托夫 如果你在，给我一个提示。

句子停留。克日什托夫删去句子的前面几个字母。它们逐个消失，只剩一句话留着："提示"。克日什托夫按下两倍键，字体放大了一倍。他又按几次，直到这个词占满整个屏幕："提示"。他按下回车键。电脑迅即回应。

电脑 征兆。天兆。兆示。兆头。

克日什托夫打字。

克日什托夫 照明。

电脑 灯。火。光线。蜡烛。

第一诫 39

电脑回复在加快。克日什托夫继续打字，一边嘟囔着一些听不清楚的词语，我们要过一会才弄清楚他在说什么

克日什托夫 蜡烛。

电脑 符号。教堂。十字架。

克日什托夫继续打字。

克日什托夫 意义。希望。

电脑沉默片刻后，字母开始出现。

电脑 （英语）无法识别的术语。

克日什托夫关掉电脑。绿光从屏幕上消失。只留下一个小点。

电脑 （英语）无法识别的术语。（波兰语）无法识别的术语。

27.

小区尽头正建起一座新教堂，庞然大物。克日什托夫犹豫片刻才决定进去。就建筑来说，这个教堂风格现代，甚至堪称奢华。克日什托夫找到通往教堂地窖的路，地窖已经完工，被用作临时场地。

28.

教堂地窖的墙面很粗糙，留着木工的痕迹，室内用工

人的小灯笼照明。临时祭坛也很简陋，圣母玛利亚的画像用木板围着，木板上搁着鲜花和蜡烛。克日什托夫走进来时，神父抬头看了一眼，他正坐在告解室里，窗格漏下的光线在他脸上打出许多正方形的小光斑，纵横交错。克日什托夫已经忘了教堂里的那套规矩，径直走向祭坛，走到一半时似乎要跪下，又随即改变了主意。有块粗糙的木板，显然是人们领受圣餐的地方，并没有把圣坛和教堂的其他部分完全分开。克日什托夫看到一个大烛台里有几支没点过的蜡烛，便拿了一支。他在裤兜里摸索，发现自己没带火柴，神父平静地看着这一切。克日什托夫站在那儿，拿着蜡烛。随即意识到有人在，便转身走到告解室，打开小窗。神父把手里握着的几根火柴递给克日什托夫，一言不发。克日什托夫回到祭坛，点上蜡烛，倾斜着，让融化的蜡油在尚未刨光的木头上滴成一小滩。他把蜡烛粘上，等蜡油凝固。小小的烛火一阵闪烁——可能正巧有人推开了门。克日什托夫用手掌拢着火苗，等它复燃。他开始往后退，手掌拢着，随时准备火苗一旦有熄灭的迹象时冲回去补救。直到退到门口，克日什托夫才将两手放下。蜡烛在燃烧，火焰明亮而纯净。

29.

即便隔得很远,克日什托夫也能听到女人们的哭泣,一声歇斯底里的哀嚎从喧哗中蹿起,尤为刺耳。船正从湖中央划回来,担架已等在岸边。克日什托夫经过艾娃·叶杰茜斯卡身边时,她转过头来,张大嘴巴,却发不出任何声音。他向湖边靠近。骚动和喧哗渐渐平息,船靠岸了,里面躺着三个男孩又小又湿的尸体,显得比他们活着时更小。克日什托夫的脚碰倒了什么:他的自行车倒在泥地里,两个轮子都已变形。消防员把三具尸体抬到担架上。克日什托夫注视着儿子平静的脸庞,眼睛闭着,眼镜完好无损。当消防员把帕维乌的尸体抬上担架时,伊雷娜弯腰把他夹克上拉了一半的拉链拉上,又在他额头迅速划了一道小小的十字。我们曾见过两次的那个穿着毛皮大衣坐在火边的年轻人,此刻从克日什托夫面前经过,越过担架和跪在一旁的伊雷娜,走出光亮之地,渐渐消失在黑暗里。

30.

克日什托夫跑回教堂。蜡烛还烧着,明亮通红的火苗在祭坛前闪烁。克日什托夫走到那块隔开祭坛的木板前,出神地盯着圣母玛利亚像看了好一会儿,然后挥起拳头奋力砸向亮着的蜡烛。一记闷响在教堂里低沉回荡。祭坛和粗糙的木板在颤抖,祭坛前的蜡烛倒下,蜡油滴到画像里圣母的脸庞上。神父走出告解室,长跪在地,合手祈祷。克日什托夫走向盛有圣水的圣洗池,跟这教堂里的其他东西一样,圣洗池也是水泥浇筑的。他把手伸进去,却只碰到一块冰——一块神圣的冰。他取出冰块,放到脸上。有一小滴水(是融化的冰?亦或眼泪?)从指缝中悄悄滑落。蜡烛熄灭了,残存的蜡油还在滴,在圣母的脸上流淌。神父仍在无比虔诚地祈祷。

克日什托夫咕哝着什么,一开始听不真切。过好一会儿我们才明白他在说什么。

克日什托夫 ……谁……是谁……有谁……有谁能……有谁能告诉我……有谁能告诉我……谁……

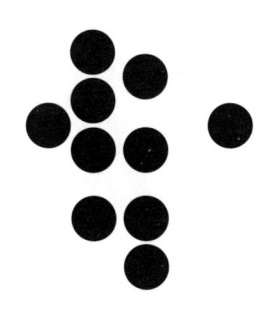

第二诫

1.

什么都是白的。车顶组成一大片平整的冰雪华盖。一个看门人正在利落地打扫公寓楼间道路的积雪。远处有两个男人朝镜头走来，一个拖着雪橇，另一个扶着雪橇上摇摇欲坠的冰箱。看门人停住望了眼这两人，继续干活。他的下一个动作，是发现厚厚的积雪下面有一只速冻的兔子，像是从某个窗口或阳台上掉下来的[1]。看门人仰起脖子，视线最终定格在一个小阳台上，跟其他阳台略有不同：通体包裹着明亮的黄色小窗，是一个家庭暖房。

---

[1] 临近圣诞节时，波兰家庭通常会把冰箱里塞不下的肉挂在阳台窗外。户外足够冷，肉不会变质。

2.

暖房里种满了仙人掌，温度由一台加热小电扇维持，郁郁葱葱。

阳台所在的这间公寓面积不大。墙上挂着几幅战前肖像，立在桌子上有个杯子形状的小奖杯，里面支着烟斗，从烟嘴判断已经有年头了。相架的角落里塞着一些彩色照片，其中一张是一对年轻男女带着两个微笑的孩子，直视着镜头。房间里的旧架子上挂着一只金丝雀鸟笼，跟往常一样上面盖着一块手帕。主任医师解开鸟笼的罩衣：金丝雀立即开口鸣唱，歌声将贯穿整剧。主任医师穿着短袜和拖鞋，围着围巾，睡衣外套着一件针织衫，他熟练地点燃煤气灶，放上一口盛满水的大锅。

主任医师六十五岁，一副对人对己都严苛的面孔。他到阳台上查看仙人掌，有一株看似需要特别照料，因为他检查得特别仔细。闹钟打断了他。他关掉闹钟，打开收音机，先听新闻集锦，然后熟练地调整波段，开始听英语新闻，一边往金丝雀笼子里撒鸟食。门铃响。主任医师很诧异：没准备这会儿有人来。他打开三道锁，开门，发现门口站着看门人，手里拎着那只速冻兔子。

看门人 大夫，这不会是碰巧从您家阳台上掉下来的吧?

主任医师惊讶地看着它。

看门人　不好意思……一定是别人家的。

主任医师笑了。

主任医师　鸭子果然变成了兔子。[1]

他重新锁上三道锁,从厨房里提了四锅开水去卫生间,将热水倒进浴缸里,然后加冷水。他擦去卫生间镜子上的蒸汽。

现在,他已经穿上厚厚的秋季外套,把几个空奶瓶和矿泉水瓶装入购物袋。厨房橱柜里放着一叠整齐的纸币,他点出几张百元面额的兹罗提,在橱柜门上贴着的一张小纸上记下数目,然后走到门口,再次打开三道锁……

3.

楼梯口的窗前站着一个女人。她也住这栋楼,身穿连衣裙,在抽烟。主任医师经过时,她动了一下,像是有话对他说,却马上改变主意,转身朝向窗口,双肩细长而优雅。她莫名凶狠地掐灭了烟头。

---

[1] 波兰童书里的一句话。是主任医生看到兔子后随机联想到的。

第二诫　49

4.

在当地一个杂货店里，主任医师对着圆面包瞅了又瞅，一脸嫌弃。最终拿了几个面包，还有奶酪和两瓶牛奶放进了购物篮。走去收银台时，他脸上露出一丝苦笑。

主任医师　跟往常一样，圆面包还是不新鲜。

收银员　您总是有意见。

主任医师　我乐意。

这个时间点，店里几乎没人。收银员取出意见簿和用绳子绑着的笔。主任医师一丝不苟地记上他最新一笔观察——前面几页也遍布他的字迹——收银员从购物篮里拿出空瓶。主任医师把意见薄还回去。

收银员　谢谢您，大夫。两瓶牛奶和矿泉水，对吧？

主任医师　没错。

他取出一个多处需要缝补的破钱包。

5.

他走出电梯。多萝塔——那个肩膀细长的女人又点上一根烟，站在窗边的老地方。主任医师从她身边经过，重复一遍之前的仪式，打开三道锁进门，放下手里的购物袋，静悄悄地踮起脚尖看猫眼。多萝塔正站在猫眼的那头。主任医师打开门。

主任医师 您想从我这里要什么，我听着呢。

多萝塔 我是顶楼的，希望您还记得我。

主任医师 是的，我记得，两年前您碾死了我的狗。

他半拉开门，让她进客厅。

多萝塔 我叫多萝塔·格勒尔。我丈夫现在躺在您的病房。

主任医师 您想知道他的病情会怎样？

多萝塔 是的。

主任医师 家属探访时间是周三下午三点到五点。

多萝塔 可那要两天后了。

主任医师 没错。今天是周一。

他关上访客身后的门，多萝塔回过身面对猫眼。

多萝塔 （压低声音）真遗憾我撞倒的不是您。

主任医师翻阅日报上的广告，突然门铃声打断了他。那是一个特殊的信号：两声短铃接两声长铃。钟点工芭芭拉太太站在门口。

芭芭拉太太 今天很冷，大夫。

主任医师 没错。

他带她径直走到阳台，给她看早上检查过的仙人掌。

主任医师 情况不太好，是不是？

芭芭拉太太像医生一样弯下身看着仙人掌。

芭芭拉太太 快死了……

主任医师 您这么认为？

女人悲伤地点点头，确认自己的诊断：她对植物了如指掌。他们回到屋子里。主任医师从厨房煤气灶上取下盛沸水的水壶，往两只玻璃杯里舀几勺咖啡，倒进水。芭芭拉太太坐在桌边，两人显然很享受一天里这个特别的时刻。

主任医师 您知道的，芭芭拉太太，不是感冒：他在长牙。他哭了一夜，早上我把手指放进他嘴里时，摸到他的下牙龈间有一个小小尖尖的突起。那是颗新牙。

芭芭拉太太 所以您没睡？

主任医师 他天亮才睡。我陪在他身边，没有睡，而她——她也没睡，因为她担心我们两个。早上，爸爸从他房间里出来，嘴张得老大。他开心地笑着，啊了一声，用手指着那个刚掉了一颗牙的牙缝。

芭芭拉太太 所以他去看过牙医了？

主任医师 没有，他从没去看过牙医。他的牙齿很好，虽然已经五十多了。只有这颗坏了，他自己拔下来了。反正我跟他说了那个小男孩出第一颗牙的事情，他哈哈大笑说：当然，一切都是有缘由的，各得其所而已。

芭芭拉太太笑着。她前排的牙齿全掉光了，尽管注意这样的地方不太文雅。不过，牙齿掉光似乎并没有对她太构成困扰。

主任医师　爸爸用纸巾包着刚掉下来的牙齿给我们看。牙齿很白很干净，像新的一样。他把孙女抱到膝上，也给她看。好了，芭芭拉太太，我戴上围巾，从门缝里看到小男孩睡得正香。爸爸和小女孩坐在客厅里，他咯咯笑着，想把牙齿塞到她嘴里。走道上站着我太太，睡眠不足让她起了黑眼圈。这个房子里牙齿太多了，我不喜欢，她说，这是个坏兆头——照顾好您自己吧。我跟她说：你好好休息，我出门了，爸爸今天不用出去。她严肃地点点头说：好的。

主任医师半闭上眼睛，听口气他显然说完了。芭芭拉太太喝完剩下的咖啡，一阵沉默。芭芭拉太太觉得反正咖啡也喝完了，今天就到此为止吧。

芭芭拉太太　我喝完了……可以收拾了吗？

她把桌上的咖啡杯清洗干净，留在水槽里。然后从一卷洗碗巾上扯下软软的一片，去擦客厅里的架子。主任医师从厨房的桌旁起身，披上带毛领的外套。他记起自己在《华沙生活报》上标记过的广告，便把报纸递给芭芭拉太太。

主任医师　我今天标出三个……走的时候务必锁好门，芭芭拉太太。

他走出公寓，发现多萝塔还在走廊尽头抽烟。从他家离开后，她就一直没走。

主任医师　这样吧……

他对着她的背在说，多萝塔并没转过身。

主任医师　您今天下午过来找我。

他走开，进电梯。

6.

多萝塔是个三十岁上下的美人，样貌似乎比实际年龄要老一些。她走过去，小桌上有一封信，我们能看到第一行字——"亲爱的，这里已经冬天，天寒地冻。我忘不了……"余下的字还没来得及认，就被多萝塔的手撕成了碎片。她打开电话答录机。录音带上传来一个留言。

声音　（画外音）多萝塔，你在吗？……在的话，接一下电话吧……好吧，你不在。我这周要去滑雪。爱你，吻你。

一阵沉默后是一声哔，然后传来第二个人的声音。

声音　（画外音）我是雅努什·维日比茨基，有事跟你谈,我晚上过来。

没有新留言,只有沉默。多萝塔放好答录机,走到窗口。主任医师此时正穿过公寓楼间的空地,朝幼儿园的方向走去。

邮递员按响门铃。他是个小个子的男人,头大得不成比例,耳朵里塞了个助听器,显然不太管用,因为他立即发现有必要提高音量。

邮递员 格勒尔太太,这钱给您的,是您丈夫的疾病补助金。麻烦给我您的身份证件。

多萝塔 我只有护照。可以吗?

邮递员把那只戴着助听器的耳朵朝她凑过去。

多萝塔 我只有护照。

邮递员填好回执单,把钱给她。

多萝塔 没别的了吗?

邮递员把袋子往肩上一甩,摇摇头。

7.

主任医师刚给一个小男孩做完检查。幼儿园长办公室被用作临时诊室。将男孩送走时,他在男孩屁股上逗趣地拍了一下,然后在他的健康卡上做了记录。下一个病人是个小女孩。

主任医师 你没去看过牙医?

小女孩摇摇头。没有,她没去看过。主任医师又做记录。

园长 大夫,所有人都检查完了。

主任医师 他们的牙齿长得很糟糕。

园长 饮食习惯问题。

主任医师 太对了。

园长 下周同一时间?礼拜一?

8.
主任医师走进医院,门卫碰一下帽沿向他致意。

9.
他走过病区时,护士和医生都欠身致意,夹层间的病人取出嘴里的香烟,和他道早安。在自己病区外的走廊里,他拽过一个实习医生问道。

主任医师 格勒尔在几号病房?

实习医生想了想。

实习医生 刚做完手术的那个?在十二号病房。

主任医师 请把他的诊断记录给我。

他走到十二号病房,刚要进去,透过门上的玻璃窗看到了多萝塔:她正站在一个病人的床边。他端详了下两人,便走开了。

丈夫安杰伊比多萝塔大几岁。多萝塔看着他，眼神里带着痛苦和麻木，就是我们看到生活在慢慢抛弃我们所爱的人时的那种。她给丈夫带来满满一瓶罐头水果，马上又意识到此举实属徒劳，便又放回了挎包里。她试着调整下他的枕头，抚平被子，便离开了。等她走后，安杰伊小心地睁开眼，像是刚醒来，又或者根本没有睡着，只是无法面对要和妻子对话的场面。他脸上闪过一阵痛苦的抽搐，从半闭的眼皮下观察周围的世界。床栏上的白漆在剥落，一直有水从上面沿着栏杆往下滴。水滴断断续续，起先滴得缓慢，每一滴中间有长长的间隔，然后一滴、两滴、三滴，越来越快。他看到墙和天花板交汇的地方有一条小水流。树叶散落在外面的窗台上。安杰伊闭起眼睛——这一萧瑟的场景完全不是他想看到的。水也从暖气片往下滴到放在下面的水桶里，如同滴在床栏上的水一样的节奏。安杰伊的脸再次因为痛苦而变形。

10.

秘书 有位女士想见您，大夫。她说她叫格勒尔。

主任医师 已经下午了？

秘书看一下手表。

秘书 十二点零三分。

多萝塔走进办公室时,主任医师从病历上抬起头,举手示意。

主任医师 请坐。

多萝塔拿出一包香烟和一盒火柴。

多萝塔 我能抽烟吗?

主任医师 我不抽烟,但如果您一定要抽的话……

多萝塔收起香烟和火柴。主任医师正就着灯光检查病人的X光片。

主任医师 诊断、治疗、手术——恐怕都有点太晚了。

多萝塔 您的意思是?

主任医师转身朝向她。

主任医师 看上去不太乐观。

他整理一下文件,自认为谈话已经结束。

多萝塔 他能活下来吗?

主任医师 我不知道。

多萝塔起身,站到他面前。

多萝塔 我必须要知道,大夫。您一定要——

主任医师 我唯一"一定"要做的就是尽我所能治疗他。我唯一能确定的事是——没有什么是确定的。

11.

黄昏时分。看到主任医师走出医院,门卫碰一下帽沿。主任医师走上一条小街,多萝塔开着她的大众轿车,挡住他的路。

多萝塔 我可以捎您一程。

主任医师 谢谢,可我更喜欢走路。

多萝塔等他走过,开车慢慢跟在后面。

大众汽车拐进一个住宅区,在安全距离内跟着他。主任医师消失在一栋住宅楼后面。多萝塔加速开过去,但没看见他。她掉头开到他俩住的那栋楼,停在一个不让停车的位置,就在公寓门洞口,这样主任医师进来时她不会看不见。

12.

主任医师坐在一个大屋子里,里面摆满了临时架子、箱子、各种药瓶和彩色盒子。他面前摊着几本书,两个年轻人在旁协助他核对各种药品名和书里对应的波兰语叫法。他戴上眼镜,看有效期,随即又把眼镜摘下。一个身着硬立领黑衣的人走进来,我们或许还记得,就是《第一诫》里的那个神父。主任医师推起

第二诫

眼镜。

主任医师 这里有整整一周的工作要做。

神父 很抱歉,但我们马上要在这里上课了。

主任医师苦笑。

主任医师 那就要一个月了。

13.

多萝塔尽管开着引擎,用加热器暖手,可还是冻到不行。主任医师一看到远处的大众汽车,便往后退进另一个门洞口。

14.

主任医师按下电梯面板上的顶层按钮。顶层的走廊可以贯穿整个大楼,他可以由此走到自己家的那一侧。他再次按动电梯,下到他那一层。他拿出钥匙,打开三道锁。

多萝塔吃惊地看到他暖房里的灯亮了。

15.

主任医师没脱外套,读起芭芭拉太太给他的留言:"您的汤在冰箱里。我已经给仙人掌移过盆,用桩子固定好,请别去碰它。我打电话问了广告里的事,周三会告诉您。芭芭拉太太。"门铃响，主任医师屏住呼吸。铃声再起，这一次持续很久。

主任医师　稍等！

他打开煤气灶，把芭芭拉太太准备好的四个盛满水的锅放到灶眼上，然后过去开门。多萝塔进房间，没有脱下羊皮外套。

主任医师　我从另一个入口进来的，如果您想抽烟的话就抽吧！

伸手取烟时，多萝塔的手在颤抖。她想拿一个烟缸，但发现书桌上除了一张框起来的照片外什么都没有。照片里是几个男人站在一架螺旋桨飞机旁。

主任医师　你是怎么洗澡的？

多萝塔　我用炉子烧热水。

主任医师　听着，我真的不知道你问题的答案。

多萝塔吸一口烟，把烟灰弹进手掌心。

多萝塔　我真的……我丈夫和我……我真的很爱他。

主任医师　我在好几个地方看到过你们俩，当然看得出你们很相爱。

多萝塔看着她手掌心的烟灰。

主任医师　现有医学完全无法确定您丈夫的病因，也不知道后续会怎样，甚至没法预测他的存活率——

多萝塔打断他。

多萝塔 美国医生会告诉病人。

主任医师 是的，他们是这样。当要说病人快死时，他们这么做有时是对的。但如果情况相反，就不是这么回事了。

多萝塔 我可以承受。您为什么不直截了当告诉我：他快死了。至少我会知道。我会为了他做任何事情……

烟上的灰掉落到地上。

主任医师 您什么都做不了。您唯一能做的就是等。

主任医师简洁理性的回答开始让多萝塔感到不快，但她此番带着目的前来，不达目的不罢休。这一次她成功地把烟灰弹进掌心，恢复了镇定。

多萝塔 如果您能再给我一点时间，我会向您解释为什么我必须知道。

主任医师 我听着。

多萝塔 我一直没能要上孩子，如今有了三个月的身孕，但孩子不是我丈夫的。如果打掉这个孩子，我可能就再没机会了。但如果我丈夫活下来，我就不能要这个孩子。我说的那个男人对我来说很特殊。我不知道您相不相信，一个人可以同时爱两个人……

主任医师　彻底康复的可能性很小。他有更大的机会活下来，并且在植物人的状态下度过余生。现在的医学水平只能做到这步。就我来说，我见到过太多在医学放弃的情况下艰难活下来的例子，我也见过太多人毫无理由地死去。

多萝塔不慌不忙地把烟按灭在火柴盒里。火柴盒的硫磺猛地燃起，窜出一团短促又强烈的火焰。

主任医师　他非得知道孩子不是他的吗？

多萝塔的脸上露出小说家们经常形容的那种"挖苦的笑容"。

多萝塔　我发现您更喜欢搞阴谋而不是——

主任医师　我只知道任何事最终都会被接受。有时——

多萝塔　有些事是您不能对别人做的，尤其是您爱的人，尤其当那个人快要死了。您信上帝吗？

主任医师　信。

多萝塔　那我没什么可问了。

多萝塔没有道别就走了。主任医师抬头，相片里吃冰淇淋的孩子正看着他。他站起身，金丝雀刚要开嗓，被他用手帕蒙上了笼子。

16.

多萝塔家门前的走廊里,一个穿风衣的男人坐在鼓鼓囊囊的背包上。

亚内克 我打了好几个电话,你都不听答录机的吗?

多萝塔 我听了。

她开门,看见那个背包。

多萝塔 那是安杰伊的?

亚内克 我们一周后出发,直接去德里,然后和挑夫一起徒步去大本营。

两人进屋,雅努什把沉重的背包放在门厅。

多萝塔 你拿这个来干什么?

亚内克 既然主人不在,何必留着那里让别人碰呢?

多萝塔 现在谈葬礼是不是有点早?

雅努什从口袋里拿出一张卡片。

亚内克 我给他留了一张便条……我们在山里会想念他的。

多萝塔 拿走。拿走!

她砰的一声打开门,试图一个人把背包拖到走廊上。

多萝塔 他难道不是俱乐部一员吗?他难道无权把背包留在自己的柜子里!

亚内克　他有这个权利，但……

多萝塔　那这个包就可以留在那里，至少留到他死了再说！

她把背包扔到走廊上，砰地关上门。雅努什还留在门厅。

亚内克　抱歉。我们不是那个意思……你一定心情糟透了。

多萝塔　不，我现在很好。你这么做也不算蠢。

亚内克　什么不算蠢？

多萝塔　把那个该死的背包拿来这里。

亚内克　他怎么样了？

多萝塔沉默。

她坐在厨房里，眼神空洞地盯着一杯冒着热气的茶。她用手指触动杯子，一点点往桌沿推。好一会儿杯子才到桌沿，多萝塔没有停：杯子从桌沿掉到地上，发出一声响亮的撞击声。多萝塔毫无反应，似乎完全没意识到自己在做什么。她听到隔壁房间里的电话铃，等着。第二声响铃后，从答录机里传来机主的留言，她的声音。

多萝塔　（画外音）这是格勒尔夫妇家的答录机，正在录音，您可以在听到哔声后留言，录音时长为半分钟。

短促的电子哔哔声后,是一个与众不同的男性嗓音。

男人 (画外音)是我,这里下午了,你那里是晚上。我刚彩排回来,这里挤满了人。我特别孤独,每天都在等你。明天我再打给你,我这边的晚上,你那里的深夜。磁带估计快要……

答录机关闭前放出轻柔的曲子。

17.

还是清晨,空荡荡的实验室里,主任医师正用显微镜观察着什么。他观察了很长时间。

主任医师 前一次的样本。

实习医生在加长镜片下换样本。主任医师又把身子倚向显微镜。

主任医师 再前一次的。

重复操作。

主任医师 最新的那个。

实习医生再次交换样本。

主任医师 你自己来看看。

现在轮到实习医生往镜头里看。主任医师换盘子,告诉他哪个是哪个。

主任医师 那个是两个礼拜前的,这个是一个礼拜前的。这个是最近的。

实习医生从显微镜抬起头,眼周被镜片压出一圈小小的印记。

实习医生 您之前一直教我们……
主任医师 先别管那些。你什么看法?
实习医生 有进展。

主任医师点头表示同意——这也正是他的看法。

18.

妇科医生显然见过太多女人,但并非每次都只动用他的专业技能。他做完检查,看着多萝塔。

妇科医生 情况不错,您可以下来了。

多萝塔没动。

多萝塔 大夫,我必须做引流。我是来安排预约的。

妇科医生 什么?这样一个美人不要了?
多萝塔 是的,再美也不要。

妇科大夫打开笔记本,找预约时间。

妇科医生 您之前来做过吗?
多萝塔 没有,这是我第一次。
妇科医生 后天怎样?您的名字是?
多萝塔 格勒尔。多萝塔·格勒尔。
妇科医生 多萝塔……名字很美。

19.

多萝塔环顾欧罗巴酒店的大堂,一个三十来岁、戴着眼镜的男人从咖啡杯上抬起头。

多萝塔 您是那位吗?

男人 是的……您好,维泰克告诉了我您的一切。

他取出一个信封和一个色彩鲜艳的包裹。

多萝塔 您什么时候飞过来的?

男人 晚上。维泰克让我把他所有近况都告诉您。

多萝塔 我在听。

男人 他音乐会完成了,很难和您通上电话。他让我告诉您……他今晚可以再试一次……音乐会人满为患……

多萝塔 我知道。

对话有些磕磕绊绊。

男人 就这些。您有他公寓的钥匙……

多萝塔 是的。

男人 他让我问您可否带上乐谱,就在钢琴上,一个绿封皮的文件夹里。就这些。

20.

维泰克的公寓里。多萝塔打开钢琴盖,用手指轻轻按下琴键。一俟手指从琴键上移开,刚弹出的音乐开始在整场中不停回响。这套公寓是一个大统间,原先的隔墙都拆了。维泰克一定走得很匆忙:床没来得及理,东西扔得到处都是。多萝塔走到挂在衣架上的一件夹克前,手伸进一个袖子,把它贴在自己身上。然后走进浴室,打开灯。镜子上有口红留下的一条信息:"早点起床,九点到爱乐乐团。多萝塔。"名字中间那个"o"画成了笑脸的形状。多萝塔也笑了,回到钢琴前,把信和那个色彩鲜艳的包裹放在绿封皮的曲谱上。

21.

芭芭拉太太站在门道里,笑得跟平常不太一样。

主任医师　早上好,芭芭拉太太。

他端详着她。

主任医师　出什么事了,芭芭拉太太?

芭芭拉太太　我买了。

主任医师　您买了!

芭芭拉太太　是的,我跟了那个广告,您在报纸上勾出来的那个。

主任医师 那您为什么不穿上给我看看呢？

芭芭拉太太 衣服太漂亮了……我不知道能不能穿出去。羞死人了……您知道现在都是些什么人，他们连盲人都偷。

主任医师 来跟我讲讲。

芭芭拉太太穿上衣服给他看。

芭芭拉太太 这件黑衣服挺长，还有流苏。很合身，像为我定做的似的。这个领子也是我一直想要的。

主任医师 您花了多少钱？能告诉我吗？

芭芭拉太太开怀大笑。

芭芭拉太太 大夫，这衣服花光了我所有的积蓄，我过去三十年存的每一分钱都搭进去了。

她换回平时穿的那件，从包里拿出一把螺丝刀。现在她站在阳台门口，正想拧开窗户清洗，突然发现有几张X光片钉在一扇窗上。她走到近前仔细研究起来。

芭芭拉太太 所以您开始在家工作了？

主任医师 是的，病人一直缠着我问还能活多久。

芭芭拉太太 您告诉他们了？

主任医师 没有，反正我也不知道。

芭芭拉太太停下手头的活，开始喃喃低语，仿佛心底最深的告白。

芭芭拉太太 我宁愿痛痛快快地走，不想拖着。

主任医师模仿她那副庄重又心照不宣的语气。

主任医师 您怕死吗？

芭芭拉太太 谁不怕死呢？大夫。但只要我在世上一天，我的窗户总会是干净的。

主任医师取下X光片，放进公文包。他往厨房里的两个玻璃杯里舀一些咖啡粉，倒入开水，芭芭拉太太在门口拿围裙擦手。跟往常习惯的那样，两人坐下来喝咖啡，小心不烫着舌头。沉默一阵后，芭芭拉太太开口提醒他。

芭芭拉太太 您上次说到您套上围巾出门。

主任医师 啊是的，围巾。快说完了，芭芭拉太太。我出门去了医院，有人过来跟我说，晚上有车接我去英国。我打电话回家——太太睡着了。我父亲接的电话，说她睡着了。他声音很轻，生怕吵醒她。孩子们怎样？我问。哦，他们挺好的，他说。我在陪他们玩，你的小女孩兴奋得尿裤子了。小男孩醒过来就饿了，我喂他吃了点东西，现在他很开心，笑个不停，咿咿呀呀地说话。我笑了：他在说什么。他这时可能把听筒递了过去，因为我只听到电话那边传来吱吱嘎嘎的声音，那会儿差不多十一点。我十二点离开

第二诫

的医院，可等我到家时，那里什么都没了。

芭芭拉太太坐着没动，杯子抵住嘴唇。

芭芭拉太太　就是那个时候……

主任医师　是的，芭芭拉太太。房子没了，地上只有一个大坑。午夜过去没几分钟，几乎是同一天的事。

22.

多萝塔　（画外音）这是格勒尔夫妇家的答录机，正在录音，您可以在听到哔声后留言，录音时长为半分钟。

像往常一样，一声短促的电子哔音。维泰克打的是长途电话，声音还是清晰得像房间另一头传来的。

维泰克　（画外音）多萝塔，这几天我一直在找你。

多萝塔　我不在家。

维泰克　（画外音）他们有给你护照吗？

多萝塔　是的，但我不需要了。

多萝塔沉默。

维泰克　为什么？安杰伊怎样了？

多萝塔　情况不好，很不好。

维泰克　（画外音）你为什么不要护照了？

多萝塔　我打算做引流。

维泰克　（画外音）你说什么？

多萝塔　我打算做引流。明天。

轮到维泰克沉默了。

多萝塔　你知道我在说什么吗？

维泰克　（画外音）我知道。多萝塔，如果你执意这么做，然后安杰伊又死了，那咱俩就完了。

多萝塔　我知道。

再一次沉默。

多萝塔　这通电话一定花了你不少钱。

维泰克　（画外音）你是我唯一想在一起的人。

多萝塔　你得让别人来取曲谱了。

维泰克　（画外音）是的。我需要……我爱你。

多萝塔挂掉电话，拔掉电话线。她抓过枕头，紧紧贴在胸口。

23.

一个中年金发女人负责这个堆满文件的屋子。

多萝塔　我想还护照。

官员　姓名？

多萝塔　多萝塔·格勒尔。

女官员抽出一个文件袋，没怎么费力就找到了，她惊讶地看着贴有身份证的那张纸。

官员 可您前几天刚来取的护照。去美国的。

多萝塔 没错。

官员 即便行程推迟，您也不用着急还护照。

多萝塔 没有推迟，我决定不去了。

24.

主任医师在办公室里主持会议。

主任医师 ……看目前情况，恐怕不太理想。要清除所有的虫子和蟑螂，就意味着医院要清空好几天，我们根本无法做到这一点。恐怕我们还得再忍一年。

秘书出现在办公室门口，对他耳语。

秘书 那个女人，就是之前来过的那个……格勒尔……

主任医师 请让她进来。

秘书走出办公室，主任医师继续关于虫子和蟑螂的讲话。

25.

秘书 主任医师说可以破例。

她打开走廊通往病房的玻璃门，让多萝塔进来。我们也许还记得十二号病房门上的那扇玻璃窗，多萝塔就从这个窗口往里看。安杰伊的头发汗湿了，都纠缠在一起，脸颊比过去陷得更深，身旁悬着点滴袋的塑料管，旁边放着一个呕吐盆。他一直没睁眼。她丝毫没有察觉身后站着一个穿白大褂的年轻人，正专注地盯着她和她丈夫。我们看到过这张脸，可能循环在本故事中，也可能出现在其他地方。这可能是一张我们所有人某时某地都见过的的一张脸……多萝塔坐到安杰伊身旁，俯下身。

多萝塔　安杰伊，你能听到我说话吗？

安杰伊因痛苦而扭曲的脸，此时稍稍松弛一些，这是他听到妻子说话时做出的唯一反应。

多萝塔　能听到吗？

她声音很小，但每个字都很清晰。

多萝塔　我……爱……你……非常……非常。

很难说安杰伊是否听明白了，他的脸再一次痛苦地扭曲。多萝塔抚摸着他湿透的头发，想让他知道她在身边，在关心着他，即便他听不到她的声音。穿白大褂的年轻人依然隔着门上的玻璃窗看着两人。他看着安杰伊，脸上的表情给人以徘徊于此世界和彼世界之间的感觉。多萝塔从她丈夫额头剪下一绺头发，走出了病房。安杰伊在观察他周围的世界。床栏杆的油漆已经剥落，不知从哪里来的水滴在上面。这条水流似乎凝成一股粘稠的水银溶液，以惊人的力度拍打在栏杆上。

26.

多萝塔气势汹汹地穿过秘书办公室，猛地推开主任医师办公室的门。主任医师的话刚说到一半。秘书站起来，意识到自己疏于职守。主任医师首先转向她。

主任医师 请您离开。

多萝塔 没这个必要，一秒钟就够。

她直视他的眼睛。

多萝塔 您拒绝为我丈夫判刑，但别以为您能逃过良心的惩罚。您已经给我的孩子判了死刑。

主任医师又转向秘书。

主任医师 请您离开。

多萝塔 我已经预约了一个小时后做流产。

主任医师 您不能这么做。

多萝塔一愣。

多萝塔 什么？

主任医师 您不能这么做。（他很难找到合适的词来表达他决定告诉她的事情）他快死了。

多萝塔 您怎么知道？

主任医师　并发症发展得越来越快，他没机会了。

多萝塔　您以上帝的名义发誓。

主任医师沉默。

多萝塔　以上帝的名义发誓！

主任医师　上帝为我作证。

多萝塔脸上的紧张退去，取而代之的是平静。她转身朝门口走去，见不到一丝之前的坚决。主任医师叫住了走到门口的她。

主任医师　您真的是交响乐团成员？

多萝塔转身面向他。

多萝塔　没错。

主任医师　希望有一天能听到您的演出。

多萝塔认真地看着他，顺手轻轻带上门。

27.

黄昏时分。多萝塔站在公寓的窗边，透过玻璃望着窗外那片黑暗无灯的住宅区。

跟多萝塔一样，主任医师也望着窗外，但这次是在他的暖房，加热电扇维护着室内的温暖，散出的红光照亮了他的脸庞。

安杰伊面色苍白。他听到的是微弱的蜂鸣？抑或轻微的低吟？又或者是嗡嗡声？他抬起眼睑，一只蜜蜂在

第二诫　　77

水果罐头瓶里转圈。有一刻,蜂鸣停了,蜜蜂沿着瓶壁慢慢爬上罐口,停在瓶口边缘,然后掸一下翅膀,飞走了。

28.

音乐厅。多萝塔坐在小提琴手中间,全神贯注地演奏。主任医师坐在观众席里,目不转睛地看着多萝塔,被优美的音乐和轻盈和谐的音符完全吸引。没有别的事情发生。音乐响彻整个音乐厅,然后停下。多萝塔举起琴弓。

29.

夜里,主任医师的房间不再像白天那么肃穆乏味。书桌上的一盏小台灯依稀照亮了房间里的细节。主任医师在打盹,头靠在沙发背上,面前摊着一些纸、检验报告和健康卡,说明他在工作时睡着了。轻轻的敲门声吵醒了他。

主任医师 请进。

门口出现的是安杰伊,仍然苍白和消瘦,但已很有生气。我们第一次听到他低沉浑厚的声音。

安杰伊 我能进来吗?

主任医师 请进。

安杰伊 您睡着了。

主任医师 只是打了个盹。

安杰伊仍有点行动不稳：他踉跄地走过来，握住椅子背作支撑。

安杰伊 我睡不着。

主任医师 请坐。

安杰伊 我想跟您说声谢谢。

主任医师 没什么好谢我的，尤其您这种情况。

安杰伊 我从没想到……

主任医师 我也没想到。检测结果、分析报告、X光片都指向……您看，这再一次证明我们不应试图治疗X光片。

安杰伊 我刚从鬼门关回来，是不是？

主任医师 是的。

安杰伊 从前我觉得整个世界都一塌糊涂，一切都那么丑陋和肮脏，像是有人在故意玷污这世界，好让我无所遗憾。

主任医师 现在是否觉得光明一点了？

安杰伊 并没有。但至少我可以用手摸摸桌子了。它似乎比以前更坚固，更真实了。

安杰伊摸着一下桌子，它显然有过好时光：而今已破破烂烂，只有心情特别好的人才会用"更坚固"来形容它。安杰伊仿佛为自己说的话感到尴尬，握紧双手，摆弄着手指，看着它们。

安杰伊 除此之外……

主任医师耐心等着。

安杰伊 我们就快有孩子了。

他抬起微笑的目光。主任医师接受了他喜悦的表情。

主任医师 我很高兴，格勒尔先生，非常高兴。

第三诫

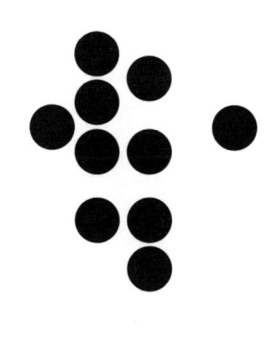

1.

白茫茫的冬夜。公寓楼前耸立的一棵云杉上挂满了圣诞彩灯。教堂的扩音器和远处的公寓楼里都传来了圣诞颂歌。窗户在夜里闪着光,那是被窗幔后依稀可见的圣诞树点亮的。一个醉汉拖着一棵圣诞树走在白雪覆盖的街上——他显然迟到了,却仍决意要将圣诞树及时带回家。他踉跄着走过一辆顶上亮着灯的汽车:这是一辆白色的菲亚特[1],有出租车顶灯。雅努什,四十岁男子,正在车里把一撮棉花做的假胡子贴到下巴上。他爬出菲亚特,浅色皮大衣的羊毛衬里翻

---

[1] 波兰有两款菲亚特,都产自1970年代。雅努什开的这款通常是出租车司机开的,另一款叫波罗乃兹的则更豪华,是《第五诫》里出租车司机开的。这个故事里的艾娃开的是更小一款的菲亚特。波兰跟其他国家一样,汽车也是地位的象征。《第二诫》里的多萝塔开的外国车如大众,以及《第九诫》里罗曼开的马自达,是车中的顶级款。

第三诫 83

在外面，腰间系一根皮带，头戴一顶红帽。他关上车门，打开后备箱，拎出一个看似装满礼物的大袋子，甩到肩上，朝一栋长长的公寓楼走去。那里是我们很多熟人的家，不管过去、现在还是未来。

2.

装扮成圣诞老人的雅努什吃力地按下电梯按钮。电梯下得很快——显然离得不远。克日什托夫（我们在《第一诫》里见过的科学家克日什托夫）走出电梯，帮雅努什撑住电梯门。

雅努什　圣诞快乐。

克日什托夫　圣诞快乐。不好意思，我没认出您。

他看着雅努什——如果记得刚发生的那起儿子坠湖的悲剧，人们会明白他为什么这么说。雅努什倒没注意这些，也不记得那场悲剧。他正一正胡子，按响了自己家的门铃。门里传出一句"谁？"，他压沉嗓音回应道

雅努什　圣诞老人。

3.

孩子们躲在妈妈身后，既兴奋又害怕。雅努什的岳母

六十岁，一个举止优雅的女人，面对这个场面，露出一丝不以为然的表情。雅努什的妻子三十五岁，有着一张被生活压垮的苍白面孔，或许正是和丈夫的共同生活让她变成了这样。雅努什／圣诞老人坐到那张为他特别空出的椅子上。

雅努什 这家有孩子吗？我听说有一个叫卡塔日娜的小女孩和一个叫安东尼的小男孩。卡塔日娜应该是一个勇敢的小女孩……

三岁的小女孩从母亲身后溜出来。

雅努什 您是卡塔日娜吗？听说您专门为圣诞老人写了首儿歌？

卡塔日娜 圣诞老人，圣诞老人，来让我们摸脑门。

所有人都笑了，圣诞老人也用他那怪异而不真实的声音发出善意的笑声。

雅努什 安东尼呢？您今天是一个小男子汉吗？

妈妈俯身对小男孩耳语几句，安东尼听着，眼睛却一直盯着圣诞老人皮大衣袖子里露出来的表，他显然认出来了，目不转睛，立刻说道：

安东尼 我帮妈妈做蛋糕了。

雅努什打开袋子，取出礼物。他一边念着粘在各种礼盒上的透明胶小标签，一边庆祝这一时刻，礼物或大

第三诫

或小，每人一份。写着"给妈妈"的礼物标签被贴在一副将近一米长的皮套上，雅努什念了一遍，递给妻子。所有人都在拆自己的礼物，雅努什则趁热闹溜进了卫生间，摘下胡子。我们这时才看清他的脸：大汗淋漓，心思重重，神情忧郁，像是一个摘了面具的小丑。一声轻轻的敲门声：妻子站在那儿，手里拿着一副高级滑雪杆，脸上一副难以置信的笑。

妻子　谢谢。你真觉得我们去得了吗？

雅努什　总有机会的。

妻子走进卫生间，以帮他清理脸上的汗水和棉絮为由靠近他。

妻子　你真好，真的。

雅努什对妻子的爱抚无动于衷，不抵触，也不靠近。

妻子　谢谢你。

只剩下雅努什一人了。他看着镜子里的自己，目光与一个跟他同病相怜的男人的脸相遇。

4.

全家人在唱圣诞颂歌。雅努什的妻子点亮圣诞树上的彩灯，厨房里传来雅努什的声音，他在努力大声地与家人一起合唱，笃悠悠地洗着一堆脏盘子。妻子进来。

妻子　卡塔日娜要睡着了。

雅努什　我们答应过她……

他把盘子放到一边，走进她的房间，俯身靠到小女孩身边，轻轻抚摸她的脸颊。

雅努什　你睡了吗？

卡塔日娜　不，你保证过我们会去午夜弥撒。

雅努什　你可以去。

卡塔日娜　你能抱着我去吗？

雅努什　来吧，我们先把盘子洗了。

卡塔日娜以强大的意志爬起来，滑进父亲的怀里。

卡塔日娜　你知道我不会唱，对吗？

雅努什给她一条干抹布和几把勺子，给她演示怎样擦洗那些大的银餐具，它们只在特殊场合才拿出来。

5.

午夜弥撒。人群、圣诞树、圣诞马槽、小灯。一大群祥和喜乐的面孔。雅努什，怀里抱着女儿，家人围绕。

神父　（画外音）……这样幸福快乐的日子，你们将和最爱的人一起度过，这是家人团聚的时刻。当今时代，从外部世界获得幸福已经如此困难，这也就是我们为何更应该从最亲近的人那里寻求爱和真情……

雅努什在走神。他发现前几排里有一个女人的身形和侧脸，留意地看过去。她把头扭了过去，像是感觉到身后的眼睛，又或许是巧合。

神父 （画外音）每一天，尤其是今天，我们应该用爱和对他人福祉的责任感来想想其他人。我们在餐桌上为不速之客留出的空位不应该只是一个象征性的表示。我们应该作为一个群体来庆祝，并努力在我们内心为所有受苦的人、所有被遗弃的人、所有孤独的人找到一个位置。

雅努什再次朝那个前排座位看去，几分钟前还瞥见过的那张黑发女人的脸不见了。空位旁有一根柱子，也许她站到了它后面。雅努什往前探着身子，试图确认自己是否真的看见某个相识，还是仅仅是自己的幻觉。

6.

雅努什和他的家人走在弥撒散场后回家的人流中。他怀里抱着熟睡的卡塔日娜，安东尼则一路蹦蹦跳跳地滑过冻住的水坑。尽管手里抱着卡塔日娜，雅努什还是撑上去，成功地滑过安东尼。路很滑，妻子小心翼翼地扶着她母亲。正要进楼时，雅努什突然意识到忘了一样东西。

雅努什　香槟！你抱她一下，好吗？

他把小女孩交给妻子，向那辆白色迷你菲亚特跑去。

雅努什　都冻住了！

他拿着酒瓶回来，一家人消失在门洞里。

7.

他们一道进电梯，雅努什又紧张了一秒钟。他注意到刚才教堂里那个黑发女人的侧影，又透过楼梯井的窗户出现了。

8.

雅努什摆好托盘上的玻璃杯，准备开香槟。他一听到前门关上，便迅速拔掉墙上的电话线，以及厨房里的延长线。这下轻松多了，他将酒瓶倾斜出一个合适的角度（四十五度），端着摆满玻璃杯的托盘走进客厅。他分好杯子，先吻了他的岳母，又吻了他的妻子。

雅努什　我们再祝一声圣诞快乐吧。

这一其乐融融的场面被内部对讲机刺耳且令人不安的铃声打断。雅努什的表情几乎立刻变了样：会是谁？他拎起对讲机。

雅努什 喂？您好？

他妻子忐忑地站在门口。雅努什放回对讲机，没吭声，像是在理清头绪。

雅努什 我听不清他们在说什么……像是有人在我出租车旁边晃悠……

他冲出家门。

9.

雅努什跑出大楼，环顾四周，没人。他冻得直发抖，正要跑回去时，身后传来一记划火柴的声音。就是教堂里见到的那个女人。她有一头深色的头发，富有表情的黑眼睛和一副大嘴，她的五官在火柴的照耀下显得更分明了。他们四目相接，直到火柴灭了。

艾娃 这是你第二次没有祝我圣诞快乐。

雅努什 （抑制着愤怒）你想干什么？

艾娃沉默。

雅努什 今天是平安夜。告诉我，你想怎么样。

泪珠在艾娃的脸颊上缓缓滚落。她没有捂脸，也没有哭，但眼泪一颗一颗地往下掉。

雅努什 这是感情敲诈……

艾娃 爱德华失踪了。

雅努什 爱德华？

艾娃点点头，眼泪仍不住地淌。

雅努什　别哭……

他用手捧起她的脸，艾娃不为所动，显然对这种关切不感兴趣。她闭上眼睛，说得很快：

艾娃　他早上出的门，再没回来。我得找到他。

雅努什　可现在是平安夜。

艾娃　我很抱歉。

她挣脱拥抱，从他身旁绕了过去。

雅努什　等等，艾娃！我跟你一起去。

艾娃　你怎么跟家里人说呢？

雅努什　我就说车子附近有可疑的人。

艾娃　把钥匙给我。

眼泪不见了。她接下钥匙。

艾娃　我在那个角上等你。

她向雅努什的出租车走去，发动引擎，开走了。

10.

雅努什在家门口站了一会儿，简单打理一下自己，努力装出一副车被偷的样子。他用力打开门，冲进屋里。

雅努什　车被偷了，有人看见他们沿着河边跑了。

他妻子和岳母从桌上抬头看他。

  雅努什 我叫个出租车去追。你们报警。

  妻子 没那个必要吧……

  雅努什 那是我们的身家性命啊。

11.

雅努什穿过公寓楼前的广场,艾娃正等在拐角处他那辆菲亚特的副驾驶座里。

  雅努什 你去午夜弥撒了吗?

  艾娃 没有。

  雅努什 可我看到你了。

  艾娃 我去朋友家找他,然后去了警察局。

雅努什想摸她的脸,艾娃退开。

  艾娃 别碰我,我要的是你的帮助,不要你可怜我。

  雅努什 我们先去哪里?

  艾娃 如果你太太失踪,你会去哪里?

  雅努什 医院。

  艾娃 小兄弟会街上有一家急救中心。

12.

雅努什在一个十字路口被迫减速。一支队伍挡住了去路，人们在朝一辆给他们让道的汽车挥舞气球和手电筒，车子后面还拖着几副雪橇。

雅努什　我喝过香槟。

艾娃从手提包里拿出几粒咖啡豆。

艾娃　嚼嚼这个。快，我们走。你可以边开车边嚼。

13.

医院前台没人。走廊里很暗，两边的门都锁着。雅努什一扇一扇地拧过去，没一扇能拧开。

雅努什　这叫夜班急诊？

艾娃　你如果想帮忙，就别问这种蠢问题，不想帮就回家睡觉。

她从雅努什身边冲过去，跑上楼梯。二楼走廊里有个房间透着光。医生桌子上有棵小圣诞树，收音机开着。医生睡着了，头往后倒。雅努什敲门。

雅努什　您是这儿的夜班急诊医生吗？

医生睁开疲惫的双眼，身子没动。

医生　不是，我是昨天值班。

艾娃　那一定是我搞错了。

雅努什　那今天呢？

医生伸手去拿电话，一言不发。他一边瞅着雅努什，一边等着电话那头。

  医生 谁不见了？

  雅努什 一个丈夫。

  医生 （瞅着雅努什）您的？

  艾娃 我的。

  医生 丈夫就喜欢玩失踪——尤其圣诞节的时候。（对着听筒）耶日？（问艾娃）贵姓？

  艾娃 加鲁斯。

  医生 （对着听筒）加鲁斯……年龄？

  艾娃 三十八。

  医生 加鲁斯，三十八岁……这儿有个女士在找她丈夫。他是什么时候送进医院的？（对着艾娃）失踪多久了？

  艾娃 中午就不见了。

  医生 那不是他，再见。（放下听筒）他们今天上午收了一个出车祸丢了两条腿的家伙，十一点前。

  艾娃 我们走吧。

雅努什在门口又回转身。

  雅努什 要我把灯关掉吗？

医生没搭理——他已然以刚才的姿势睡过去了。

  艾娃 所有人都喝醉了。

  雅努什 他只是太累了。你确定他是中午离开的?

艾娃　我出门买东西,中午回来就没见到他人。

雅努什　我们还是去另一家医院找找吧。

14.

车从漂亮大街拐进乌亚兹多夫大道。开过演员俱乐部时,艾娃透过车窗看到了什么。

艾娃　停车。

她指引着雅努什朝停在俱乐部外的一辆小菲亚特开过去,她往车里瞥了一眼。

艾娃　是他的车。

雅努什　你有备用车钥匙吗?

艾娃从手提包里取出钥匙。他们打开车门,前座上有一条围巾。艾娃略显疑惑地将围巾抓在手上。

雅努什　留在这儿吧,他回来时或许会着凉。

艾娃　难以想象他两条腿没了能怎么回来。

雅努什用力关上车门。

雅努什　锁上。

艾娃　给他留个三明治吧,或许他回来时会饿。

雅努什　真滑稽。

艾娃　还能更滑稽。我们可以去开房睡一觉,然后你打电话给他,告诉他房间号,这样他就可以……

雅努什 我没给他打过电话。

艾娃 别否认。你就是想结束这一切，然后回家去，去过你的平静生活。当然是你。

雅努什 不是！

艾娃 他告诉我了。你没说自己是谁，那倒是真的。

雅努什 妈的，艾娃，不是我！

艾娃 不是？可能不是吧。去布拉格区医院。

15.

白色菲亚特出租车开到布拉格区医院前。

16.

一个医生带着他们走过一条空荡荡的走廊，走廊又长又迂回。有个老头从一扇小窗里探出头来。

医生 来找那个没腿的？

艾娃 你去，我怕我受不了。

雅努什跟老头进房间，在一张金属桌前停下。"向导"掀开死者身上的被单，死者满脸的伤，牙齿凸在嘴巴外面，一副狞笑状。

老头 是他吗？

雅努什 我不知道。

老头　我在铁路局干过，您不是那个给我们写过报道的人吗？我后来一直找您写的东西看，一直没找到,您……

雅努什　是我。

老头　您后来怎样了……

雅努什出门叫艾娃，两人一起回来：还是那个有金属桌的屋子，还是那个掀开被单的老头……艾娃像被催眠似的，跟死者凑得很近。雅努什和老头交换一下眼神。艾娃突然转过身，把头埋进他的大衣里。

雅努什　艾娃……

老头小心翼翼地走出去。雅努什想把尸体盖上，但没有必要了：艾娃正抬头看着他，神态很冷静，没有眼泪。

艾娃　不必了，不是他。我倒巴不得是他。或是你。我巴不得那是你的脸，你的牙齿。

她取出一支烟，点燃——手没在颤抖。

艾娃　我有一次梦到你折断了自己的脖子——舌头挂在外面——真是个绝妙的梦。

她转身对着那个躺在桌上的男人。

艾娃　我在想他会让谁变得快乐。

雅努什　你还要找下去吗？

艾娃　是的。

雅努什 也许他这会儿已经回家了。

艾娃 也许吧。

17.

我们再次回到街上。可以看见远处有警察在盘查一辆东德产特拉班特。

艾娃 有警察。你正坐在一辆偷来的车上。

雅努什放慢速度,可一看到特拉班特和警车跟在身后,立刻又踩下油门。

雅努什 坐稳了。

蓝色警灯在后面频闪。他们开得飞快,在元帅大街拐弯时几乎失控,花花绿绿的圣诞树一晃而过。那辆波罗乃兹警车仍紧跟在后,闪着蓝色警灯。雅努什拐进下坡路,波罗乃兹仍紧追不舍。

艾娃 你带证件了吗?减速吧。

警车在东西大街上的一个隧道追上他们,两名警察跑到菲亚特两边的前门。

警察 下车,手放到车顶上。

雅努什慢慢爬出车。艾娃把手放在车顶上,微笑着。警察麻利地搜身,让他们把手从车顶上放下。

警察 这是您的车吗,先生?

雅努什取出证件。警察查看一番,抬头先瞥一眼雅努什,然后是艾娃,然后把证件交给他的同事,又仔细复查一遍。

警察 有人报告说这辆车被偷了。

艾娃 我们自己找到了,他们把它丢在了河边。

警察 有喝酒吗?

警察把证件交还给他俩。

雅努什 还没来得及。

警察 下次开得慢一点,先生。圣诞快乐。

警察叩下帽沿,开走了。艾娃冲雅努什笑。

艾娃 别担心……我们再来一次。你想不想?

雅努什 你会系上安全带吧?

艾娃摇头。雅努什发动引擎,身子靠上椅背,慢悠悠地开出人行道。车子开始加速,经过维斯瓦河上的桥时,时速足有一百公里。一辆有轨电车从对面的东岸开过来,已经开过桥中心。雅努什猛地把车甩上电车道,飞速迎上去,电车的大灯也以惊人的速度逼近。艾娃静静地看着前方,睁大着眼睛,神态安详。开电车的是个年轻人,脸色苍白得让你过目不忘。他开得很稳,飞驰而来的小车车灯照亮了他。车越来越近,电车司机只是暗自微笑,不断逼近的车灯强光打得他脸上越发惨白。雅努什在最后一刻闪开了,菲亚特几乎擦到了电车的一侧,在一段长长的艰难滑行后,小车终于在电车站对面停下,扬起四散的白雪。

雅努什 玩够了吗?

艾娃缓缓摇头:没有,没玩够。

18.

艾娃的公寓在一个低层住宅楼里。停车场已经停满,雅努什很久才找到空位。他先下车,望了下四周。

雅努什 你们的车不在这儿。

艾娃下车,没接话。雅努什又张望四周,突然被一个念头击中。

雅努什 他不可能早上就把车停到俱乐部。下午下过雪,可他的车是干净的。

艾娃一脸困惑地看着他。

雅努什 他的车顶没有雪,可大致五点的时候下过雪的。

艾娃 也许他是之后到的呢。

雅努什 可平安夜这天俱乐部两点后就关门了。

艾娃 那我就不知道了。如果他这会儿在家,撞见我们两个进去可不太好。你在这里等着。如果他不在家,我会上阳台。我如果几分钟后不出来,你就走吧。

艾娃走,雅努什叫住她。

雅努什　艾娃！再见，万一你不出来了。

艾娃挥手道别。雅努什回到车里，手抱住头，仿佛在对自己说：我这到底在干什么？

19.

艾娃一进家门便直奔电话。她匍匐在地板上，这样雅努什就没法从街上看见她。她拨了一个三位数的短号码。

女人　（画外音）您好，医院急诊。

艾娃　这里出事了，有个男的昏倒在公交车站。

女人　（画外音）地址？

艾娃　瓦乌布日赫街和普瓦维街角，市中心方向的公交车站。

女人　（画外音）他喝醉了？

艾娃　没有，我们找到了他的证件。

女人　（画外音）姓名？

艾娃　爱德华·加鲁斯，1949年出生。

女人　（画外音）您的名字？

艾娃瞥一眼凳子上的《政治周刊》，读出某篇文章底下的作者。

艾娃　安娜·塔塔尔凯维奇

女人　（画外音）都记下了。

艾娃挂掉电话。这时才打开屋里的灯，桌上有两套餐具和一瓶葡萄酒，花瓶里有一截圣诞小树枝。她走上阳台，瞅着雅努什下车，朝公寓楼走来。她扫一眼自己的房间，然后迅速跑到一个橱柜前，拎出一个行李箱，里面有件她丈夫的外套，她取出来挂到门厅的挂钩上。她又跑去卫生间，在镜子前的杯子里加上一把牙刷，从洗漱袋里拿出一把剃须刀和一把旧剃须刷，往刷子上涂点肥皂，再用水冲干净。就在这时，门铃响了。艾娃开门。雅努什迟疑着走进来，没脱大衣。艾娃好奇地注视他。

艾娃 你不脱外套吗？

雅努什 我快冻僵了。

艾娃 来点茶？

雅努什 太好了。

艾娃把水壶烧上，坐下来，手托着脸，期待地看着雅努什。

雅努什 听着——那个电话不是我打的——三年前那个——不是我——那是胡扯。

如果雅努什这会儿瞥一眼艾娃，会发现她脸上正掠过一丝微笑。可惜他并没看过来。

雅努什 对我来说，我们的关系意味了太多，如果你真的想知道真相，你原来是……我当时爱着你。

我当时想过改变一切的。

如果把艾娃脸上那抹微笑解读成轻微的讥笑是有失公允的,但谁知道是不是真这样呢。

雅努什 我们穿衣服时,他就背对我们站着。我当时很不自在。你甚至看都没看我一眼。我握住你的手,你却把手抽走了。然后他让你做选择:要么跟他走,要么跟我留下——你选择了跟他走。你可能不记得当时到底发生了什么,所以我要把这一切再跟你说一遍。

艾娃 是这样吗?我跟他走了?

雅努什 也不完全是。他说只有你答应不再见我,他才会带你走。

艾娃 是这样吗?

雅努什 然后你说:"我不打算。"我好像说的是"行"。这就是事实。

艾娃把手从下巴上拿开,伸向雅努什。

艾娃 把你的手给我,你这可怜的家伙……

雅努什伸手让她握住,艾娃温柔地抚摸起来,雅努什也抚摸回去。

艾娃 没人爱,没人理解,他想改变一切。

雅努什察觉到她话里的挖苦,想收回手,但艾娃以意想不到的坚定紧紧抓住。

艾娃 现在你和妻子很相爱，是不是？

雅努什 我爱我的孩子们。

艾娃 你那么努力弥补自己所做的，那么关心体贴，总是记得去洗衣店取衣服……

艾娃用指甲扎进他的掌心。

雅努什 松手。

艾娃 你以为像个疯子那样开车能让你觉得自己是个男人。只要碰一下我，我就会拉上窗帘，跟你滚上床……

在这段简短的独白里，艾娃的指甲越扎越用力。

雅努什 松手。

艾娃 我非常愿意松开，你身上有汽油味。你一身脏，洗不干净了。

雅努什揉了揉手心，不自觉地把手伸到鼻子前闻了闻。他去上卫生间，艾娃跟了过去。

艾娃 我猜你从没想过这些年我经历了什么？你想过当我们出去时，他是用什么样的眼神看我的？他在床上又是怎么对我？你有想过这些吗？

艾娃这些话是隔着卫生间门说的。门里的雅努什正在查看那两把牙刷、剃须刷和剃须刀。他卸下剃须刀头，看到一个生锈的旧刀片，已经多年没用。艾娃的吼叫从门的另一侧传进来。

艾娃　在床上！听到没！

雅努什试一下刀片：太钝，怎么用力也割不进皮肤。他重新装好剃须刀，放回到架子上。艾娃敲了敲门，沉默一会儿，语气平静舒缓下来，继续她的独白。

艾娃　那晚之后，我再没跟他睡过，一次都没有。你听到吗？

雅努什沉默，不知道接下来做什么。艾娃也沉默。他们就这样站着，然后艾娃用正常、中性的语气问道。

艾娃　你在里面做什么？

雅努什开门。

雅努什　没什么，我洗个手。

艾娃回到客厅，伸手取了一片华夫饼。

艾娃　今天是圣诞夜，不该撒谎，我错了。我和爱德华之间一切正常，圣诞快乐……

她把圣诞薄饼折成两半，递给雅努什。雅努什用手指夹住薄饼。她从他手里折下一小片，放到嘴里。雅努什也折了一小片给自己，忽然想起了剃须刀片。

雅努什　爱德华留胡子了？

艾娃　不，当然不。

艾娃认真看着他。

艾娃　我们分吃圣诞饼，却彻底忘了来这里干嘛。我们该走了。

雅努什 去哪儿？

艾娃 医院、警局、火车站。

艾娃披上大衣，裹上围巾，又走进卫生间，从架子上取下剃须刀。她像雅努什几分钟前做的那样，卸下刀片，刀片跟刚才一样钝。她把剃须刀装回去，冲了马桶。当哗哗的冲水声退去，她听到雅努什在打电话。

雅努什 （画外音）是医院吗？麻烦您查一下今天有没有送进来一个叫加鲁斯——爱德华·加鲁斯的人？

艾娃紧张地听回答。

雅努什 （画外音）三十八岁……1949年出生。

雅努什没声音了。艾娃把耳朵贴到门上，努力听他说的每句话。

雅努什 （画外音）你们能覆盖整个华沙吗？

艾娃意识到雅努什并没发现她要做什么，刚准备走出卫生间，却又听到他的声音，这一次声音更响了。

雅努什 （画外音）有人来过电话？然后呢？

艾娃静静听着。卫生间门被重重敲了下，她马上冲了水，打开门。

雅努什 （画外音）我给医院打过了，他们接到过一个电话。

艾娃 然后呢？

雅努什　有人看到他躺在普瓦维街的一个公交车站，等赶到那儿，他已经不见了。

艾娃　怎么会？

雅努什　他们也不清楚，喝醉的经常这样。他们建议我们去醉汉收容所找找看。

20.

电池电量不足，引擎发不起来。雅努什看到附近的出租车站点有两个年轻人在等车。

雅努什　能麻烦你们帮忙推一下车吗？

男孩　能捎我们一程吗？去布拉格区？

雅努什　我赶时间。

男孩　那你自己推吧。

雅努什去推菲亚特。油冻住了，开不动，最后下到一个斜坡后发动了。艾娃点着引擎，脚松开离合器，雅努什跳进开动的车里。艾娃想跟他换座位，雅努什摆摆手。

雅努什　你开吧。

艾娃踩油门。

雅努什　你为什么想到去火车站？

艾娃　他经常在那闲逛，或者机场。大半夜会打电话来说他要走了，每次第二天一早又出现了。

21.

醉汉收容所大门紧闭，但小铁窗后面亮着灯。他俩探头往里看：有两个成年男子瘫倒在水龙下，水龙握在一个身穿白色工作服的壮汉手里。雅努什敲窗，壮汉关掉水龙，放他们进来。小办公室井然有序。他从一个金属文件柜里取出一份档案，封皮上有个硕大的G字。他熟练地翻了翻，抬头问。

男人 犹太人？

艾娃 不是……

男人 1979年，这里有过一个叫加鲁斯的，是犹太人。

雅努什凑过去瞅了一眼档案。

雅努什 所有人都有这样的一个档案？

那个男人笑了——雅努什的问题显然给了他满足感。

男人 所有事情都得收拾好。有些家伙不会告诉我他们是谁，但只要在我的水管下冲过，我就可以拿下所有信息。这里有个家伙没带证件，或许就是你们要找的那个。

他领他们去另一个房间，地上铺的瓷砖和水管相得益彰，有两个人冻得蜷缩在地上。壮汉一边摇头一边嘴里发出啧啧的声音。我们很难通过墙角里的裸体分辨出他们的身份。

男人　他们当着我面睡着了。

他打开水龙头，对准他们冲。两人爬起身，躲避冰冷尖利的水龙。

男人　看，他们在跳舞……这是你要找的那个吗？或着另外那个？

他调整水龙，让两个男人转过来面对雅努什和艾娃。

雅努什　停……停下！（雅努什去关掉了水龙头）你没看见他们快冻僵了吗？

壮汉跨上一步对着他。

男人　听着，白痴，如果你也想被扔进去跟他们关一块儿，那就……

雅努什　你来试试，来啊。

雅努什的语气平静但透着威严。他感觉到自己的气势，从龙头上扯出水管。

雅努什　来吧，让我们看看你跳舞。

壮汉盯住他一会儿，随后把一小堆衣服扔给两个醉汉。

男人　该穿上衣服了，酒鬼。

为了泄火似的，他朝他俩猛地踢了一只靴子过去。先前扔过去的衣服里并没有靴子。

22.

黎明时分。艾娃和雅努什朝车走去，艾娃勾住他的胳膊，甚至想依偎上去，但雅努什并没放慢步子。他们上了车，雅努什把钥匙插进点火口。

雅努什　我要回家了，真够荒唐的。

在他换挡时，艾娃把掌心按到他手上，雅努什没有反应，只管换好档后把手放回到方向盘。艾娃的手跟上去，不松开。

雅努什　送你去哪里？

艾娃一脸深情地看着他。雅努什开动了车。正当雅努什拐进一条大街时，艾娃突然斜过身子，两只手一把抓住方向盘，死命攥住。雅努什没法调直车头，便猛踩刹车，极力想把她的手从方向盘上松开。车速算不上最快，但还是不可避免地向路灯飞速撞去。雅努什的头撞在前玻璃上，鲜血从额头流下来。艾娃松开了方向盘。车灯撞毁了，保险杠严重凹陷，还好引擎没坏。雅努什下车，用手捧一把雪止血。雪是脏的，反而一脸的血和泥。艾娃在副驾驶座上看着他，然后下车，解开大衣纽扣，从裙子下拉出上衣，撕下一截。她擦去雅努什脸上的污泥和融化的雪，帮他止血。伤口不深，艾娃用临时纱布压住他的额头，血凝住了。

艾娃　我毁了你的车。

雅努什没回答。

艾娃　我毁了你的平安夜。

雅努什　没有，为什么这么说？特别刺激啊。

艾娃　送我去火车站。

23.

空荡荡的火车站售票大厅中央，立着一棵挂满彩灯的圣诞树。艾娃和雅努什穿过空荡荡的候车室，去站台上寻找。艾娃走到长椅上躺着的两个男人跟前仔细端详，很快证明了自己的徒劳。此时传来一阵奇怪的噪声，两人转身寻找声音传自哪里。他们循声来到一条长长的人行斜坡顶端，斜坡向下一直延伸到另一个站台。一个其貌不扬的年轻女子身穿一身铁路工人制服，脚踩滑板滑了下去。他俩一路往下追到站台上。

雅努什　您是在中央闭路电视值班吗？

女人　是的。

雅努什　我们在找……这里出过什么事故吗？

女人　没有啊。我一直在滑，怕自己睡着。

艾娃　有个男的经常来这里，穿一件白色的羊皮短夹克。经常来，但从不上车。

女人在努力回忆，或许只能在脑子里勾勒出他的模样。艾娃把手伸进手提包，取出一张明信片大小的照片，递给女人。她看了很久，然后一言不发地还给艾娃：她不认识他。她拿起滑板走了。现在艾娃把照片递给雅努什，一个身穿白色羊皮夹克的男人，身旁站着一个女人，他背着一个兜在婴儿背带里的小孩，怀里抱着一个大一点的孩子。他们三个在冲镜头笑。

雅努什　这是谁？

艾娃　爱德华。

雅努什　这个女人……

艾娃　他妻子。他们是他的孩子。过去三年他们一直住在克拉科夫。

雅努什一头雾水。艾娃脸上的表情很严肃，这是她整个夜晚里最严肃的表情。

雅努什　过去三年？

艾娃　差不多，今晚我对你说了太多谎。

雅努什　可是你想干什么？报复？

艾娃　不是。你知道那个游戏吗？如果街角出现的是男人，代表着好运气，如果是女人，那就是坏运气。

雅努什　知道。我闭上眼睛，把脚踩到人行道上，如果踩到的是石板中央，代表着会有美好的一天，如果踩到线上，就会是糟糕的一天。

艾娃　我今天一直在玩这个游戏。我告诉自己，不管用尽什么办法，都要让你陪我一整夜，直到早上七点。不管怎样我做到了……

一列火车进站：没人上车也没人下车。列车员，我们好像在哪儿见过，他向空中举手，给出开车信号。

雅努什 然后呢？

艾娃 继续我的正常生活。

雅努什 那如果没成功呢？

艾娃用两手打了个叉。列车员盯着他们有一会儿了，也许是因为站台上只有他们两个。

艾娃 我把一切都准备好了。我一个人生活……

她从口袋里掏出一个小药瓶，但没让雅努什看见。只有我们看见这个动作。她把药瓶又放回了口袋。列车员又朝他俩的方向看了一眼，进车厢，列车开动。

艾娃 一个人太难了，尤其是今天这个日子。人们——

雅努什理解地点点头。

雅努什 把自己关起来——拉上窗帘。

艾娃 没错。

24.

雅努什对艾娃比之前更温柔——这种温柔很难用文字描述，但对演员来说却不难表现。他为她拉开车门，开车离去。他的额头上还有血，不时地要擦一下。他们在半路上发现有两个青年在追赶另一个，看情形显然很严重，因为追赶的两个杀气腾腾，逃跑者只领先他们十五米左右。雅努什二话没说，加速超越两个追赶者，追上逃跑的少年。艾娃打开后车门。

艾娃　跳上来！

青年一把抓住车门，但路面结冰太滑。在艾娃的帮助下，他费了老大劲才上了车。他大口大口地喘气，嘴边还淌着唾沫。

艾娃　去哪儿？

那两个追赶的青年转身向自己的车跑去。艾娃又重复一遍问题，青年一时很恍惚：也许他没想去哪儿，又或者他去哪儿都无所谓。

青年　他们迟早会追上我。

艾娃　那你为什么要逃？

青年　我不知道。没有任何意义。

25.

青年让他们在乌亚兹多夫大道的环岛把他放下，追他的车看不见了。雅努什停下车，年轻人跳下车便消失在了地铁里。雅努什右转，把车开到大都会酒店停下，盯着空荡荡的环岛。又一辆车从车站方向呼啸而来，开上人行道，尖叫着刹停。两个追赶者跳下车，车门没关就跑进地铁。现在空无一人，没有人从另一侧出来。雅努什动了动，想要冲下车。

艾娃 你无能为力。

雅努什改变了主意。

雅努什 你说得没错。

环岛上仍空无一人。

艾娃 今天你已经做了一件好事。

雅努什 是的。

26.

保险杠凹陷的白色菲亚特出租车缓缓开进了"演员"俱乐部。雅努什无视路面标志，将车跨到左道上，停在人行道边上。

艾娃 我知道那天给他打电话的人不是你，再见。

艾娃从车里爬出来，回到自己的车上。雅努什等她发动汽车开始预热，才走回到自己那辆白色菲亚特上。此时两辆车面对面，相隔十几米。小菲亚特的前灯亮了。雅努什也闪灯回应。艾娃重复一遍这个手势——也许只是凑巧，但这短短长长的灯光似乎构成一种交流模式，就像一场任何一方都无法终结的对话。小菲亚特最后放出一束长长的不间断的光，缓缓开走。

27.

雅努什轻轻推开家门。厨房里没人。他踮起脚尖走到客厅,妻子正坐在一张沙发里。

雅努什 都睡了……

妻子点点头。

雅努什 车找到了。

妻子 我知道,他们晚上来过电话了。

沉默。

妻子 是艾娃?

雅努什 是艾娃。

妻子 这是否意味着你还会整夜不回家?

雅努什 不,不会了。

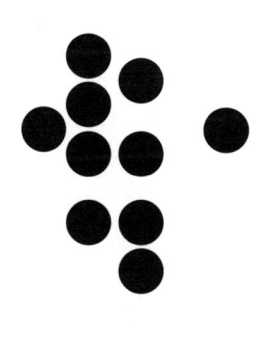

第四诫

1.

早春。小树的枝头已抽出了嫩芽。清晨遛弯的大丹犬翘起一条腿支在一棵树上，姿势保持了很长时间，像一尊雕塑——"狗在放松"。托梅克解开一辆小型送奶车的链锁，之后的故事里我们还会看到他。太阳已经升起，红光反射在阳台门和公寓窗玻璃上。这些被染红的窗户中，有一扇从里面打开了。一个年轻女子深吸了一口新鲜的早春空气。

2.

安卡二十岁，中等身高，五官匀称，除了胸部——以她的个子来说未免显得太大了。笑起来时，她的上嘴唇会提得过高，脸颊上会露出酒窝，是长成女人后还被称为"女孩"的那类。吸饱早晨的新鲜空气后，安卡关上窗。房间正中有个大背包——显然有人要出门远行,她把它推到一边。穿着睡衣的她给玻璃杯灌满水,蹑手蹑脚地走到一扇写着"男生间!"的门口,里面堆得乱七八糟:画板、画有设计样图的描图纸、一个装满烟头的烟缸,一个钱包和一张机票。安卡放下手中的水,取下耷拉在西装上的一双袜子,拆开。不出她所料:一只比另一只长。她扔下袜子,又端起水走到床边。米哈乌没穿睡裤,被子只盖到腰部,腿露在外面,一只手窝在头下。米哈乌睡觉的画面总会让安卡感动。也许看到他醒来的样子,她也同样会感动。她趴在床边,细细端详他的脸,水杯高高举在他熟睡的头顶。米哈乌睁开眼,瞄了她一会儿,感觉还没真正醒过来。安卡笑了,倾斜一下杯子,一股水流笔直地冲到他脸上。米哈乌大叫,拉起被子蒙住头,随后又小心翼翼地探出头。就当他作势要起身时,安卡把剩下的水全泼在他身上。米哈乌被浇湿了,安卡则迅速躲进卫生间。他在厨房里找到一把水壶,灌满,走到卫生间门口。锁上了。一阵安静。

米哈乌　安卡,我赶时间。

安卡　爸爸,不!

米哈乌的声音严肃起来。

米哈乌　我真的赶时间,让我进去。

安卡 你保证？

米哈乌 让我进去！

安卡从爸爸的声音里感觉到一丝认真的不满，便慢慢打开门。米哈乌站在门口，神色凝重。他身材修长，讨人喜欢，眼神平易近人——看上去既没有中年的油腻，又没有少年的青涩。他从背后拿出水壶，冲进浴室。

米哈乌 复活节周一[1]不是吗？

安卡 爸爸，不……

米哈乌 复活节？

安卡 我一时半会儿干不了，你也快赶不上飞机了。

米哈乌猛甩水壶，把整壶水倒到她身上。安卡打开吹风机——吹风机瞬间不转了。她按了好几下开关，检查电源插口，可只有信号灯会亮。她又拿去厨房试，还是没反应。她无奈地站在那里，头发湿着，手里拿着坏掉的吹风机。

米哈乌 如果亚当恰好来家里，把那些画给他。

安卡 我头发全湿了。

米哈乌 那你就别去了。

———

[1] 按照波兰习俗，在复活节周一这一天，人们会互相往对方身上泼水。波兰语里的"Lany Poniedzialek"字面意思就是"泼水周一"。

第四诫

安卡在忙着整理头发，已经穿上了长裤和灰色上衣，没有戴胸罩。

米哈乌　你这段时间就这样到处走？

安卡　现在所有人都这样，爸爸。没人戴胸罩了。

米哈乌收起文件，走到一个旧梳妆台的抽屉前。没有女人会对里面的东西感兴趣：废弃的旧手表、圆规和破三角板。可所有这些东西下面有一个褪色的黄信封，上面有字。米哈乌犹豫了一秒钟，又把信封放回原处，重新藏到那堆乱糟糟的东西下面。

安卡　他妈的，爸爸！

米哈乌　你答应过我不说脏话，特别是在家里。

安卡　可我找不到钥匙了！

米哈乌　拿我的吧。昨天不是我给你开的门，对吧？你一定是自己进来的。

安卡　是的。也可能我把钥匙落在门上，被人拿走了。

米哈乌　有可能。

安卡　我现在真的好怕家里只剩我一个人。

米哈乌　你在哪脱的衣服？

他挪开紧靠着床的一把椅子，找到一只胸罩，从她身边走过时随手扔给她。

安卡 我一个人会很害怕!

米哈乌 我不是在找你的钥匙吗?反正大部分时间你不会一个人的。

安卡 什么意思?

米哈乌 我的意思是说有人会过来住,比如雅雷克或别的什么人。没什么好焦虑的。

安卡 我不知道我想不想让他来。

两人穿上外套。

米哈乌 等等,我们昨天吃的啥?面包都吃完了。

安卡 我出去买了点圆面包。

米哈乌背上那个大背包,走回到厨房里,心满意足地从面包盒里取出一串钥匙。

3.

安卡和米哈乌在国际机场入口处下了巴士。

4.

出发大厅里的值机柜台。

安卡 你坐飞机时会害怕吗?

米哈乌 会的,好在我应该会在飞机上睡着。

沉默片刻——分别时常见的那种尴尬。

安卡 我不想让你走,那件夹克穿着会不会太热?

米哈乌把她拉近,抚摸着她还没干的头发。

安卡 忘了告诉你。我从百科全书上抄了点东西给你,那边的文学、绘画、历史、人口、重要城镇——该死,我忘了查是谁主政——

米哈乌 没事,宝贝。我知道的。

安卡 再见,爸爸。

米哈乌 照顾好自己。

5.

一个长相讨喜的小伙子等在机场外的一辆小菲亚特里。一看到安卡,便下车冲她打招呼,把脸颊递过去讨一个吻。但没得到他要的回应。

雅雷克 你都不亲我一下?我等了半个小时了。

安卡 嗨。

雅雷克是个阳光壮实的小伙子,深色皮肤,爱笑,但无疑笑得太多了。

雅雷克 我看到你们两个了,你忘了挥舞小手帕跟爸爸说再见了。

安卡 说得没错。

她转身下车,跑上游客观景台,从那里可以眺望到登机口。雅雷克跟上来。

安卡 不,你在那边等着。

雅雷克 他不喜欢我还是怎样?

安卡 他喜欢你,但你等在那儿就可以了。

雅雷克 之后我们回你家吗?

安卡 不回。

雅雷克 今天不回?

安卡 对,今天不回。

安卡望见了正要上接驳车的爸爸。从她的角度看过去,他头顶的地中海比在家时更明显了。

安卡 爸爸!

地中海停下了:父亲向她挥手,示意他要上车了。接驳车开走了。

老男人 您未婚夫?

安卡没有回答,飞机在向起跑点滑行。

老男人 对不起,我们好像在哪里见过。

安卡 是的,厕所里见过。

老男人 您说什么?

安卡 我说,是的,我们的确在哪里见过。在科卢什基的茅房里见过。

老男人 对不起。

安卡 没事。

6.

验光师是那种典型的男性化女子,短发,风风火火,声音低沉有男人味。

验光师 名字?

安卡 安娜。[1]

验光师 年龄?

安卡 二十。

验光师 大学生?

安卡 戏剧学院,最后一年。

验光师停笔。

验光师 你们需要通过什么样的入学考试?我儿子想申请。

安卡 文学、诗歌、散文、音乐……

验光师 明白了,您背的是哪位诗人?

安卡 赫伯特。

验光师 赫伯特,那没希望了。您很漂亮,视力有问题?

---

[1]"安卡"是"安娜"的缩写或不那么正式的称呼。波兰语里有多种名字的缩写形式,剧本里有好几个角色都用的缩写。为了简便起见,我们只用了两种:一种是正式的,另一种是不那么正式的。因为基耶斯洛夫斯基和皮耶谢维奇在《第四诫》里都用的"安卡",我们便决定坚持这一用法。《第九诫》里也出现过这样的情况,罗曼的妻子在整个故事里都叫"汉卡",只有一次例外,她从滑雪场给医院打电话时,自称用的正式称呼"汉娜·尼奇"。

安卡 是的。昨天看远处的飞机起飞，原先没问题的，可现在只能看到模模糊糊的一个点。然后我记得我看不清公交车数字了，除非离得很近。

验光师把一个遮住一边的金属镜框架到她眼睛上，她走到远处挂着的字幕板前。

验光师 读。

安卡 （英语）F-A-T-H-E-R——"Father"。

验光师 您是一路猜出来的。

安卡 是的。

验光师 您懂英语？

安卡 是的。您为什么选这些字母。

验光师 我也想测一下您的智力。

安卡 我爸爸就在那架我昨天看不清的飞机上。

验光师指着最下面那行的字母。

安卡 我看不清。

验光师 确实，您的视力确实有问题。

7.

发黄的信封上的打印字迹起初很模糊，等到渐渐拿近时，安卡才开始看清楚。此时她正站在我们在米哈乌的房间里看到过的梳妆台前。她把信封拿回自己房间，开始细细研究，这也许已经不是第一次。

信封很厚,说明里面折入了好几张纸。安卡把信封举到灯前,她取下灯罩就是为了这个目的,但还是弄不清里面装了什么。她设法揭掉封口,但粘得太紧,剥不下来。她闻了闻,凭气味其实判读不出什么,但她还是把它放到鼻下,这一次(如果演员能演出这个效果)那个气味让她想到什么。门铃响。安卡看猫眼,雅雷克站在门外,一颗巨大的脑袋和一副细长到失真的腿,整个身体在凸透镜下都变形了。他直视着猫眼,感觉到她在门里看他,便弯下身对着猫眼,用手窝起脸,温顺地看着她。安卡笑了——他在滑稽熟练地做着简单的戏剧练习。雅雷克又用手指点下嘴唇,然后点向猫眼,他的手指被凸透镜宇宙级地放大了。

雅雷克 这是你嘴巴的位置?

安卡 是的。

雅雷克 给它一个吻。吻了吗?

安卡 没有。

雅雷克 你今天没来上课,他们只能跳过你那段戏。

安卡 我不太舒服。

雅雷克 明天呢?

安卡 明天我会去的。你打算一直站在那儿?

雅雷克　我冻僵了，麻烦给我一杯热水喝。

安卡　没煤气了。

雅雷克　那我就这么看着你。

安卡　我不在里面。

雅雷克　哦，你就在里面。

雅雷克不再卖傻。他悲伤地笑了，经过猫眼扭曲的那张笑脸显得尤其悲伤。安卡拉开门闩，让他进屋。雅雷克温柔地把手臂搭到她身上，安卡顺从了他的拥抱，她觉得自己对他更多是同情而不是欲望。

雅雷克　我做错什么了吗？

安卡　没有，不是每件事都围着你转，你懂的。

雅雷克　为什么我们不一起待在这儿？

安卡　我更想他在的时候和你在一起。我这么做就是为了刁难他。当他不在时，我可以随心所欲做自己喜欢的事，所以会觉得哪里不对劲。

她其实是说给自己听。但不管怎样，雅雷克没有在听，更忙于吻她的脖子和耳垂，摸她的乳房。

雅雷克　如果你觉得沮丧或不安，我可以留下来陪你。

他的手滑到她臀部，脸贴到她的腹部。她从上面平静地俯视着他，不为他的爱抚所动。

8.

安卡穿过一片小树林,我们在《第一诫》里见过的同一片湖边树林,一直延伸到维斯瓦河岸边。安卡跳到隔开树林和河岸的矮墙边,坐下,取出黄色信封和一把大剪刀。她又读了一遍信封上的字——"我死后才能打开"——然后举起剪刀开信封。此时她没有留意到一个年轻人划着一个小艇过来,她太专注地拆信,以至于没有发现他已经到岸边,将小艇抡起来扛在背上。安卡在封口下慢慢地小心地用剪刀划开。按道理说,信封里很难再装下另一个信封,安卡在很艰难地把里面的信封和外面的信封分离,两个信封粘得太紧了。里面的信封上也有一行字:"给我的女儿,安娜。"笔迹与黄色信封上的截然不同,这封的字迹圆润、柔软和女性化。但白信封一样旧,确切说本来应该是纯白的,如今边缘已泛黄。那个年轻人走向她,仿佛浑然不觉肩上的船的重量。她正要拿剪刀剪开黄色信封,意识到有人在看着她,便抬起头:肩上扛着船的年轻人正盯着她看。他一动不动,表情僵硬,然后走开了。安卡放低信封,迟疑一会儿,然后用脚在沙里刨出一个洞。她把剪刀扔进洞里,把白信封塞回打开的黄信封,然后把沙子拨回去,盖住剪刀。

9.

戏剧学院里在排练。一群男孩女孩，还有一位教授。安卡和雅雷克正在排一出爱情戏——田纳西·威廉斯的《玻璃动物园》，安卡也许演的是劳拉，雅雷克演吉姆。劳拉很天真，吉姆更老道，也更自信。我们看到他俩开始了。结束时教授走过来，演示着该怎么演。看上去他们的表演还有待提高。

教授 应该再直接点，可你，安卡，要记住一点，你爱着他。你一旦忘了这点，整场戏的张力就没有了。

安卡 可事实上——我为什么要？

教授 要什么？

安卡 我为什么要爱他？

教授苦笑，这场戏已经排了无数遍。

教授 他年轻帅气，橄榄球又打得好，所有女孩都为他神魂颠倒。你应该爱他爱得发疯，从头到脚地着迷。可现在你只让他一个人使劲——你没明白吗？你不觉得雅雷克很迷人吗？

大家都笑了，所有人都知道安卡和雅雷克的关系。

安卡 还好吧。

教授 记住，你是在舞台上，你爱着吉姆。这真有那么难吗？

安卡 如果我必须这么做，不难……

教授 大家休息一下吧。

大家散开，抽烟闲聊。

雅雷克 安卡，怎么了？

安卡 没什么。怎么了？

10.

安卡在厨房里吃三明治，心思却在别的地方。她正看着那个白色信封，和浅黄色信封一起立在牛奶瓶边，她盯着上面的字迹："给我的女儿，安卡。"

11.

安卡在米哈乌的某个文件夹里找出一叠信，没有一封的笔迹跟白信封上的一样。她好像自己也不清楚在找什么，这是我们看到她跌坐到地上后得出的结论。现在信散在地上，她坐在那里，仰头发呆。

12.

地下室的走廊很黑，只有小窗透进一星半点的光。安卡有点害怕，战战兢兢往前走。她推开自家地窖的门——她显然很少来这里。她看到一辆破旧的儿童自行车、一副木制的旧滑雪板、一些纸箱和行李箱、一匹旧的摇摆木马、一条围裙，诸如此类的各种旧货。她拖出一个黑色的行李箱，这箱子在当年一定很时髦。她费老大劲才把生锈的锁打开，箱子里装满了旧书、文件夹和看上去很久没用的小化妆包。这就是安卡要找的东西。她取出一把梳子、一些唇膏、一面小巧的化妆镜和一块绣着五彩花边的旧手帕。这些东西快有二十岁了，从外表和它们过时的风格就可以判断出来。化妆包的侧袋里有一张照片和一套文具、便笺和信封。她拿起那张照片：树边的墙上靠着两对青年男女。一张普通的旅游照？在度假村拍的？某次出游或其他什么时候拍的？照片里的人穿着波兰六十年代的时髦装束，安卡仔细看了很久，似乎以前不止一次看过这张照片，不知为什么现在才对照片里这些人的身份这么好奇，背面也没看到题字。安卡打开那套文具，里面有几个信封，跟之前令她好奇又不安的白色信封很相似，里面还有几页纸。安卡取出其中一个信封和一张纸。

13.

安卡收拾桌子，将两个白色信封放在上面。又去橱柜里找出一支钢笔和一瓶墨水。她摊开纸，小心模仿那个没开封的信封上的字迹，在那个从地下室拿来的信封背面写下一行字："给我的女儿，安卡。"她把两个信封挨在一起——字迹的确看着很接近。她沉思一会儿，写道——"我亲爱的女儿"，门铃声打断了这个伟大的作业。安卡打开门，看到一个身材结实、讨人喜欢的男人，四十五岁，穿着一件夹克。

亚当 哈喽，不好意思没给你打电话，米哈乌让我来取几张画。你知道他说的是哪些吗？

安卡从父亲的房间里拿出一卷画，亚当接下，正要走。

安卡 亚当……

亚当 怎么？

安卡 您跟我父亲做朋友很多年了吧？

亚当 我们是大学同学。

安卡 亚当，我妈妈长什么样？

亚当 很像你。

安卡 是脸很像吗？

亚当 脸也很像，我说的是整体上很像。

安卡 您觉得她会不会有一些……一些秘密？

安卡注意到亚当的不安。

亚当 我怎么知道？

安卡 一些她不想让我知道的事情。

亚当 她就像你，想说什么就说什么。

安卡 她死的时候我才五天大。

亚当 那她可能给你留过什么信。你为什么问这个?

安卡 我梦见她了,她在梦里总想告诉我些什么,可我始终不知道到底是什么。

亚当会意地点点头。

亚当 抱歉……我真的得……等米哈乌回来时我再过来。

安卡回到放着信封的桌边,现在她有充分的自信仿造一封母亲写给她的信。她的字有点圆,有点斜,有点女性化,填满了整页纸。

14.

安卡等在机场公交车站上,戴着她的新眼镜,浏览最新抵达的航班。一架飞机刚从东南方飞来,那儿的黑市汇率特别低。那个习惯一见面就献殷勤的老男人正走下舷梯。没多久,只见米哈乌正走出到达大厅,行李已经把他压弯。没见到安卡让他很惊讶,便摇摇晃晃地走向公交站,一边不时地四下张望。他终于发现了女儿,笑逐颜开。

米哈乌 原来你在这儿……

他很惊讶她戴上了眼镜。

第四诫

米哈乌 好看——浅色镜框好看。

安卡看着他,没笑。

米哈乌 怎么了?

安卡 没什么。

米哈乌 你的眼神很奇怪。

安卡 "我亲爱的女儿……"

米哈乌 什么?

安卡 "亲爱的女儿,我不知道读到这封信时你已经长成啥样,也不知道你有多大了。当然肯定已经长大成人,米哈乌也已经不在人世。给你写信的此刻,你还很小。我只见过你一次,然后他们就再没带你来见我,因为他们知道我很快要死了……"

安卡看着米哈乌,目光定格在他视线下的某处。米哈乌用手指掂起她的下巴,逼她正视自己。她沉默一会儿,闭上双眼。泪水流下眼睑。她徒劳地想挣开父亲的手,但并不坚决,继续说。

安卡 "有件事我不得不告诉你。米哈乌不是你父亲,你的亲生父亲是谁不重要:那是一个无脑的时刻,一个造成如此大痛苦的愚蠢举动。我知道米哈乌会将你视如己出。我了解他,也相信你和他会生活得很幸福。我想象着你将会在自己的地方读到这封信。你有一头浅色头发,对吗?你有纤细的手指和脖子,就像我所希望的那样。你的母亲。"

米哈乌松开她的头。她把头深深地低下,身子微颤。

米哈乌 你不该读这封信。你不该……除非我……

安卡 我知道。

米哈乌 那你为什么还要?

他再次用手抬起她的头,这次的动作很猛烈,几乎算暴力。安卡吓得直哆嗦。

米哈乌 为什么?

他控制不住自己,抬手扇了她一耳光。直到第二个耳光下来,安卡才想到保护自己。行人都在盯着他俩。米哈乌恢复了平静,提起大包,大步离去。

15.

米哈乌望着窗外,眯缝着眼睛寻找女儿。低头看了眼刚才打她的手。他生安卡的气,也生自己的气,但主要是生自己的气。

16.

雅雷克的家门外,安卡下车。那种典型战前风格的老式低层公寓楼。

17.

雅雷克母亲开的门，五十岁的她对自己的年龄和样貌已经处之泰然。公寓不大，家具也很朴素。

安卡 雅雷克在家吗？

雅雷克母亲是那种在儿子的朋友面前可以迅速切换成非正式口吻的女人。

雅雷克母亲 他出去了。你怎么不进来？

安卡 可以吗？

雅雷克的妈妈把门又开大点。她清理掉餐桌上杂七杂八的东西：一个放大镜，还有放在一个被隔成多个方格子的容器里的树叶。她不是在给它们贴标签，就是在书上查阅这些树叶的资料。

雅雷克母亲 你把外套脱了吧，他还有一会儿才回来。

安卡 我有点冷。

雅雷克母亲看着她的方式，表明她曾历经生活的磨难。

雅雷克母亲 我可以给你弄一杯热饮料……或者你想来一口伏特加。

安卡没想过这个，但既然人家主动提出，何乐不为呢？雅雷克母亲拿出一个酒瓶，给安卡的杯子里满上，却只给自己倒了一点。安卡握着杯子有点迟疑。

安卡 雅雷克告诉过你他想跟我结婚吗?

雅雷克母亲 把酒喝了。

她俩举起酒杯,安卡干脆地一饮而尽。

雅雷克母亲 他提过这事。

安卡 我准备好和他结婚了。如果他想的话,马上就可以结。

雅雷克母亲 你爸爸的意思呢?

安卡 他不要紧。毕竟他不是我亲生父亲。

雅雷克母亲深深地看着她,眼神中甚至带着点饱经世面。她起身把酒瓶放回橱柜。

雅雷克母亲 太突然了。这个决定一旦作出,就不能改变主意或者食言了。

安卡 我知道。

雅雷克母亲 如果你没有处理好该处理的,就不能冲动行事。

安卡 我已经处理好了。

雅雷克母亲 真处理好的话,你不会这么匆匆忙忙。

安卡没有接口,或许是同意雅雷克母亲的说法。

雅雷克母亲 你可能应该搬出来住一阵——可以去我妹妹家。如果乐意,我可以送你去,或者你自己过去。雅雷克总是拿了钥匙就跑,所以我猜你知道地方。但你现在什么都不要跟雅雷克说。他爱你，你过几天再看看自己怎么想。要我送你过去吗？

18.

安卡按下自家门铃，好一会儿没放手。始终没人应。她坐电梯下楼，在二楼中途停下。电梯门开，米哈乌进来，等待。安卡按下按钮，电梯上行。

米哈乌 我到处在找你。

电梯在他们那层停下，但没人做出要开门的动作。

安卡 我忘了带钥匙。

安卡 到我们楼层了……

依然没人要出去的意思。很快，电梯继续上行。电梯又停——《第二诫》里那个主任医师走进来，看到他俩在电梯里，很惊讶。

主任医师 底楼？

米哈乌点头。电梯缓缓来到底楼，主任医师出了电梯，但他俩仍留在电梯里。僵持一阵后，安卡再次按下按钮。

米哈乌 对不起。对不起，安卡。

安卡 你知道了？

电梯停在地下一层。

19.

这是我们之前刚看到过的地方，这次光线更暗了。安卡犹豫了一下，有些惊慌。米哈乌打开灯，带她走进一条长长的走廊，走廊两边是通往各家地窖的木门。他们家地窖的灯坏了。米哈乌划了一根火柴，点燃窗台上的两支蜡烛。之前看到过的画面再次重现：米哈乌清开上次安卡堆到一边的东西——自行车、滑雪板等等，打开黑色行李箱，取出化妆包，将那张两男两女的旅游快照递给安卡。

米哈乌　认识你妈妈吧？

安卡　认识。

米哈乌　这两个中的一个……我猜……应该是你亲生父亲。

安卡再一次细细端详这张照片

米哈乌　留着吧。我不知道，可能有一天你会想去找他。

安卡　为什么要找他？

米哈乌　我不知道，电影里的孩子总会想去找亲生父亲。

安卡将照片还给他。米哈乌把化妆包塞回原处。

安卡　那这个化妆包呢？

米哈乌　你妈妈的。他们在医院里给我的。

他把包塞回到行李箱里，不是很想深入讨论这个话题，或者看起来是这样。

安卡 你知道多久了？

米哈乌 一开始就知道。

安卡 你骗人。

米哈乌 真的。不，这无关紧要，你是我女儿。

安卡 你应该告诉我的。

米哈乌 我本来打算你十岁时把这封信交给你，可那时候你还太小。所以我决定等你到了十五岁再给你，可那时你又太大了，就在那年，我决定把它装进这个黄信封里。

安卡 就这么简单？

米哈乌 我觉得这不会影响我们的父女关系。

窗台上的烛火将尽。

安卡 我觉得你在撒谎。你在撒谎，对不对？

安卡注意到烛火在闪烁。

安卡 你看。左边的蜡烛是你，右边的是我。谁的蜡烛先灭，谁有权问对方一个问题。同意吗？

米哈乌 同意。

左边的蜡烛先熄灭。

安卡 问吧。

现在她的蜡烛也灭了。走廊深处有束光照亮了他俩。

安卡　把你的手给我。

米哈乌　你的手冰凉。

安卡　帮我焐暖。

米哈乌往她的手心里哈气，像大人给小孩暖手那样，当她还是小女孩时，他就是这样给她暖手的。

20.

安卡，穿着短靴就瘫倒在一把沙发里。

安卡　你赢了，想问什么就问吧。

米哈乌　我在公交车站已经问过你了。

安卡　问了什么？

米哈乌　你为什么要看那封信。

安卡　第一次……我第一次看到，是我们搬家那会儿。是从一个文件夹里掉出来的，那时我十六岁。

米哈乌　十五岁半。

安卡　我把它放了回去，但我知道它的存在。我起初感觉很刺激，以为是一份官方文件或别的什么，甚至可能是一份遗嘱。那时我正在读冒险小说，以为是"至理名言"之类的。你懂的，就是讲怎样体面地过一生之类的东西。后来我发现你每次离开都会带着它，所以不会是遗嘱什么的。可你这次走时，把它留在了家里。

米哈乌　是的。

安卡　故意的吗？它起初跟那些要带走的文件放在一起，但你还是留下了它。

安卡起身去自己的房间，拿来两个信封以及那封她写给自己的信，放在米哈乌面前。

安卡　你读过吗？

米哈乌　没有。

安卡　因为你想让我读，我才读的。

米哈乌　这个说法太直接了。

安卡　戏剧学院的老师教导我们：你在说某件事时要思考为什么，背后的意图是什么。

安卡再次起身，从厨房里拿来一瓶已经开封的伏特加和两个玻璃杯。她把伏特加倒进杯子，举杯，等着米哈乌。

安卡　你不想知道我刚才说这些话的真实意图吗？

米哈乌举起他的杯子。

米哈乌　不想知道。

安卡　好吧。

安卡的杯子碰一下米哈乌的杯子。

安卡　从现在开始我该怎么称呼你呢？

米哈乌　叫我爸爸。

安卡按照典型的波兰饮酒方式，举杯的手臂绕上他的手臂，这让她靠他更近了。

安卡　我的名字叫安卡。

米哈乌迎合着她的小游戏，他事实上也别无选择。

米哈乌　很高兴认识您……我叫米哈乌。

两人挽臂喝了一口，挽着手臂。米哈乌将手臂松开，在安卡脸颊上亲了一下，两人的头靠得更近了。她看着他，嘴唇慢慢靠近他的嘴唇。米哈乌一动不动。安卡闭上眼睛，但她的嘴唇在最后一刻逃开了，亲一下他的下巴。

安卡　我真正想说的是，我很早就知道……当我第一次失去童贞的时候，我觉得，或者更确切地说，我有一种感觉，我对某人不忠。那个时候我还没有意识到那个人就是你。后来我一直有这种感觉，很多时候都是这样……

门铃响起，安卡停下，铃声一停她又说。

安卡　我一直在寻找跟你完全不同的男孩，但每次一有人碰我，我只会想到你的手，我就是控制不了自己。每次跟谁接近，我都没有真正和他们在一起……

门铃又响，这次响了很久。米哈乌开门。

亚当　你回来了。情况怎样？

米哈乌 进来吧。还不错。

亚当带来一卷设计稿。他松开外套纽扣,但没打算脱下。

亚当 我复印一份送出去了,传真已经确认收到。(目光扫向桌子)我们来点伏特加?

米哈乌 坐吧。

他把亚当引到长沙发,拿出第三个玻璃杯,又斟上酒,给安卡倒得尽可能少。

亚当 你什么时候能拿到学位证?

安卡 五月份。

她离开房间,扑倒在床上,把头埋进枕头里。亚当喝半杯便打算告辞。米哈乌仍坐在沙发上。安卡从卧室里往外望着他。米哈乌看向她的卧室门,然后起身,轻轻地走过去。他从门口看着她,然后走近一点,摊开沙发靠背上的毯子,盖在她身上。

安卡 去他那儿吧。

米哈乌 他走了。

安卡 那就跟他去,或者出去见见谁,反正你根本不想跟我说话。

米哈乌刚想回答,安卡捂住了耳朵。她穿着一件宽袖上衣,在她抬起手臂的瞬间,米哈乌瞥见一小丛黑色的腋毛。安卡对这种姿态的情色"意味"浑然不觉,但我们能意识到，米哈乌也能意识到。他抬手滑向她。我们无法确定他的"意图"，但这个动作仅以用毯子盖住那个私密又不私密的地方而结束。如果说米哈乌之前还处于不安情绪里，此刻已恢复镇定。安卡看着像是睡着了。沉默。米哈乌用几乎听不到的声音，极轻柔地唱起摇篮曲，就像很多年前哄她入睡时那样。又或者他是在吟唱《小熊维尼》里的歌曲。毫无疑问，他试图回到那个一切都更简单更安全的年月。

安卡 你在怕谁？我，还是你自己？没什么好怕的——我要结婚了。

电话铃声响起。

米哈乌 你来接。

安卡 可能是玛尔塔打来的。

米哈乌怀疑地摇摇头。

安卡 或者是克日蒂娜。

安卡走向电话机。

安卡 您好。是的。没有，我才醒。明天？到时候先给我来个电话吧。

她放下听筒。

米哈乌 你的未婚夫？

安卡 我的未婚夫。

米哈乌 他知道自己要和你订婚了？

安卡 不知道。但我已经跟他妈妈说过了。

看到她是认真的，米哈乌换了语气。

米哈乌 那你呢？你怕谁？你可以离开华沙，离家出走，结婚，但这改变不了什么。

安卡 雅雷克的妈妈说得跟你一样。

她坐在沙发上，张开套着短靴的腿。

安卡 帮我脱掉。

米哈乌弯下身，脱去一只靴子，然后脱去另一只。安卡身体前倾，伸直脚趾。米哈乌本能地摸摸她的脚尖，又摸摸那双搭在他膝盖上的腿。

米哈乌 都湿了，你会着凉的。

安卡 我们不是来讨论着凉的。

米哈乌 脱掉吧。

安卡松开长袜，脱下。米哈乌拿来一双波兰山区买的毛袜，再次弯下身，把毛袜套到安卡脚上。

米哈乌 感觉好点了？

安卡 暖和了。这是一种罪恶感，或者背叛的感觉。和别人上床时，我一直觉得在背叛你。

米哈乌垂下目光。也许是隔代的关系，他发现很难坦率谈论这类话题。

米哈乌 我从没有这种感觉。

安卡　骗子。

米哈乌　好吧。我——我每次跟别人一起时会觉得离你很远,就像我要离开你一样。

安卡　我一直没法忍受你总是给我这么多的自由,好像完全不在乎我。那也是为什么我说我要结婚的原因。这么多年来——我想要你说:不,够了够了。

米哈乌　我不能。我没有这个权利。但这不是唯一的理由。我怕因为舍不得你而阻止你,怕这种舍不得不是父亲对女儿的那种。我不希望有这种羞耻的感觉。

安卡　别不承认了。

米哈乌　是的。不,我仍不清楚它过去是什么——现在又是什么。

安卡　上次你撞到我和马尔钦在床上……是你出门旅行的原因吧?

米哈乌　是的。但是没有一个父亲会喜欢自己的女儿和别人上床,所以我并不对此感到内疚。

安卡　但你知道我不是你女儿。

米哈乌　你曾经是。这些年来……我时常想,你妈妈是否弄错了。女人本应该很清楚这些,可她的确可能弄错了。

安卡笑了，她知道什么是只有女人才会懂的。

安卡 我不这么认为，女人的确清楚这些。

米哈乌 你怎么知道？

安卡 我就是知道。

米哈乌起身。亚当的杯子里还剩点酒，他拿起杯子走到窗前，背对着安卡。

米哈乌 你有没有过——

安卡 是的，一次。

米哈乌喝掉亚当杯子里的酒。

米哈乌 什么时候？

安卡 去年。

米哈乌的眼神暗淡下来，就像在公交车站打安卡耳光时那样。他从窗口移开，开始在屋子里踱步。

米哈乌 听着，为什么我出门旅行，为什么我夜里会出门散步很久，因为我希望发生点什么改变这一切，改变到无法回头的地步。起先我以为你跟别人上过床就解决了，但我错了。然后我希望你能有个孩子。

现在他对着她站着。

米哈乌 我希望你有个孩子，你明白吗？

安卡 那也是我为什么拿掉那个孩子的原因。所以你不能带着原谅的微笑告诉我什么事都没发生。那就是原因！那就是我为什么去打掉孩子时没跟你说。你不会说：没事的，小女孩，去吧，把孩子打掉吧，没关系！

米哈乌　我不可能说出那样的话。

安卡　那可说不准。

米哈乌　你清楚！

安卡　你想让我有个孩子是为了什么？为了有一个美满的家庭？可以换个人宠爱，换尿布？换个人让你夜里醒来觉得自己是一个高尚的人？你想自己化解这一切，但事实上不需要你做什么决定？就像信里说的："在我死前请勿打开"！这样你那高贵的道德铠甲里就不会有漏洞了！

米哈乌看着安卡，一副被冤枉又百口莫辨的表情。

安卡　而且这根本不是别人怎么想的问题，是你如何评价自己的问题。

米哈乌走到冰箱前，往碟子里倒一些牛奶，放在橱柜边。他舒口气，发现安卡已经不在屋里。他走去大房间，站到通往自己房门口的梳妆台前。安卡正在看他俩的合影，那时米哈乌还年轻，她也还是个小女孩：两个人在对着镜头微笑。她的手里攥着所有的信封——白的，黄的，伪造的，还有那封真的……

米哈乌　你没有给刺猬倒牛奶。

安卡 我都收着,看到吗?

她果然把信封放回了抽屉。

米哈乌 这是给你的信。

安卡 我不想要!

米哈乌耸耸肩。

安卡 我不想要!

她向米哈乌跑去,抱住他,把头埋到他的胸口。

安卡 我不想要,我不想要——

米哈乌别无选择,只能抱着她。

安卡 小的时候,每次我一哭,你就会抚摸我的背。有时我故意哭给你看,这样你就会把手滑到我睡衣下面,抚摸我。我喜欢。

米哈乌缩回手,又再次本能地开始抚摸他颤抖的女儿的背。

安卡 你从来都不想我长大,是不是?你希望我一直都是小孩子,像过去那样保护我。甚至在我的胸开始变大后,你也从不让我穿比基尼游泳。我第一次来例假,你把我带进山里,像要把我藏起来。但没用。我长大了。你甚至都没和玛尔塔结婚。我就怕你会结婚,但我用不着担心了,因为你不会结婚,你在等我,是不是?

安卡后退一点,尽管她的手臂依然在他肩上。

安卡 你在等……

米哈乌 我没这么想……我不知道。

安卡 好吧,我想过。我知道你在想什么。

米哈乌 我不知道。

安卡 好吧,我知道。我不是你女儿……现在我是个大姑娘了。

米哈乌没有回答。面色疲惫而忧伤。

安卡 你想碰我吗?

安卡拿起他的手,放到她脖子上。

安卡 你想吗?

她握着那只起初被动的手慢慢沿着脖子往下滑,然后往下移到上衣中间的纽扣,试图把它移到自己的胸部。米哈乌试图把手移开,但安卡越抓越紧。米哈乌开始奋力抗拒,最终成功挣脱。

米哈乌 快去睡觉。

他移到一边,让她过去。安卡慢慢走过他身边,走到电视机前,转头面对他。

安卡 以前你爱看速降滑雪。

米哈乌 现在不想看了。

安卡打开电视,楚尔布里根[1]从一座大山坡上滑

---

[1] 皮尔明·楚尔布里根,瑞士滑雪运动员,于1988年加拿大卡尔加里冬季奥运会上夺得了高山滑雪的金牌。

下，每次转弯，人们都报以欢呼。电视声音开得很响。安卡打算走出房间。

米哈乌 安卡！关掉。

他的声音里是往常那种不容置疑的语气。安卡关掉电视。沉默。

安卡 行。再问一个问题。

米哈乌 就一个。

安卡 你为什么想让我读那封信？

米哈乌 因为我想要一个不可能的东西。你现在可以去睡觉了。

早晨。从前一晚开始，米哈乌就没脱过衣服，卧室里的夜灯始终亮着——显然他一直没关。他悄无声息地提起电话听筒，从通讯录里找出一个号码。他拨了号码，尽可能压低声音。

米哈乌 46417？绿山城吗？安杰伊？我没听出是你……是的，好久不见了……不，没什么事……一件……一件小事……如果是无关紧要的事，我不会打电话……就是这样，你说得没错……的确。我想给你个惊喜：我想过来，住……不，就住一阵……更久一点。我想要搬过去常住……没错，工作上的事情……或者租个房间或公寓……当然，我可以当老师……如果有地方住的话就去城外……不，我自己。

安卡突然醒了，感到不安，惊讶自己为何如此。一秒钟后，她明白了原因。她蹑手蹑脚地走进厨房。牛奶、奶油碟、一些奶酪和圆面包都在桌子上，一只玩具熊猫笔直地靠在那瓶牛奶上。安卡拿起它，摸了摸它皮毛的蓬松度，突然僵住了。她把头探进父亲的房间，里面是空的——没有旅行包，也没有米哈乌。她跑到窗前。春天的天气又是那么美丽晴好。米哈乌正往公交站的方向走，背着旅行包。

安卡　爸爸！

米哈乌没有停下脚步。

安卡　爸爸！

米哈乌停下来，转过身。

21.

安卡等不及电梯，两步并作三步地直冲到楼下。

22.

米哈乌背着背包站在原地。安卡上气不接下气，在离他几步远的地方停下。

安卡　爸爸……

米哈乌不发一言。

安卡　我撒谎了。

米哈乌沉默。

安卡 我从没有读过那封信。我甚至没有打开过。信还在柜子里。

那个背上扛着小划艇的年轻人正走在公寓楼间的小路上。

安卡 你读到的是我自己写的，就是在机场里我对你说的那些。我看到信封上妈妈的笔迹，模仿着写的。

米哈乌放下背包，眼角的余光里可以看到那个扛着小划艇的年轻人。这个场景在这一带很不寻常，米哈乌下意识地转身看他。就是《第一诫》里坐在火堆旁的那个人，也是《第二诫》里站在医院走廊里的那个人，后面的故事里他会一再出现，不断出现。

安卡 爸爸……妈妈的信里究竟写了什么？

米哈乌 我不知道。

他瞥一眼扛小划艇的那个人。安卡的目光也跟过去。

安卡 那上面写了什么吗？那个小船上？

米哈乌 是的。

安卡 写了什么？我没戴眼镜。

米哈乌 贡——贡多拉。

安卡 我知道我们该怎么办了。

23.

安卡还穿着睡衣和外套，打开柜子抽屉，取出那个黄信封和自己写的那封，最后是那封严严实实的信封里的真的信。

  安卡 能帮我一把吗？

米哈乌点点头。他俩进到卫生间。安卡拉起马桶座，从外套口袋里拿出一盒火柴。第一根火柴没有点燃，第二根也是。她把火柴盒递给米哈乌，米哈乌划了一根，等着。

  安卡 这儿……

米哈乌把火苗移到信封一角。信被点着了，火焰慢慢吞噬信纸。小小黑黑的烧焦的纸灰飘落到马桶上。火苗朝安卡提着信的手指延烧过去。她忍着逼近的灼热，露出痛苦的表情，米哈乌按灭奄奄一息的火苗。只留下安卡指尖的一小片纸。她把纸展开。有几个用女性化的圆润字迹幸存了下来："我亲爱的女儿……"这行里的其他字已被烧焦，只能看见第一段第一句的三个词——"我必须告诉……"，后面没了。

他俩围坐在桌旁吃早餐。安卡已经穿上短上衣（但没戴胸罩，也理所当然），毛茸茸的熊猫坐在牛奶瓶边。米哈乌试着戴她的眼镜，很快又取了下来。

安卡　现在一切都看上去不一样了。

米哈乌　之前有一个给我们干活的家伙叫克日什托夫。我跟你提起过吗？……他骑车从四十公里外的米哈林来这里上班。他每天努力要打破前一天的记录，我们总会问他，你今天骑过来花了多久？他说，二十六分四十秒，或二十五分零三秒，诸如此类。他的时速一定有一百英里或更快。有一天他没来上班。半小时，一小时过去了，我们都以为他出事了。终于他出现了，脸色煞白，还戴了一副眼镜。上帝啊，我的天啊，他说。怎么了？我们问他。先生们，他回答说，我才知道路上有那么多人那么多车，路有多挤，全都是自行车和货车，原谅我吧上帝。原来，他被查出了近视，屈光度负四点五度，自己从不知道。他把自行车卖了，买了件西装，直到今天再没碰过自行车。

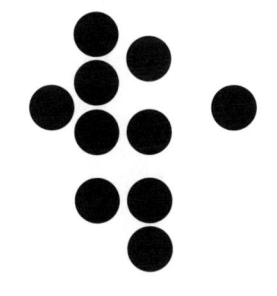

第五诫之杀人短片

1.
我们在前面的所有故事里都见过这个公寓门洞，此时从里面走出一个身材魁梧的男人，来到阳光下。户外阴沉又泥泞。男人穿一件无袖背心，外面套着工作服，肩扛一件重物，嘴里吹着口哨。他眼睛小小的，留了一副典型的二手车推销员式鬓角，土耳其牛仔裤则是国内黑市上买来的走私货。一样小东西从他鼻子前闪落，啪嗒一声打在柏油路上。他从地上捡起那块湿湿的破布，抬头张望。

雅采克在新城广场闲逛。他是一个二十岁的青年，短发，圆脸盘上的粉刺因为天冷的缘故比往常更显眼。他有一双浅色的眼睛，表情有点凶狠。听到身后有人叫，他转过身。

声音 （画外音）嘿，伙计！

雅采克不知道是否叫的是他。没错，是在叫他。他等着那家伙过来，脸上露出没啥好事的表情。

一个年轻人正在辩护律师委员会的大厅里读一封信。他看起来是一个有同情心、敏感，甚至有点脆弱的男人。他本能地点上一支烟，起初火柴没有对上烟头。

声音　（画外音）皮奥特·巴里茨基先生！请进。

皮奥特——这个讨人喜欢的年轻人随即按灭烟头，转身走过去。不知谁拍了下他肩膀，分明在祝他好运。皮奥特努力控制住自己，朝门口走去。

这三个画面可以让我们明白，虽然是三个不同的人物，三个不同的地方拍摄，但他们之间显然有某种联系。又或者，他们的命运将在日后发生交集。

2.

身材魁梧的男人拿着破布在巡视这幢公寓楼，从他的位置看上去，这幢楼显得巨大无比。所有的窗户都关着，很难判断破布是从哪里掉下的。他一脸厌恶地用大拇指和食指提溜着破布走到门洞口。门开着，看门人正在里面打扫。他跟看门人打了声招呼，然后把破布扔进了垃圾箱。他是个出租车司机，我们从现在起就这么称呼他。

看门人 您把布扔了？还能派用场的。

出租车司机 有人扔到我身上的。

看门人 打到您了？

出租车司机 没有，您有见过谁手上拿着这块布吗？

看门人摇摇头。没有，没看到过。

看门人 可能是不小心掉下来的。

出租车司机 也许。您看。

垃圾箱上坐着一只猫。

出租车司机 咝，咝！

猫嗖地逃开。出租车司机又冲它跺下脚，猫从地下室窗口跑了，出租车司机笑了。

出租车司机 我讨厌猫，它们跟人一样靠不住。

看门人 可它们能管老鼠。

出租车司机 随便吧，这些该死的小东西。

他回去拎起他那两桶水，朝自己的车走去，车停在停车场那边。他解开绑油布的绳子，扯下，小心地折成他那种老掉牙的式样。这是一辆蓝色波罗乃兹，有出租车顶灯。车看着并不脏，可主人还是拿手指在抛光的表面上抹一下：仍不够好。他拉开车门，打开收音机。车里配备了大量乏味的配件：前后都加了灯，各种贴纸（"我的丰田棒极了"、"我用什么油……"

等），后视镜上还安了一根红色天线，以及一个ET吉祥物。出租车司机开始动手洗车。

3.

刚才广场上叫住雅采克的那个家伙朝他走过来。他很高，膀阔腰圆，任何人在他面前都会发怵。雅采克也不例外。他把旧单肩包往下拉了拉。

我们第一次看清楚他的打扮：一件波兰产的粗棉布夹克，上面镶着粗糙的钉子，牛仔裤有点太宽松，两只大手冻得通红。那个家伙品头论足般地打量他一番——自己身上则是一件破旧的皮夹克。

  混混 借我们一百。

  雅采克 可是我没钱。

  混混 五十也行。

雅采克看着他，还是那副浅色眼睛和不友善的表情。

  雅采克 我没钱。

  混混 我们要离开这里。

  雅采克 我身上一个子儿都没有。

那人笑了，一脸的不信。

  混混 滚吧。

雅采克没动。那人猛地冲上来像要用头撞他，却在快要撞到他脸时停下了，雅采克的毫不退缩让他有点意外。

混混 好吧。

为了保持体面,他走开了。雅采克朝相反方向走去,看到华沙电影院公告栏上的一张电影海报,便走了进去。

4.

售票员是个三十来岁的女人,和顾客隔着一块玻璃,正拿玻璃当镜子梳头。

雅采克 这部电影好看吗?

售票员 不好看,很无聊。

雅采克 无聊?讲什么的?

售票员 一个爱情故事——但很没劲。这会儿没在演,我们在开会。

雅采克 那您在干什么?

售票员 我在拔——灰头发。

雅采克 附近有出租车站点吗?

售票员 城堡广场有一个。

她好像找到了一根灰头发,拔下来,眉头蹙起。外面很冷,也许这正是雅采克设法延长对话的原因。他弓起身,顶着大风向出租车站走去。

5.

六个中年男人，穿戴时髦又正式，坐在辩护律师委员会装修豪华的办公室一张大桌子后面。皮奥特坐在他们对面，在深思——应该是有人向他提了一个问题。一个考官给了他一个鼓励的笑，另一个则推过来一杯茶——这显然是所有出席这个庄严机构的人应该享受的权利。

皮奥特 我不会在这个问题上花时间，因为我不知道答案。这个问题我被问过两次了。在我参加入学考试时，这个答案似乎很简单。四年过去，我不再那么确定了。这是一个好问题：为什么我想成为一个律师？你们想让我说实话，还是更想让我说出你们希望我说的？

坐在中间的那位笑了，也许是考核委员会里最举足轻重的一位，抽着一支长烟斗。

主席 我们的目的是尽量了解您。

皮奥特 说实话，我得说，我不知道。我对这个问题有一些看法，尽管它们可能有点模糊。过去的四年里我见证了很多事情，并认为我从事这一职业的理由，可能是纠正那些以司法为名的庞大机器所犯下的错误，或者至少去尝试一下。有人可能会说这是一种社会召唤。

某考官　这当然没错，但……

皮奥特　请原谅，恐怕随着时间的推移，这个问题会越来越难以回答。每个人都会一次又一次地问自己所做的是否合理，但疑问也随之倍增。您刚才想说……

某考官　没有，那就是我想问您的。

主席　好了，还有其他问题吗？

皮奥特用纸巾擦一下嘴角，他的手在颤抖。这场考试对他来说显然至关重要。

6.

出租车司机正拿刷子擦洗车顶，当他正将雨刮翻上来时，一个穿浅色外套的少女从门洞里走出。她不丑也谈不上漂亮，如果不是阳台上那声大喊，我们甚至不会注意到她。听到有人叫她，她停下脚步。

女人　贝娅塔！贝娅塔！

贝娅塔　干嘛？！

女人　买点面条回来，两包！

贝娅塔刚要走，女人叫得更响了。

女人　钱！

贝娅塔回身，接住妈妈扔下的报纸包好的一小包钱。我们的出租车司机看着这一切，咧嘴笑。他赞赏的目光目送着她：没有恶意，没有丝毫恶意。贝娅塔感觉到有人看她，便挑逗地扭起屁股——至少看上去是这样。在我们那个年代，这叫"扭屁股"，但不清楚现在是否还是这个意思。

7.

雅采克走路不紧不慢。他在弗基尔酒吧外墙上挂着的画前停下，艺术家们被寒冷和防雨塑料布裹住了。顾客太少了。一名穿米色雨衣的日本观光客在用傻瓜相机拍照。不清楚他在拍什么，也许什么都拍，因为他飞快地朝着各个方向按着快门。雅采克喜欢那些老城的画，跟照片一样忠实于建筑原貌。

画家 喜欢哪张，朋友？

雅采克 这张多少钱？

画家 七千。

雅采克想了一会儿。

雅采克 这要画多久？

画家 您这是什么问题，伙计？

他指着那张画。老城的一砖一瓦都被精细复刻，几可乱真。

画家 这不是按小时给钱的。您看。

他张开手指。作画和卖画让他的手指显得很脏，指甲很长，而且很明显他很少洗手。

画家 您买的是才能，一砖一瓦都是用这双手画出来的。您有什么才能吗？

雅采克 没有。

画家 那也许您会做鞋？或者种树？

雅采克 种树？是的，种树，没错。

画家 那您也能混口饭吃。

他向其他画家转过身去，又高兴了起来，因为一个长发姑娘正在给大家讲一个有趣的故事。雅采克用手拍一下他的肩膀——画家转回身。

雅采克 城堡广场在那边吗？

他指着他认为正确的方向。

画家 一直走。

8.

主席 我想我们可以肯定地说，我们已经了解了您对法律历史和理论的知识，以及您对最高法院所扮演角色被各种质疑的看法。我只想再问您一个问题——您对"威慑性刑罚"这一概念是什么看法？

皮奥特 意思是说量刑不一定和所犯的罪行有关，而是对其他人的一种警告。作为一种威慑。刑法典第五十条里叫"杀鸡儆猴"。

主席 从您的回答里,我听出了您对于威慑性刑罚的一丝轻微的反讽,或这么说吧,您对此抱有某种敌意,我这么说对吗?

皮奥特 没错。

主席 能说说为什么吗?

皮奥特 这是为某些过于严酷的量刑提供的一个非常可疑的理由。在我看来,不但可疑,而且是不正义的。

主席 您不相信惩罚的威慑效果吗?毕竟这是我们法律原则的基石之一。

皮奥特 我认为法律的适用范围更重要。

主席 我想您很熟悉您的法典。

大家都笑了。皮奥特也笑了。

皮奥特 一点点。我知道有人说过"从该隐的时代到今天,世界上没有任何惩罚可以避免或阻止犯罪。"

主席 好吧,先生们。各位怎么想?今天到此为止?

考官们互换眼色:或许可以到此为止了。

9.

出租车司机在一丝不苟地擦洗车门,用水毫不吝啬。

多萝塔和安杰伊（也许我们记得，他俩在《第二诫》里出现过），两人从公寓楼出来，朝他的出租车走过去。多萝塔产期将近。他们站在那里，估摸着他还有多久结束。

安杰伊　您很快可以走吗？

出租车司机　您没看到我在洗车吗？

他没抬头，更专心地干自己的活。安杰伊的病看上去好多了。

多萝塔　我们可以等，天很冷。

出租车司机没有回答，往刚清洗过的车身上倒了一些水，然后走到另一侧，还是没抬头。多萝塔和安杰伊向最近的一栋楼走去，或许想在楼梯井里避一避。出租车司机还在洗，嘴里叼着一根熄灭的香烟。

10.

雅采克站到一根柱子后面避风，然后点烟，将燃起的火柴凑近嘴里的运动牌香烟。雅采克始终在密切观察出租车站，那里已经等了几个人，有两个穿羊皮大衣的女孩还在嘻嘻哈哈。一个提箱子的男人看到对面开来一辆出租车，立刻喊起来。

男人　玛丽亚！

对面有个腋下夹着一包东西的女人也在等车，闻声立即跑向提箱子的男人。有几个刚来的人填到队伍后面。一个在广场上喂鸽子的老妇人朝雅采克走来。

女人 走开，您会吓到它们的。

雅采克莫名其妙：鸽子明明在很安静地吃东西。

女人 走开。

雅采克用力跺下脚，鸽子吓得飞走了。又一辆出租车停下，背景里，一个导游正拿黄色小喇叭对着一群在寒风中瑟瑟发抖的游客讲解。

导游 这些墙见证了我们国家曾经的辉煌。十八世纪欧洲最现代的宪法之一就是在这里颁布的：五三宪法。现在这座城堡再一次满怀期待地看着我们，我们一定要配得上它……

11.

出租车司机终于洗完车。他用剩下的水洗了下手，从侧门口袋里取出一瓶蜡和一张软皮。贝娅塔带着两包面条再次出现在他的视野里。

出租车司机 我们的小邻居想搭顺风车吗？

贝娅塔一脸高傲地笑了，但并没放松她的摇摆和诱人的步子。出租车司机把水桶、刷子和其他清洁工具放回汽车后备箱，爬进驾驶座，发动引擎。贴在后视镜旁挡风玻璃上的那个小ET吉祥物随着引擎的发动摇晃起来。多萝塔和安杰伊听到了引擎的发动声,立刻从楼里冲出来。出租车司机看见安杰伊和他怀孕的妻子撑过来,立刻换档开走了,因为这两个人刚才在他洗车洗到一半的时候烦过他。他从后视镜里看着他俩失望的神情,得意地笑了。一开出小区他就慢了下来,在路边的一只小狗边停下。他摇下车窗。这是一只邋遢又可怜的杂种狗。

出租车司机 在等人,嗯?

狗没反应:没摇尾巴,也没看他。出租车司机从储物箱拿出一个三明治,打开包装纸,分成两半,一半放回了储物箱。

出租车司机 我老婆给我们做的,吃吧。

他把另一半扔给狗。狗弯腰吃了起来。

出租车司机 好吃吗,嗯?吃吧,吃吧,吃个饱。

12.

有十多个年轻人在大厅里等待放榜。考核委员会秘书出现在门口,兴致勃勃地喊道。

秘书 皮奥特·巴里茨基先生!

皮奥特一惊,没想到这么快就被叫到名字,不知是否好兆头。他跟着秘书进去。主席从座椅上站起来。

主席　我很高兴地通知您，您已通过考试。经过四年学习和四年实习，从今天起您可以把自己看作我们尊敬的同事。

他绕过桌子，朝皮奥特走过来，伸出手：

主席　恭喜。

皮奥特　谢谢您，非常感谢你们……

主席　您接下来就剩宣誓了。

皮奥特微笑着，仍然紧握着主席的手，好像完全忘了宣誓这件事。

13.

雅采克沿着自动扶梯附近的建筑物走着。他再一次回头看了眼出租车站点，老妇人又在喂鸽子了。他突然停下脚步，似乎看到了什么，往回走到一家照相馆前。照相馆橱窗里摆满了年轻女孩的照片，她们穿着白色的裙子，头上戴着花环，手里捧着小蜡烛。雅采克盯着照片，好像忘了自己要去别的地方。柜台后面坐着一个年轻女子，正在整理一叠男性护照照片。

女人　嗯？

雅采克　我是来……

他从自己的单肩包里掏出一卷长绳，接着是一根凿混凝土的金属管，最后取出一只破旧不堪的钱包。女人看着他一样一样拿出来。

女人 您是来挂照片的？

雅采克 不是。

他将钱包的一叠钱抽走，终于找到了他要找的东西，从身份证里取出一张破损的小照片。

女人 我只是这么一说。

雅采克 我这张照片……

照片里的女孩来自农村，曝光过度，修得很业余。她穿着白裙子，头戴一顶假花做的花环，站在人工照明的背景里，手上捧着一支小蜡烛。

雅采克 您能把它放大吗？

女人看了下照片，指着上面的折痕——这张照片原先一定是放在一个更小的钱包里。

女人 您看上面有折痕，放大也会看到。

雅采克 没关系。

女人 什么时候要？

雅采克 请问……

女人 什么？

雅采克 据说可以从照片上判断一个人是否还活着，这是真的吗？

那个女人吃惊地看着他。这是个白痴吗？还是存心要勾搭她？

女人 您被人骗了。

她把照片拿去帘子后面。

雅采克 您不会弄丢吧？

女人 不会。

雅采克笑了：如果他曾被描述成一个缺乏同情心的人，那么这会儿给人的观感肯定不一样。不过这观感不会维持太久。

14.

距离中央火车站不远的外贸中心门口，有一条被华沙出租车司机戏称为"红灯区"的小街。人们可以大胆猜出原因。这里是那些妙龄美女出没的地方，过去你只能在波洛尼亚酒店找到她们。但是在这样的天气，这样的时间点，一般很少能见到她们。一辆蓝色波罗乃兹缓缓停在一个女孩身前。女孩不算难看，见到这个熟悉的出租车司机便笑了。出租车司机——就是我们早先看到的洗车那位——给她拉开门，她跳进车里。车里很暖和，收音机响着，司机笑盈盈的。他这样笑的时候，显得和蔼可亲多了。

出租车司机 生意怎样？

女孩 这鬼天气？我都快冻死了……

出租车司机 坐这里休息一会儿。

女孩放松自己。

女孩 坐在这里挣不到钱。

出租车司机 没关系。

女孩把手放到他大腿上。

女孩 打手枪吗?

出租车司机 不用,谢谢。

女孩拿开手。

出租车司机 我喜欢你。

女孩 真的?

出租车司机 真的。

女孩 谢谢。

出租车司机 我这儿有三明治——分一半给你?

女孩摇摇头。

女孩 我早上不吃东西。我也喜欢你,你有一双大手,说不定是个真正的坏蛋。不过你对我不错。

出租车司机 要捎你回家吗?

女孩 我要再过几小时回去。但晚上你可以过来……如果你愿意的话。

出租车司机亲一下她的手,女孩下去,车开走了。

15.

皮奥特骑着韦士柏摩托行驶在主干道上,拐弯时身体

第五诫之杀人短片

斜得很厉害。此前的紧张已经一扫而空，现在我们可以看出他是一个多么活泼开朗的人。遇到红灯，他注意到一辆豪华车停在旁边，便冲那个司机兴奋地喊道。

皮奥特　我考试通过了！我当上律师了！

司机听不见，摇下车窗。

皮奥特开心地重复了一遍。

皮奥特　我当上律师了！

叫声回荡在熙熙攘攘的街头，很多人听见，包括那个坐在蓝色波罗乃兹靠背里的出租车司机。他不以为然地摇摇头：这蠢货怎么这么高兴？豪华车的司机也不以为然地看皮奥特一眼，摇起橱窗，一声没吭。皮奥特朝正前方呼啸而去，蓝色波罗乃兹紧随其后。

16.

雅采克在老城区漫步。一小群戴着足球围巾的小伙子从密茨凯维奇[1]纪念碑走过来，来往车辆纷纷刹车，他们神气活现地过马路，无视一切。

小伙们　维泽夫！维泽夫！莱吉亚——去死！维

---

[1] 亚当·密茨凯维奇（Adam Mickiewicz，1798—1855），波兰爱国诗人、社会活动家。

泽夫！维泽夫！莱吉亚——去死！[1]

虽然喊的人不多，但街头气氛瞬间变得不愉快了。只有雅采克无视他们，闷头往前走，只当他们不存在。他们从他身边走过，口号声渐行渐远。

雅采克走到一个画廊窗前，一个大型彩色裸体画展的开幕晚宴正在里面举行，画的品味高雅不俗。有人在往酒杯里倒葡萄酒或香槟，我们可以听到阵阵笑声和断断续续传来的即兴演讲。入口处有个男人在引导嘉宾出示请柬入场，并同情地望着雅采克。

男人 您有请柬吗？

雅采克 没有——我没有。

男人歉意地笑笑，关上门。雅采克继续往前走，看到了欧罗巴酒店后面的出租车站点。他开始以同样强烈的兴趣观察这个站点，就像他此前观察城堡广场的站点那样。正当他打算穿过马路去那个站点时，发现有警察。他即刻打消了念头，留在原地，一边往冻僵的手心哈气。

17.

一个女孩站在空荡荡的胜利广场。看到皮奥特骑摩托

---

[1] 维泽夫和莱吉亚是波兰足球甲级联赛的两家俱乐部。

过来，她笑了。皮奥特开上人行道，站在踏板上猛踩油门，笔直朝她骑过来。

艾拉　通过了吗？皮奥特，过了吗？

皮奥特开心地大笑着，停车。

皮奥特　你带花来了吗？

艾拉　没有！

皮奥特　有礼物吗？

艾拉　没有！

皮奥特　好吧，我考试通过了！

艾拉冲上去，用双臂抱住了冻僵的皮奥特

艾拉　皮奥特，你现在是律师了，你不能再这么鬼混了。

皮奥特　为什么不？当然可以！

艾拉　我请你喝咖啡。

皮奥特　上车吧。

艾拉　你不会……

皮奥特　我可没保证什么。

艾拉坐上车后座，皮奥特再次轰起引擎，压低身体，左扭右摆地骑过广场，然后停在欧罗巴酒店的咖啡厅前。

18.

华沙酒店门前的出租车站点停着那辆蓝色波罗乃兹，看着像新的一样，空车，怠速。司机饶有兴趣地看着一个男人遛着一条穿着格子衣服的卷毛狗走过，出租车司机在他们从旁经过时突然按下喇叭，卷毛狗被吓个激灵，发出一阵尖叫。出租车司机玩笑开过，便关低收音机音量，把车开走了。

19.

雅采克的手暖了。那个警察还在。雅采克朝酒店咖啡厅走去，几个吉普赛人站在门口，其中一个女人饶有兴趣地打量雅采克。

吉普赛女郎 想算命吗？

雅采克 不想。

他没有放慢脚步，吉普赛人却紧追不舍。

吉普赛女郎 我能算出您运气好坏。

雅采克 不用了。

吉普赛女郎 施舍几个零钱给我孩子吧，我会给您好好算的。

雅采克不理。

吉普赛女郎 我看到您将有一次旅行，我会把一切都告诉您。

雅采克 不用！

吉普赛女人凑得更近了，喑着嗓子对雅采克说。

吉普赛女郎 祝您下地狱。

20.

咖啡厅里，坐在吧台一角的艾拉给皮奥特指了指那个吉普赛女人和雅采克。

艾拉 我能算出你的命——句句真话。

皮奥特把手递过去。

皮奥特 来吧，必须真话，只要真话。

艾拉翻看他的手。

艾拉 我看到很多话，很多有智慧的话，还有很多成功……

皮奥特 我的私生活怎样？

艾拉 为了说那么多有智慧的话，取得那么多成功，你需要活很长。

皮奥特 那咱俩的爱情怎样呢？

艾拉 你的爱情线很长很有力——我看到了两个孩子。

皮奥特 什么时候？

雅采克从他们身后的背景处走进咖啡厅。排到自己时，他扫了一眼橱柜里琳琅满目的蛋糕。

雅采克　给我一杯茶……

服务员　我们这里没有茶。

雅采克　你们有什么？

服务员　咖啡。

雅采克　那我来杯咖啡。还有那个蛋糕，罂粟籽的那个。

他指着他想要的那块蛋糕。店员拿错了，他马上抗议：不。雅采克指的是那个，不是其他的。他把咖啡和蛋糕端到窗边，从这个位置可以看到布里斯托酒店前站着的警察。他拢着杯子取暖，慢慢大口吃起了蛋糕。一辆警车停到酒店前，那个警察上车了。雅采克把咖啡杯推到一边，扫了眼四周：没人注意他，包括艾拉和皮奥特，他们坐在咖啡厅的另半边。他从桌下的单肩包里取出我们看到过的那卷绳子，绳子不粗但无疑很结实，是工厂里用好几股细绳绞起来的那种。雅采克将绳子绕几圈在手上，打算把它全绕上。这时他留意到有人在看他，有两个小女孩把校服放上外面的窗台，打算用它们换粉色橡皮。其中一个女孩看见雅采克，犹疑地笑了笑。雅采克回了她一个微笑，这是我们第一次看到他的笑容：牙齿像珍珠一样白，眼睛里那股尖刻僵硬的神情也软化下来。他们对上了目光，然后两个女孩礼貌又开心地跟他点头道别。雅采克正要向她们挥手,但他想起了绳子,于是只能点点头。他重新投入到缓慢而艰巨的任务中,往手上绕绳子。坐在咖啡厅另半边的皮奥特和艾拉还在聊。

皮奥特 我觉得生命中的这种时刻,似乎一切都有可能,所有的门都敞开着。

艾拉 你知道我在想什么吗?我想到会有很多人爱你,就像我现在爱你一样。

皮奥特吞下一口咖啡,满怀柔情地望着女朋友,不确定自己是否配得上这样的赞美。此刻雅采克已经绕上了一半绳子,似乎感觉够了,开始四处找刀子。他在一堆脏盘子旁边找到了一把。他拿起小刀,用空着的那只手在桌子底下切绳子,然后把剩下的一半放回单肩包,走出了咖啡厅。

21.

雅采克在欧罗巴酒店门前晃悠,口袋里的手紧紧攥着绳子。

蓝色波罗乃兹此时正开进胜利广场。一个女人招手想叫住他,司机指了指:出租车站点在那儿。

雅采克随即拐进酒店的后街,出租车站就在那边的街角。

蓝色波罗乃兹沿胜利广场开过来。

雅采克已经站到出租车站等车的队伍里，前面只排着一个女人。一辆菲亚特率先停过来，把那个女人接走了。蓝色波罗乃兹从胜利广场朝他开过来，正当它靠站时，突然从拐角处冲上来一个男人和一个十六岁的男孩。这个男孩脸上有一种奇怪的冷漠表情。

男人 您不会是去下莫科托夫吧？

雅采克 不去，我去沃拉。

雅采克上车，为了盖过吵闹的收音机，他大声说出目的地。

雅采克 去下莫科托夫。

出租车司机 刚才那两个家伙想去哪？

雅采克 沃拉。

车开走。

22.

皮奥特 有件事我真的很想知道——

他欲言又止，艾拉惊讶地看着他。

艾拉 什么？

皮奥特 没什么，我只是觉得也许事情最终没那么简单。

23.

出租车司机　下莫科托夫哪里？

雅采克　小瓢虫街，斯特格娜那一带。

出租车司机　走河边可以吗？

雅采克　随您便吧。

一辆小菲亚特突然在他们后面急停，不耐烦地闪着前灯。

出租车司机　放松点，冷静。

波罗乃兹下坡，停在一个街角。有个年轻人手握一根长杆子，背对他们一动不动地站在路中央。波罗乃兹在他身后停下，司机轻轻按一下喇叭。年轻人转过身，是我们在《第一诫》里见到过的坐在篝火边的那个，也是《第二诫》里站在医院走廊里的那个，无处不在的那个人。他直视着他们的眼睛。在他的目光逼视下，雅采克往座位后面缩了缩身子。年轻人缓缓摇着头，好像在说：不，他不会离开路中央的岗位。又或者这个头部动作有完全不同的解释。出租车司机等到对面车道空下来点儿时，才把车从他身边开过去。

出租车司机　又在修路——真讨厌。

波罗乃兹沿着河边行驶。

雅采克　能麻烦您把窗摇上来一点吗，后面有点冷。

出租车司机摇起车窗。雅采克低头看着自己的手,手放得很低,司机透过后视镜没法看见。被绳子紧紧绑住的那只手已经开始发蓝,绳子间鼓起的皮肉异常清晰。车慢下来,在空荡荡的车道上停下。雅采克不安地看司机——他发现什么了吗?司机在用手示意那些裹得严严实实的孩子从车前通过,他们在一个心怀感激、满脸堆笑的幼儿园老师的带领下穿过横道线,继续上路。

出租车司机　懂礼貌对任何人都没有坏处,对不对?

车再次开动。雅采克的注意力回到那只紧紧绑着绳子的手上,他想松开它一点,很快意识到这样整根绳子都会松开,便放弃了这一念头。他抬起头。

雅采克　往左转,就是这条路。

出租车司机　直走更快。

雅采克　我更喜欢走这条。

汽车左转,在接近下一条岔路时,雅采克发布下一条指令。

雅采克　下一个路口往右。

汽车往右。

24.

这会儿他们在一条泥泞崎岖的路上缓缓行驶,不远处只有孤零零的一栋房子。雅采克把绳子松开一截,迅速绕到另一只手上,两手间留出半米长的距离,绳子的两端紧紧扣在各自的手心里。完成这一系列操作时他始终没有低下头去。等一切就绪,他说:

雅采克 停下,别再往前开了。

出租车司机 我并没想往前开。

车子减速。雅采克将两只手从司机的头前绕下,拼命往后拽。出租车往前滚动几米后停下。

亚采克没有切中要害,因为绳子实际绕在受害者的嘴巴上,而不是脖子。收音机开得很大声,此刻能看见的是出租车司机扭曲的脸和紧紧咬住的牙齿。雅采克意识到绳子没到位,便松开一些。受害者立刻拼命抓住绳子,想把它从脸上拽开。他很强壮,但身体的位置很糟糕。雅采克用尽洪荒之力——膝盖牢牢顶住座椅后部作支撑——终于将绳子移到他想要的位置,兜住司机的脖子使劲往后拉。现在司机一只手抓住绳子,另一只手奋力挥舞,想抓住头枕后凶手的手。但无济于事。

雅采克在把自己往后座上靠。出租车司机用空着的那只手按汽车喇叭。雅采克试图在不减轻任何压力的情况下把绳子缠到头枕后面,他的受害者则拼命抓住他另一只手——绳子慢慢松开,但雅采克又有力地把它拉回来。这次司机喘不上气来了,眼珠暴凸,渐渐虚弱,但一只手仍在按车喇叭,深知这是自己唯一的生存希望。雅采克终于把绳子绑上司机的头枕,打了几个复杂的结,然后下车,喇叭还在聒噪。他使劲拽单肩包上的扣锁,终于拽开了,取出那根凿混凝土的金属棍。

汽车喇叭停止了聒噪:出租车司机拼出最后一丝力气想挣开绳子。雅采克拉开副驾驶车门,用金属棒打他。空间不足让他没法好好挥杆,只砸到司机的胸口和他举起来保护自己的手。司机用沾满血迹的手最后挣脱了绑在头枕上的绳子,他重获自由,艰难地爬出车,但已处于意识丧失的边缘。就在司机开门的这段时间,雅采克已经绕到汽车的这一边。司机身体前倾着想爬出去,与此同时,雅采克用金属棍重重砸在他头上,一下,两下。砸到第三下时,血肉模糊的金属棍从手里飞了出去,砸到引擎盖上,然后闷闷地掉到地上。司机仆身跌坐在座位上。雅采克大口喘着粗气。

四野荒凉。雅采克从点火装置上拔掉钥匙,寻找按钮或开关,终于找到仪表盘下的操纵杆。他拉了下操纵杆,然后跑到车尾,打开后备箱,找到了他想要的东西:一条毯子。他回到前面,用毯子将司机的头裹起来,使出全身力气将死沉的尸体挪到一边。他坐上驾驶座,发动引擎。车子朝河堤缓缓开去,在泥地里滑行。

25.

维斯瓦河躺在堤岸的另一侧。尽管每年的这个时节一片郁郁葱葱,但河边的水还冻着。雅采克停下车。他显然很熟悉这个地方,精心挑选,这个时候不会碰到什么人。他将司机的尸体拖到岸边,停下来歇口气。突然,他发现毯子下面伸出一只手——还在动,一个虚弱的咕哝传到他耳边。

出租车司机　钱……藏的地方……我老婆……藏在一个地方……现金。

话断断续续,呼哧呼哧很难听清。但他的手的确在动,一丝丝痉挛,甚至有点像故意的。雅采克看下四周,找到一块冰冷的大石头,从泥里拔起来时还发出一记吸吮的声音。他用两只手将石头搬到司机身边,司机的咕哝和喘息越来越强。

出租车司机　钱就藏在那个地方……你拿去……老婆在家里……数目不小……

雅采克把石头放在一边，跑回车上，再次将收音机的音量调大，回到尸体边。他抬起石头，但太重了。他跪坐到尸体上面，用石头砸毯子下面那张清晰的轮廓，直到它明显变平，毯子的格子图案上渗出一种红褐色的粘性物质。

音乐停了。河边已经没有尸体，也没有毯子。雅采克将出租车顶冠卸下，跟金属棍一起扔进河里。他取出储物箱里的钱，懒得数一下就塞进口袋。他发现司机装在纸袋子里的早餐，还有一半三明治。另外那一半，如果我们还记得，已经给狗吃了。雅采克解开包装纸，吃掉了面包和火腿肠。他注意到挡风玻璃上有一张贴纸："请勿用力摔门。"雅采克笑了，殷勤地轻轻关上车门。他现在感觉暖和了一些，也轻松了一些。他轻轻打开收音机，"闲聊"组合[1]里的女孩在唱歌，歌声明亮又欢快。

女孩　下午好，汉斯·安德森，
　　　　你飞入高高的天空
　　　　天空下是新的一代
　　　　他们想知道为什么

---

[1]一个唱跳组合，主打目标受众是儿童或年轻人。

> 我们，你的孩子，未来会怎样，
>
> 我们会和你一起去天国吗？
>
> 我们，昔日的丑小鸭，
>
> 会变成白天鹅吗……？

雅采克表情是痛苦的。这首歌让他想起了一件事，一件让他难以忍受，宁可忘掉的事。他粗暴地将收音机扯了下来，将它从车窗扔了出去。收音机扑通一声落进河堤的泥淖里。

26.

天黑了。雅采克在公寓楼外停下车，就是早些时候出租车司机出来的那栋楼，也是我们所有故事里都会出现的那栋楼。

他按下对讲机，一个男人的声音从对讲机里传出。

男人　（画外音）您好？

雅采克　贝娅塔在吗？

男人　（画外音）稍等。

贝娅塔接电话，声音诱人又期待。

贝娅塔　（画外音）哪位？

雅采克　你能下来吗？

贝娅塔　（画外音）不能。

雅采克　就一会儿，我给你看样东西。

贝娅塔 （画外音）行。

看到贝娅塔从门洞里出现，雅采克轻轻按了一下喇叭。她走向车子，紧张地往里瞅。雅采克为她拉开后车门。

雅采克 我没告诉你吗？

贝娅塔上车。她砰的一声关上车门，后视镜上的ET挂件随之颤动起来。贝娅塔盯着它，一言不发。

雅采克 你总是说要离开这里，现在你想去哪我们就去哪儿。

雅采克没注意到贝娅塔的身子已经缩进座位里，惊恐地盯着发抖的吉祥物。

雅采克 我现在可以离开旅馆，你也可以从妈妈家脱身。我们可以去任何地方——如果你喜欢，我们就去海边。我从没去过。我可以把座位放下来，睡在后面。我有一条毯子。

ET挂件不动了。雅采克转过身来。

贝娅塔 你从哪弄来的这车？

27.

偌大的法庭里没几个人：一个土里土气的老妇人带着两个成年的儿子，还有贝娅塔；过道另一侧，坐着一个四十来岁的黑衣女人。除此之外，只有几个随机的旁听者。尽管我们没有亲眼目睹判决，但判决所引发的效应仍笼罩着整个法庭。五位法官、检察官和记录员正在离场：程序完毕，记录在案。法庭里的人坐下。雅采克也在两个法警的监管下慢慢坐下。穿着律师袍的皮奥特坐在在审判席前。

雅采克　都结束了吧，先生？

皮奥特　是的。

庭警没有阻止雅采克和辩护律师的对话。他们押送他出法庭。从那个哀伤满面的老女人和两个儿子身边走过时，老女人伸手摸了一下雅采克——庭警仍没上前阻止。一个兄弟给了雅采克一包烟。皮奥特看着这一切，没有离开座位。直到法庭走空了，他才收起文件离开。

28.

皮奥特独自来到窗前，从这里能看到警察带着雅采克穿过院子，朝等在那里的警车走去。皮奥特迅速打开窗大喊。

皮奥特　嘿！雅采克先生！

雅采克抬头张望。皮奥特其实没话要说，雅采克也没话要说，只是表明他还在那儿这一事实。雅采克上车。皮奥特关上窗户，走过一条长长的走廊，经过几扇门后，打开了其中一扇。

皮奥特　对不起——法官回来了吗？

警官　是的。

皮奥特打开另一扇门。法官一个人站在窗前，法官袍还没脱，卷宗在桌上。听到门开，他转过身来。

皮奥特　不好意思，法官大人。我知道不应该这样唐突闯进来——

法官　是的，是不应该。

皮奥特　我想问您的是——现在一切已经结束——如果换一个年纪更大更资深的律师——结果会不会不一样……

法官　不会。

皮奥特　如果换一种不同的——

法官　您的陈述是我听过最好的死刑辩诉之一，但它不能改变什么。您的论点无懈可击，但请相信我，实在没有别的办法。

法官是一个健硕的矮个子老人，浓密的眉毛，剪得很短的灰白头发。他走过来和皮奥特握手。

法官　情况的确很难办，但我很高兴认识您。

皮奥特　再见。

法官　如果有人应该感到内疚，那也应该是我。这会让您好受一点吗？

皮奥特　没有。我知道，真的跟您无关，但那个年轻人——当他在老城区那家咖啡厅里往手上绞绳子时，我恰好也在场。

法官　哪里？

皮奥特　同一个咖吧，同一个时间。就是我通过律师考试的那天。我也许本可以做点什么阻止这一切？

法官　干这份职业，您似乎过于敏感了。

皮奥特　现在要做出改变有点晚了。

法官　为什么？您还年轻。

皮奥特　我最近老了好几岁。

法官　您前面的日子还长。

皮奥特　日子还长——好的，再见。

29.

牢门打开，律师走了进来。

狱警　典狱长过会儿来见您。

皮奥特站在一扇有栅栏的窗前。空荡荡的监狱院子里突然出现一个扛着梯子的男人，看着像装修工，而且很可能就是。狱警向一个瘦高个男人鞠躬致意，那人也简短地点点头。狱警走进接待区，从柜子里拿出一把钥匙交给这个瘦高个男人，同时推出一本签到簿。

狱警 外面天气怎么样？

男人 挺暖和的。

他签了名，站到紧闭的牢门前。狱警按下蜂鸣器的按钮，向门那头的狱警示意，后者提着一串钥匙走过来。

30.

这个房间的内部就像个录音室，铺满柔软的隔音墙。那人把夹克挂到挂钩上，卷起他的白色衬衣袖子，拉开房间尽头的帘子，露出一个小小的休息室，有一根套索挂在天花板的金属装置上。这是这个房间的特别之处，其余跟正常房间没有两样，有小桌子、烟缸和衣服挂钩。那人——行刑者——开始检查绞架的状况。机械很简单，但它必须完美执行任务，每个细节都必须仔细排查。系统很简单：按一下墙上的按钮，地上的活板门就会打开，就这些。行刑者检查绳索的结实度，用肥皂或清洁剂让它更灵活。他检查活板门有没有问题，往铰链上滴过几滴油后，他恼火地"呃"一声：门还是吱吱嘎嘎地响，但也只能这样了。一切就绪，行刑者从柜子里的某个特别位置上拿出一条油毡，铺在活板门下方的水泥地板上。然后他拉上帘子，放下衬衣袖子，重新穿上夹克。

31.

行刑者走进狱长办公室，狱长正站在桌子后面，皮奥特则坐在对面的一张小桌旁边。

行刑者 准备就绪，狱长。

狱长 谢谢。

行刑者离开。狱长拨内线。

狱长 24号？办公室有人找。

他挂掉电话。本该礼貌地和皮奥特寒暄几句，可他俩似乎没有太多共同话题。

狱长 好了。他很快就到。

皮奥特将他的硬壳文件夹收起，给人一种空落落的感觉。他把它交给狱长。

皮奥特 谢谢您，让我如愿了。

狱长 我也是，我可以给您（看手表）最多半个小时。

皮奥特 半个小时，好。

狱警站在门口。

狱长 请把他带到24号牢房。

律师起身，两人跟着狱警走出房间。他们在走道上遇到了检察官：一个严肃的老头，尖鼻子。

检察官 您好。

皮奥特 下午好。我现在要去见他,他有话和我说。

检察官 也许这个时机不是最好——可我们难得见面,我想向您表示祝贺,听说您太太刚生了一个男孩。

皮奥特脸上闪过一丝喜悦。

皮奥特 是的,刚生。谢谢您。

他俩朝反方向各自走去。在不远的地方,我们可以看见那个年轻人正从梯子上爬下来,背对着摄像机。也许他刚刚在刷墙,手里的刷子还滴着油漆。狱警打开牢门,让律师进去。

32.

牢房看上去和那种装修简陋的普通旅馆没什么两样,一张普通沙发、桌子、几把椅子和一个水槽——唯一的区别是带有监视孔的铁门。雅采克背对门站着,没有转身,像是没有听见门开的声音。皮奥特不知道该怎样宣布他的到来——"下午好"似乎不合时宜。幸运的是,雅采克在没有任何提示的情况下,主动转过身来,两人在牢房中央握手打招呼。

皮奥特 您想见我。

雅采克 是的,我——

皮奥特找了一把椅子坐下。

雅采克 是的,我——

皮奥特努力缓解气氛。

皮奥特 坐下吧。

雅采克坐下来,垂着头。他声音太轻,皮奥特很难听清他说什么,不得不将身子凑近前去。

雅采克 您有见过我母亲吗?

皮奥特 见过了。

雅采克 她哭了吗?

皮奥特 是的。

雅采克 她有什么话要带给我吗?

皮奥特 没有,只是不停地哭。

雅采克 您能不能——代我去看看她?

皮奥特 好的,当然。我会的。

雅采克 我想的就是这个。因为您——因为他们把我带走时,您叫住了我。你叫的是——雅采克。

皮奥特 我想——我也不确定自己想说什么。

雅采克 我觉得您叫我是因为您不反对我。我哥哥可能也不反对我,因为他给了我烟,哪怕我让全家人蒙羞。除了您——其他人都反对我。

皮奥特 他们反对的只是你的行为。

雅采克　一回事。

雅采克似乎忘了要说什么。

皮奥特　您想让我去看看您母亲。

雅采克脸色一亮——显然刚才丢了思绪。

雅采克　是的。我想问我妈妈，我母亲，能不能把我和父亲葬在一起。就在他的墓地里。一个体面的葬礼也是有可能的，是不是？

皮奥特　当然。

雅采克　神父来见过我了，他说是的。

皮奥特　当然。

雅采克　我父亲的墓地，有一块——有一块地方是留给我母亲的。本来是给她的，当初定的，但我想请她让给我。

33.

行刑者正直挺挺地站在牢房外走道里的一把椅子边上。他抽着烟，但很少掸烟灰，等到烟灰长得快掉下来时，他才小心地把手伸向烟缸。

狱长还剩下半杯咖啡，检察官则一口气喝光了，看手表。狱长拨内线。

狱长　24号？

狱警　在，狱长先生。

狱警将牢房外面小壁龛里的听筒放回原处,打开牢门。雅采克停下他的独白,抬起头。

狱警 狱长想知道你们结束了没有。

皮奥特 还没。

他等着狱警离开,然后转向雅采克。

皮奥特 您刚才说到。

雅采克 我忘了。

皮奥特 您提到了墓穴……

雅采克 是的。那里有三个墓穴,小玛丽亚也葬在那里。小玛丽亚,我父亲,还有一个是空的。玛丽亚葬在那里五——五年了——没错,五年前她被拖拉机碾死了,在我们住的乡下,她那时读六年级,刚开学。她才十二岁,六年级。我和拖拉机司机,我们是朋友,那个拖拉机司机是我朋友,我们喝了酒。红酒和伏特加。然后他开拖拉机走了,然后撞了她。在田里,树林边上。树林的边上有一片草地。

雅采克朝皮奥特凑过去,但没有说得更连贯。他显然在边想边说,尽可能表达清楚自己的意思。

雅采克 在牢里的这段时间,我一直在想。我在想如果她还活着,也许,也许我不会离开家。也许我会留下来。她是我妹妹。我有三个兄弟,她是我唯一的妹妹。她被拖拉机撞死后,我们买下了那块墓地。

她——她——所有人都最喜欢她。我也最喜欢她。如果没有发生那件事，一切都会不一样——自从这事发生后，我得离开家。得离开家，我的意思是。如果不是因为她的死，我不会想离开家——也许一切都不同了。

我们能听到门锁的扭动声，狱警像先前那样又出现在门道里。

狱警　狱长和检察官问您准备好了吗，先生。

皮奥特起身，朝狱警走去。

皮奥特　告诉检察官，我永远不会"准备好"。

狱警　您永远不会准备好。照您说的，先生。

他关上门。

雅采克　我们买下那块墓地是因为玛丽亚很喜欢树。她喜欢绿色的东西。她真的很喜欢树。那也是为什么那天她会沿着那条小路，穿过田野去树林。所以我们买下了那块墓地，大家都凑了钱。墓园里没几棵树，有树的墓地几乎都被占了，只剩下一块还空着。我们买下了它。爸爸死后，我们也把他葬在了那里。那次意外后，他失去了活下去的念头。现在还剩一块空位。

34.

检察官和狱长一道起身。

狱长 您带判决书了吗？

检察官解开硬壳文件夹上的细绳，里面有两页纸。他扫了一眼。

检察官 都在。

两人离开办公室，穿过走廊。狱警从椅子上起立。

狱长 请带他们出来。

35.

狱警进牢房。雅采克中断了他的独白。

狱警 狱长命令你们结束谈话。

雅采克 请您——他们会把我的东西还回来，里面有我的钱包，钱包里有一张照相馆的收据。我在那儿扩印了一张照片，没时间去取了，应该已经扩好了。您能帮我取了给我母亲吗？

皮奥特 是什么照片？

雅采克 玛丽亚的——圣餐礼后拍的。我离开家时从我母亲那里拿的，有点皱了。

36.

雅采克 先生，我不想走。

皮奥特站着没动。狱警锁上牢房，也停在原地，一起默默站了一会儿。

狱警　我们走吧。

雅采克动了动，好像还有话没说完。然后他开始往前走，一切正常，没有旁顾左右。行刑者拉开门上的几道门闩，打开封条，站到一边让他们进去。雅采克走了进去，身后尾随着皮奥特、检察官、狱长、神父和医生。门关上。这时，那个我们见过的扛梯子的年轻人出现在门外，我们此前没有看到过他的脸。他盯着那扇关上的门，好像能猜到里面会发生什么。他直直地盯着，慢慢走过来，在门口停下。他看上去好像刚在这里刷过漆，外套和小帽子上沾满了白漆，脸上还有几滴干掉的油漆。他没有听到里面的任何声音。

37.

狱长　……这个死刑犯没有使用上诉的权利。

神父对雅采克耳语几句。雅采克也轻声回了几句，垂下头。神父在他额头画了个十字，雅采克把头靠向他的手。等他再次抬起头时，狱长走上前来，掏出一包烟。

狱长　想抽烟吗？

雅采克　我想抽没有过滤嘴的。

行刑者掏出一包运动牌香烟递给他。雅采克的手在微微颤抖。皮奥特取出火柴，但行刑者已经掏出打火机，给雅采克点烟。所有人在等待：雅采克是唯一抽烟的。皮奥特抽出一根火柴，掰成两段，寂静中，火柴发出清脆的断裂声。行刑者拿来一个烟缸。

雅采克　我想——我想放松一下。

行刑者指着一侧墙上的小门。雅采克消失在门后。再一次，所有人都站在那儿等。行刑者走过去，轻轻敲门。沉默。

38.

脸上残留着白色油漆斑点的装修工仍盯在门口。即便只是面对一扇紧闭的铁门，仍似乎预感到里面有大事发生。

39.

沉默在继续。狱长不安起来，朝小门走去，与此同时门开了。雅采克站在那儿，很平静。

雅采克　我尿不出来。

行刑者绑起他两只手，把他推向帘子。一个快速动作揭示了这个房间的真实意义。雅采克走进了小休息室，行刑者跟在后面，拉上帘子，金属杆发出刺耳的声音。此刻，在休息室中央，他一丝不苟地将套索慢慢套到雅采克的脖子上。他走到按钮前，按了下去。

伴随着一声让行刑者都觉得过于刺耳的咔嗒声，活板门在雅采克脚下打开。他的身体抽搐了几秒，随后渐渐静止。僵硬的双腿轻轻地来回摆动。过了一会儿，一股棕色的液体从他的裤腿里滴落，滴在油毡上。

40.

帽子上沾有油漆的年轻人从牢房门口走开，往走廊走去。走廊里很黑，他的身影渐渐消失在黑暗里。

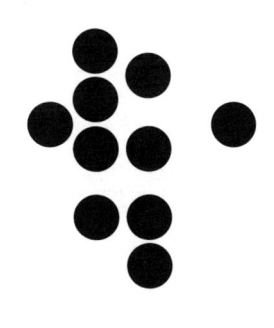

第六诫之爱情短片

1.

入夜很久了，高耸的公寓楼仍没亮起一盏灯，它在深蓝色天空的映衬下，更像一座巨像的阴郁剪影。昏暗中只能依稀看到小男孩们绕着街区骑行的自行车红色尾灯，以及三五成群坐在长椅上的吸烟者燃烧的烟头。这是一个温暖的春夜。突然，整个街区亮了，我们可以从所有打开的窗户里听到宽慰的叹息，电终于来了。电视机的噪音逐渐泛起，因为它们也被同时接通。

2.

托梅克桌上的台灯也随着这栋楼一同亮起。托梅克舔舔指尖，灭掉蜡烛。他的房间装修简单够用，一张桌子、几把椅子和一个衣柜。看不出丝毫个人印记，更像是租来的。托梅克坐在桌前的椅子上。他是一个又高又瘦的小伙子，一张小脸，看上去不像19岁。桌子紧靠着卧室窗口，上面除了一只小杯子、烧水用的金属加热圈、糖、茶叶和盐之外，还有一台业余级的望远镜，上面盖着一块法兰绒布。灭掉火烛的托梅克此时闭上了眼睛，对自己重复了几个难懂的短语，然后在面前摊开的练习本上核对。他很专注，似乎核对出一个错误，因为他把这一连串难懂的短语又喃喃重复了一遍。当他睁开眼再次核对练习本时，顺势瞥了一眼望远镜旁边的闹钟。他的家庭作业被卧室门上玻璃窗的一阵敲击声打断，托梅克站起身。门口站着一个五十岁的女人，房东太太。她看上去有一颗单纯的灵魂，脸上透出一种迷人的气质，优雅又宁静。

女房东　波兰小姐上电视了。

托梅克　我在学习。

两人相视一笑。托梅克的女房东或许还沉浸在节目的兴奋中，对他表现出来的意志力有点吃惊。

女房东　来看一眼吧，就一会儿。

屏幕上满是身穿泳衣的妙龄女孩，她们正从台阶上走下来。托梅克点点头，不想冒犯女房东的一番好意。

托梅克　真好看，谢谢您。

他想尽快缩短对话，多数因为他的闹钟马上要响了。

闹钟果然响了,他跑回房间关掉。女房东在他身后关上了门。托梅克迫不及待地揭下望远镜上的布,眼睛对上目镜。望远镜显然对准了某个特定对象,几乎放大了二十倍。一盏灯从对面某个窗口亮起,望远镜正聚焦在这里。托梅克关掉了台灯。

望远镜聚焦的那个女人走进自己的房间。这是一个迷人的金发女子,年龄介于25和28岁之间。她看上去是那种有能力照顾自己的人,或多或少能做些自己喜欢的事,不用太多顾虑。她衣着宽松,并不惹眼。玛格达——这是她的名字——此刻关上身后的门,拉上门闩。房间里的网格窗帘是半透明的,所以她现在以及未来的一举一动都可以看得相当清楚,即便没那么真切。或者换句话说,透过这望远镜和半透明窗帘,你将可以想象出没看到的那些。玛格达打掉过一堵墙,将两个房间打通,并将一部分空间用作她的艺术工作室。未完成的挂毯挂在房间后面的架子上,画面像是由各种各样的太阳组成——巨大的,黄色、红色、橙色的球——在寒冷的景观背景下。

托梅克盯着目镜。玛格达翻了翻刚从邮箱取上来的信件,似乎都无关紧要,因为她随手便扔到了桌子上。她没脱下大衣便走到一幅挂毯前,像画家们通常做的那样(尽管我们一直不清楚他们为什么要这样做),

后退几步,把头微微歪向一边,伸出手虚挡住画面的一部分。突然,同样不明就里地,她张开双臂,像一只行将起飞的鸟一样站定在那里,甚至双臂扑闪了两下。她显然心情不错,对即将完工的作品很满意。她又走回去,将围巾倚住挂毯,比对颜色。她脱下大衣,折在椅背上。随后舒展双臂,这个动作足够长,以至于我们可以看到她衬衣腋下的汗渍。她解开上衣和裙子,消失在浴室里。

托梅克的眼睛从目镜上移开,毫无疑问,第一阶段的表演已经结束。他从桌上拿起那只杯子,走去浴室,尽可能不惊动到正在观赏波兰小姐比赛的女房东。他端着满满的一杯水回来了。电视里一个金发女郎正对着话筒说话,说她有多么喜欢动物和大自然,身后站着其他长相惊人相似的金发女郎。女房东从电视上转过目光。

女房东　金发女郎,个个都是……我跟你说过我染头发的那次吗?

托梅克　说过。

女房东咯咯笑了。

女房东　马尔钦都没认出我来。

托梅克关上门,把加热圈放入水杯,继续朝望远镜里窥视。没发生什么:玛格达还没从浴室里出来。他把望远镜对准她墙上的一口祖父级的挂钟：从不动的钟摆来看，钟已经停了。听到杯子里沸腾的声音，他才将目光从玛格达的公寓扯开。他从罐子里倒了些茶叶到杯子里。回到望远镜：玛格达正甩着湿漉漉的头发，穿着一件没扣扣子的宽松衬衣，在房间里走来走去。她打开厨房冰箱，从衬衣口袋里取出一个拴着绳子的小钟摆。她庄严地在食物上晃着钟摆，可能是一块肉或奶酪，一脸的专注。钟摆开始摆动，玛格达给自己做了一份三明治。托梅克也感觉饿了，这是看到别人吃东西时的正常反应，他撕开奶酪上的锡纸包装。玛格达回到客厅，也许收音机打开了，开始随音乐摇摆。托梅克当然听不见音乐。他（凭记忆）拨了一个号码，看着玛格达拿起话筒。托梅克听到了玛格达播放的旋律，也能听见她的声音。

玛格达 哪位？

托梅克屏住呼吸。

玛格达 我受够了！你是谁？妈的你是谁？我听到你呼吸了，混蛋。

她愤怒地撂下电话。托梅克感到歉意，本能地往茶里又放了一点糖，然后又突然想起什么，重新拨了过去，低声说。

托梅克 对不起。

他放下听筒，回去看目镜。

玛格达手上仍拿着话筒，一脸惊讶地站着。不一会儿她笑了，平静地挂掉话筒。她在房间里的动作激烈起来——也许是听到了门铃。她跑去厨房，漱口，扣起上衣纽扣，开门。一个金发小伙子跟她打招呼，穿着西装，开心地笑着。玛格达关上门，一把抱住他。他比她高，不费力就伸进了她的上衣下摆，拉起她的上衣，摸她的臀部。托梅克从望远镜前移开：他没心思观赏这一幕。此外，他也别无选择——女房东在隔壁房间叫他。

女房东 托梅克！中东新闻！

电视上在播报当地冲突的新闻或其他的什么。女房东坐得比往常更近，紧盯着屏幕。托梅克站在椅子后面。

托梅克 他们报出什么没有？

女房东 没有。你看多可怕……

她对后面的新闻不感兴趣，一把抓住托梅克的手。托梅克有点僵硬地站在那里。

托梅克 可实际上并没发生什么。

女房东 我怕的是……

托梅克不知道怎么从这个陷阱里脱身出来。女房东过于沉浸在自己疯狂的思虑里，全没留意到当下的尴尬状况。

女房东　你觉得他会回来吗？

托梅克　当然会，所有人迟早都会回家。我打赌他六个月内就会回来。

这会儿电视上是一排人在等着登台表演：一个男人掀起自己的毛衣，并随着音乐抖动他的腹肌，后面站着另一个肌肉发达的男人。女房东松开了他的手。

女房东　他们还会在牙齿上做表演……还会发出鸟叫声……你也可以去。你为什么不去呢？

托梅克　我会很尴尬的。

他无助地笑了——他真的很尴尬，而且承认尴尬本身更让他感到尴尬。他回到自己房间，不太情愿地又去看望远镜。他知道自己会看到什么，不想看，但还是把眼睛对上了目镜。他找了一会儿，对焦，终于看清他害怕看到的场面。他看到玛格达的一小片裸背，手绕在脑袋后面，缓缓地，上下来回地做动作。男生的手从下方出现，抓住玛格达的肩膀并变换着节奏。节奏越变越快，突然停下来。她垂下肩膀，前倾下身体，起身，精疲力尽。托梅克的目镜紧追着她，直到她消失在浴室里。他把目镜又甩回来，看到那个男人正伸手拿起话筒。他拨了个号码，用掌心捂住听筒。托梅克愤怒了：他目睹了一幕欺骗的戏码。他再次往目镜里看，玛格达和男人似乎消失在了被子里，床很低，托梅克看不见。他打开柜子，柜门上钉着一面飞镖靶，上面扎着几支飞镖。托梅克从"10环"区域拔下一支飞镖，放进口袋，从女房东的房间走过。

托梅克　我出去倒垃圾。

女房东　可垃圾道坏了！

托梅克走出公寓门洞，手上拎着一个装得满满的垃圾桶，消失在垃圾站里面。再次出现时，他手上的垃圾桶不见了，独自往对面的公寓楼跑去。他拐进一条侧巷，眼睛在停着的汽车间逡巡，定格在其中的一辆上。他找到了那辆南斯拉夫产的白色汽车，弯下身，用力将飞镖扎进一个轮胎，然后扎第二个。

3.

回到望远镜。玛格达已然坐到沙发上望着她的客人，她脸上露出一丝窃笑，或许因为他打领带和穿马甲都如此小题大做一丝不苟。他离开时，她并没有起身。托梅克将望远镜往下移，抓到一个全景，男人跑向那辆白色汽车。车开始移动，但很快刹住。他下车看一眼轮子，愤怒地往瘪掉的轮胎上踢了一脚。他从车里拿出一件大衣和一个箱子，朝熙熙攘攘的大街跑去。托梅克从望远镜上移开，露出一丝复仇者的快意笑容。

4.

托梅克的大闹钟在4点30分响起。他从床上坐起,迷迷糊糊的。我们不久会看到他拖着一辆送奶车穿梭在小区里。

5.

托梅克在玛格达的门外听一会儿:里面没有动静。他捡起她放在门外的空奶瓶,放到楼梯平台的一角,然后回来按门铃。可以听到有人拖着脚步来开门的声音。

  玛格达 谁?
  托梅克 送牛奶的。
门开,玛格达头发乱蓬蓬的。
  托梅克 您忘了把空奶瓶放出来了。
玛格达回房间,很快拿着牛奶瓶出来。托梅克把牛奶交给她,其间听到浴室的声音,玛格达可能开了收音机——透过放洗澡水的声音,他能听到欢快的晨间音乐。

6.

托梅克穿着一件深蓝色的工作服,坐在邮局柜台后

第六诫之爱情短片 219

面。他所有的办公用品——邮票、钢笔、尺子和字据——都摆放得很整齐，井井有条。他正为如何向一个老太太客户解释犯难。

老太太 我耳朵不太好……

托梅克 您最近的养老金单子！

老太太仿佛听懂了，在钱包里搜了一番。玛格达排在她身后。老妇人一脸无助地抬头看托梅克。

老太太 您刚才说什么？

托梅克从座位上倾出身子，不得不放大声量，即便在玛格达面前有点尴尬。

托梅克 您的养老金单子。

老太太又看玛格达。

老太太 您听到他在说什么吗？

玛格达 您的养老金单子。

她掏出一支毡尖钢笔，在她手中的报纸上写下硕大的几个字：养老金单子。老太太看着报纸，眼睛湿润了。玛格达打开老太太的钱包，取出单子，它就在最上面。她把单子交给托梅克。他付清款项，老太太把钱和玛格达的钢笔一道塞进钱包走了。

托梅克 您的钢笔。

玛格达摆摆手：没关系。

玛格达 我有一张汇款单……

托梅克拿着玛格达的汇款单，认真地在一堆邮政汇票里翻找。没找到。他在那堆邮政汇票里又翻一遍，抱歉地说。

托梅克　这儿没有。

玛格达　但我收到了通知。

托梅克　请自己找找看。

他把那堆汇票推给她。玛格达翻找一番，自然也没找到。托梅克笑了。

托梅克　您看……

玛格达没心情笑。

玛格达　（生硬地）我什么时候再过来？

托梅克　也许等到下一次收到通知单吧？

玛格达　（咕哝）乱哄哄。

托梅克望着她走出邮局，走过邮局窗外的人行道。

7.

托梅克在一堆T恤和衬衫下翻出几封信，每封都贴好了邮票。他在相似的一封信上盖上日期更近的邮戳。在那堆衣服旁还有一个镇纸用的玻璃球，玻璃球里有小房子和一枚落日，托梅克摇一下它，雪片从玻璃球底部浮起，缓缓飘落在仙境一般的背景里。

晚上。回到望远镜。

玛格达正在向别人展示她的挂毯，一个蓄着胡子的矮个子男人正在赞许地点头——他俩可能是同行，因为他也后退一步，歪头端详着这件作品。

托梅克努力调整望远镜的角度，为了视线里只有玛格达，可小胡子男人仍在画面里晃进晃出。看上去他在给出构图建议，因为她站到他的身旁来，以便从他的视角研究这幅画。他的手臂环绕上去，几乎是一个不经意的举动。也许从他的视角看这件作品的确更好，因为玛格达没有挣脱他的环抱。相反的事实是：她在心甘情愿地往他身上蹭。这一友善的环抱开始变味，小胡子男人的手从她的毛衣下面滑入，玛格达的身体则整个压了上去。

托梅克伸手去拿电话簿，明显带着怒意。他拨出一个号码。

声音 （画外音）您好，煤气报修。

托梅克 我这里煤气漏了。

声音 （画外音）您怎么知道是煤气漏了？

托梅克 我能闻到气味，而且有嘶嘶的声音。

声音 （画外音）从哪里传出来的？

托梅克 煤气灶。

声音 （画外音）您关掉灶眼了没？

托梅克 是的。

声音 （画外音）地址是？

托梅克 海盗大街4号，376号公寓。

声音 （画外音）376号公寓。我们尽快赶到。禁止明火。

托梅克朝听筒笑了。

煤气紧急维修车在玛格达公寓楼门口停下，托梅克的望远镜紧跟着。两个戴帽子、扛着小工具箱的人下车。玛格达已经脱光上衣，衬裙已经掀到大腿上边。两个人在沙发里。门铃响——两人一惊。玛格达点一下他的额头，暗示可以不予理睬，继续热切地投进他怀里。但维修煤气的人没打算这么轻易放过，重重地敲门（也许担心里面已经出事了）。玛格达最终不得已穿上刚才随手扔在地板上的上衣，抚平裙子，跑到门口。小胡子男人也重新整理好自己。整个场面相当滑稽，托梅克心满意足地观赏着。玛格达开门，努力向那两个维修工解释，他俩也在向她努力解释，最后她被迫放他们进屋。他俩拿着监测器在煤气炉前走了一圈。维修工离开后，房间里的气氛变了。玛格达放上烧水壶。小胡子男人端详一阵，又把手放到她肩膀上，但这次玛格达挣脱了。

这应该是托梅克希望看到的结果。

8.

二手市场里挤满了顾客和店家:卖各种服装、图书、唱片和肉类。托梅克叫住一个穿小夹克的店员。

托梅克 我想看看那个望远镜……

摊贩 哪个?

他审视着托梅克,似乎想起了某人,一边把望远镜递给他。这个望远镜比托梅克家里那个大很多,也笨重很多。

摊贩 偷看女人屁股,是吧?

托梅克脸红了。

摊贩 是拿来干这个吧。一万块。

托梅克 原先只要九千。

摊贩 看屁股的贵一点。

托梅克眼睛对准目镜,开始搜寻要聚焦的目标。他选了市场很远的一角。望远镜带有长焦镜头,托梅克可以拉得很近——效果确实不错。他用目镜对准一个老钟表货摊,钟表下面垫着报纸。他查看那些钟上的时间,又对准报纸上的文字。他的眼睛从镜头移开,开始查看目标的实际距离。

9.

女房东 看收到了什么……上面盖着军方的邮戳。

她将一封拆开的信递给托梅克,里面折成四折,印有联合国标志的蓝色徽章。女房东又看了一遍卡片上的文字。

女房东　他们去了大马士革……

托梅克看看那枚徽章,又查看邮票上的阿拉伯字母。

女房东　你能看懂?

托梅克笑了。他将装着望远镜的袋子偷偷拿进自己房间,没让兴奋中的女房东注意到。

托梅克　不,看不懂……他还说了什么?

女房东　一切都好……一切顺利。他还说"祝托梅克万事如意,告诉他s.a.s.a[1],这是什么意思?

托梅克　暗号。

男人间的秘密,女人叹口气,又把信看了一遍。

女房东　他跑遍了全世界,你跟他一起去该多好……

托梅克　不去也没什么。

女人温柔地看着他,在他脸颊上亲一下。

女房东　这是代表马尔钦的。我很高兴你在这里。

她像母亲般抚摸他的脸颊,又倏忽面露哀伤。

女房东　如果马尔钦回来你怎么办?你要是有个

---

[1] sexy arse, screws around,意为"性感的屁股,到处乱搞"。

第六诫之爱情短片

固定的地方就好了。我相信马尔钦回来不会待很久，也许你愿意留下来陪我……永远？

托梅克架起新望远镜：玛格达的房间里没人。托梅克到浴室里灌了一杯水，女房东来到门口。

女房东 马尔钦还提到了别的……他遇到一个女孩，一个阿拉伯女孩。他们一起去看了电影。托梅克……你有女朋友吗？

托梅克 没有。

女房东 可能从来没有人告诉你这个……女孩子只是假装不在乎，表面跟别的男孩眉来眼去，但实际上她们喜欢温柔的男孩子，喜欢靠得住和她们忠诚以待的男孩子……你明白吗？

托梅克 明白。

女房东 如果你要带人回来也不用不好意思。

托梅克 我不会。

10.

不清楚是什么让托梅克从半夜里惊醒。他无疑感觉到什么，起身走到卧室窗口。那辆南斯拉夫产的白色汽车的排气管在冒烟。没人从车里出来，但托梅克看到里面有两个人影。副驾的门终于打开，玛格达下车，跑到公寓门洞口时又停下，返身回到驾驶座打开的窗前，弯下身说了几句什么。汽车呼啸而去，轮胎擦出刺耳的尖叫。

托梅克追随着从灯火通明的走廊里走过的玛格达，看着她打开家门，深吸一口气，气冲冲地把大衣扔到地板上，坐到厨房的桌前，背对着窗。他看到她的肩膀在颤抖：玛格达在哭。她古怪地用一条围巾裹住头，把脸埋进手里，伤心地啜泣。托梅克为她感到难过，眼里也涌起泪水，大声呜咽起来。突然，他听到女房东的温柔呼唤。

女房东 托梅克？

托梅克穿着T恤和短裤来到门口，发现她床头的小台灯还亮着。

女房东 你还没睡？进来坐会儿吧。

托梅克来到她床前，床上有羽绒被和几个枕头，枕头套着浆得雪白的枕套。

女房东 出什么事了？

托梅克 为什么……人们为什么会哭？

女房东 你从没哭过吗？

托梅克 就一次……很久以前。

女房东 他们抛弃你的时候？

托梅克不喜欢这个话题，垂下眼帘，像在为什么事情内疚。

托梅克 是的。

女房东 人们会哭……因为有人死了……有人被抛弃……或者因为他们再也应付不了……

托梅克 什么?

女房东 生活……

托梅克 哪怕大人也这样吗?

女房东 是的,哪怕大人。

她把手放到他的手上。

女房东 你刚才想哭?

托梅克摇摇头:不,不是他。

11.

托梅克拖着他的送奶车——奶瓶轻轻碰撞。他走进门洞,从口袋里取出一张小纸条,小心翼翼地塞进376号公寓的信箱里。

12.

玛格达来到托梅克的窗口。

玛格达 上次是您处理我的业务吧?

托梅克 是的。

玛格达 我收到一张新的汇款单。

玛格达从手提包里拿出一张小纸条:就是不久前托梅

克塞进她信箱的那张。跟上次一样，托梅克在汇票堆里翻找一番后，做了个无奈的手势。

托梅克 这里没有。

玛格达 这是我第二次来了。

托梅克 我知道。

玛格达 这是我第二次收到汇款单，却没有汇票。

托梅克 我知道。

玛格达 真丢人！

托梅克 是的。

玛格达 把您的上级找来。

托梅克 对不起，您说什么？

玛格达 您的上级，经理或别的谁。

托梅克开始惶恐自己往她信箱里投汇款单的主意是否真的好。玛格达身后渐渐排起队。托梅克和经理回来，这是一个肥胖的上了年纪的悍妇，戴金丝边眼镜。她立即开战，吼声响彻整个邮局。

悍妇 有什么问题吗？

玛格达将汇款单递给她。

玛格达 这张是几天前到的，已经是第二张。两张汇款单都没有钱，也没有汇票。

悍妇瞥了眼那两张纸，就跟她这辈子从没见过似的。

悍妇 这是两张汇款单……

玛格达　没错,但没钱。

悍妇　给我,是谁给您汇的钱?

玛格达　我不知道。

悍妇　那您怎么知道有人给您寄钱?

玛格达　因为我连续收到这些汇款单。

老泼妇始终在大呼小叫,整个邮局的人都在盯着玛格达看。

悍妇　但我们的员工告诉了您钱不在这里。

玛格达　那我怎么会连续——

悍妇把那堆汇票扔到柜台上。

悍妇　您看看这里什么都没有!您自己看,如果不相信我的话。

玛格达　我已经看过了,可您知道汇款单不是我开的……

悍妇　那当然也不是我开的。瓦塞克!

经理凶狠异常地大声吼出这一召唤,她似乎不可能吼再响了。一个长相怪异的小个子邮递员出现在柜台后面,泼妇把那两张纸摔到他脸上。

女房东　这是怎么回事,瓦塞克!是不是您开的票?

瓦塞克　不是我,我用的是铅笔。

玛格达　可我是在我的信箱里发现的。

悍妇 您听到他的话了——不是我们这里的。他说得够清楚了。

玛格达这下被激怒了。

玛格达 但上面有你们的邮戳……

悍妇 这是国营邮局！如果您坚持自己开票，那就去警察局，别来这里烦我们！

玛格达 （举起手）您说得对，我要去警察局。

悍妇 反正您别想从我这里拿回去，这些肯定是假的！

她在玛格达眼皮底下将它们撕碎，发狠劲扔进了垃圾桶。

悍妇 真不要脸，别想来我们这里骗钱！

托梅克满怀内疚地看着这一切，他让玛格达受辱了。玛格达大步冲出邮局，老泼妇显然很得意，从柜台后消失了。托梅克跟在她身后。

托梅克 对不起……

泼妇一脸亲切，与几分钟前判若两人。

悍妇 对这种客户就该这么办，这下您懂了吧。

13.

玛格达等在出租车站点的小队后面。托梅克追上去，却不知如何开口。

第六诫之爱情短片

玛格达 您找到了？

托梅克 没有……我……

一辆出租车迎上来，队伍随之前移。

玛格达 您有什么事？

托梅克 那些汇款单……是我弄的，是我放进您信箱里的。

玛格达没明白。另一辆出租车上来——轮到了他俩。

托梅克 是我放进去的。

玛格达 汇票呢？

托梅克 从来没有什么汇票。

玛格达 您为什么要这么做？

玛格达刚才还在着急等车，这下好奇起来。

玛格达 我不明白。您为什么往我信箱里投汇款单？

托梅克有点手足无措，露在邮局制服短袖外面的一双红扑扑的大手不知道该往哪里放。

托梅克 我想见到您。

公事瞬间变成了私事。玛格达仔细端详起托梅克，看着他的窘态，既感动又气愤。

玛格达 您想见我？

托梅克 是的，昨晚您哭了。

玛格达 您怎么知道？

托梅克 我……

他抬起头正视她。

托梅克　我在监视您。

对这一个在等车点的荒唐表白,玛格达的第一反应是想大笑,但托梅克没有低头,显然不像在开玩笑。她开始为他感到心疼。

玛格达　您穿这身衣服会冻死的。

她语气温柔,但转身便走。托梅克却要抓住这一刻,哪怕对他来说是多么尴尬:毕竟,她就站在他身前,在跟他说话!他笨拙地追着她,大喊。

托梅克　您说要去警局……我会坦白一切……您用不着跑去警局,那边就有一个岗亭。

玛格达　滚开。

托梅克　您让我做什么都可以。

玛格达　我说滚开,滚回去上班,听到没?

最后几个字里带着一丝威胁。为了强调这点,她甚至把头朝邮局的方向晃过去。托梅克慢慢退下,玛格达看着他郁闷又笨拙地往回走,他的腿又细又长,鞋子显得太大,袖子又太短。

14.

晚上。托梅克又在练习那些奇怪的短语。他闭眼背诵,然后核对练习簿上的答案,再闭上眼睛。闹钟响——托梅克立刻按掉。这一次，他对监视玛格达的公寓感到害怕，等了一会儿才缓缓打开望远镜。玛格达公寓里的灯亮着，托梅克从望远镜里看到玛格达正站在窗口直视着自己。我们当然记得托梅克刚买了一款功能更强大的新望远镜，可以清晰地看到玛格达在巡视对面的窗口，眼珠不停地转。托梅克想关掉台灯，但改变了主意，因为他意识到此刻关灯等于出卖了自己。

玛格达走到墙上的挂钟前，用一把小钥匙上发条，不时回头望一眼托梅克的公寓楼。她回到窗边，慢慢解开纽扣，动作有点刻意，像在舞台上似的。她很快有了新想法，可以让动作变得更自然。她把挂毯翻过来背对着窗，不让托梅克看它，一边脸上露出恶意的微笑，或者说在他看来是这样。她把沙发从窗前移走，很费劲，沙发想必很笨重。沙发靠上了对面的墙，这样整张沙发都在窗框里了，随后她从窗台上拎起电话机，抱着坐到沙发上。托梅克拎起电话，听到单调的拨号音。玛格达等待着。托梅克也在等。终于，电话铃声响过十下后，她拾起听筒。

玛格达　喂。

托梅克没有回答。

玛格达　我数到三。一，二，三……

托梅克　喂。

玛格达　您在看我？

托梅克　是的。

玛格达　很好。您务必看清楚。我专门移了下沙发，您看到没？

托梅克　是的。

玛格达　祝您玩得开心。

玛格达放回听筒，打开房门。小胡子男人还没来得及关上门，她的手臂便已经绕上他的脖子。事实上是他俩压在一起的重量把门关上的。玛格达脱下他的外套，把他拉向窗前。小胡子男人关灯，玛格达又马上把它打开。就在他俩赤裸的身体即将沉没到床上时，玛格达说了句什么，男人突然坐起，迅速用床单盖住自己。他走向窗边时，玛格达在放肆地大笑，手指着对面的公寓楼。小胡子男人穿上衣服，冲出房间，不一会儿就出现在两栋公寓楼间的小广场中央。他站在托梅克那栋公寓楼下，抬头看。

小胡子男人　嘿！白痴！

这栋巨大的公寓楼有几百扇窗，从他所在的位置看过去就像一座坚不可摧的堡垒。托梅克从望远镜前移开，往窗外俯视那个小胡子男人。

小胡子男人　嘿！白痴！邮递员！出来！

人们纷纷探出头，但并没有阻止男人越发响亮的嘶吼。

小胡子男人　出来，你这个没用的小王八蛋！

托梅克从窗前离开。他走过女房东的房间，无视她对他突然出现的诧异表情，跑下楼。小胡子男人在门洞口等他。

小胡子男人　你就是那个小白脸，是吗？

托梅克　是的。

小胡子男人　举起你的拳头来。

托梅克听话地握起拳头，摆出拳击的架势。小胡子男人虽然矮，但很壮硕。他绕着托梅克转了一圈，惊讶地冲自己点头，但并不清楚自己在惊讶什么——也许是托梅克的年轻？然后他突然用力一拳打在托梅克下巴上，托梅克倒在地上。对手在他身边跪下，轻轻拍他几下脸。托梅克的眼睛睁开了，小胡子男人扶他起来。

小胡子男人　别再这样了。这不健康。

15.

女房东拿一块冷敷布压住他的下巴。他的嘴裂开了，一只眼睛肿了。

女房东　别为这个烦恼。她们真的一点不喜欢恶霸，她们喜欢温柔的男孩子。

托梅克 谁？

女房东 女孩们。

托梅克闭上眼睛。女房东走到桌边，就像托梅克之前那样，小心地用布蒙上了望远镜。

16.

托梅克拖着送奶车走进玛格达公寓的电梯，肿着脸。他踮着脚尖，用最快的速度把牛奶瓶放到她门口。正待转身离开时，门开了，是玛格达，头发乱蓬蓬的。

玛格达 我想会是你。想进来吗？里面没人……是不是你把钟的钥匙放到门把上了？

托梅克点头。

玛格达 你看着不太好……你不会打架吗？

托梅克 不会。

玛格达 你为什么要监视我？

托梅克 因为……因为我爱你。真的。

两人都像在耳语。

玛格达 你……你想干什么？

托梅克 我不知道。

玛格达 你想吻我吗？

托梅克　不想。

玛格达　你想……想跟我做爱？

托梅克　不想。

玛格达　也许你想跟我一起去旅行，去湖边或者去布达佩斯？

托梅克摇头。

玛格达　那你想干什么？

托梅克　什么都不想。

玛格达　什么都不想？

托梅克　什么都不想。

他俩默默站了一会儿。

托梅克　你站在这里会冻坏的。早上很冷。

玛格达　确实。

托梅克　我得把活儿干完。

他指了指开着的电梯门和里面的牛奶箱。进电梯时，他又突然想到什么，回去敲玛格达的门，门立刻开了。

托梅克　你愿意……如果我邀请你，你愿意出来喝杯咖啡吗？

17.

电视开着。女房东手握钢笔，坐在电视机前，膝盖上摊着一份报纸。

托梅克　我能不能……借一下马尔钦的西服？

女房东　当然可以。我放在袋子里了，这样飞蛾就不会……等等。（读报纸上的提问）朋友聚会时出现冷场，你会主动活跃气氛，是或否？

托梅克在想，可他从没和一帮朋友出去玩过。

托梅克　否。

他把门半掩着，知道她还会有提问。他从塑料袋里取出那件海军蓝正装，女房东继续她的一连串问题。

女房东　"你会模仿比你优秀的人，是或否？"

托梅克　否。

女房东　"你喜欢赚钱也喜欢花钱，是或否？"

托梅克平静地穿上裤子。

托梅克　否。

女房东　"你认为性和情欲是维持关系的纽带，是或否？"

托梅克　否。

托梅克看着镜子里笨拙的自己：西装不合身，太小了。女房东已经读完报纸上的问题，在计算得分。她拿着报纸来到门前。

女房东　你得了零分。零分到二十五分："你总是做出不符合你最佳利益的决定，并会为此付出沉重的代价。未来须谨慎——面对生活，充分享受它。"
托梅克从柜子里偷偷拿出衣服下面藏着的一叠信，把它们塞进了口袋。趁女房东忙着读出测试结果，他还拿走了玻璃球镇纸。

18.
泰莉梅娜咖啡吧。几个年轻人懒洋洋地坐在桌旁，毛衣里的衬衫领扣松开着，挎包随意地挎在肩上。托梅克穿着那件滑稽的西服，手捧一束同样滑稽的花。他站在衣帽间边上，挡住了所有人的路，却没注意到楼上还有个酒吧。

玛格达 （画外音）嘿！

玛格达从栏杆上往下喊。托梅克抬起头来，走上楼梯，把那一大束鲜花递给了玛格达。

玛格达 谢谢……顺便问下你叫什么名字？我不知道是怎么吸引了你的注意……

托梅克 托梅克。

玛格达 我叫玛格达。

托梅克吻她的手，忍不住目不转睛地看她，而玛格达，尽管岁数比他大，阅历比他丰富，却也不知道怎么开启话题，不知道该说些什么。她想把花放到椅子下，怕挡住视线，但最后还是把它放在了桌上。

玛格达 抽烟吗？

托梅克不抽。玛格达给自己抽出一支——托梅克站起来帮她点火。

玛格达 你几岁？

托梅克 十九。

玛格达 跟我讲讲——你自己。

托梅克笑。他笑得很迷人，脸部表情也随之改变，牙齿整齐，珍珠白。

托梅克 报纸上说我应该顺其自然，好好享受生活。

玛格达 很对。

托梅克 不，不是这样的。生活取决于我们怎么看待。

玛格达 别信这一套。报纸上还说了什么？

托梅克 还说我经常做出坏决定。

玛格达 那我俩一样。我也这样。我俩现在一起坐在这里就是对彼此来说坏的决定。

托梅克 那天晚上你为什么哭？

玛格达悲伤地笑。

玛格达 他把你怎么了？

玛格达 没怎么。

托梅克 是不是你认识的人过世了？你是不是应

付不了了?

玛格达　不是,为什么这么说?

托梅克　人们哭是因为他们无法应对生活。

玛格达　更多是因为他们无法应对自己……

托梅克　你为什么无法应对自己?

托梅克发现自己完全理解不了。

玛格达　我一直在伤害别人,最后伤害自己……这样说能明白吗?

托梅克　有点……

玛格达　你监视我多久了?

托梅克　一年了。

玛格达　那很久了……你早上说了句很过时的话……你说……

托梅克　我爱你。

玛格达　听着,没这回事。爱情可以是美好的、轻松的、悠闲的,甚至棒极的……但它并不存在。

托梅克　存在。

玛格达　我比你大十岁,我说它不存在。除了爱我之外,你还做什么。你在邮局上班……还有呢?

托梅克　我在学外语。

玛格达　你学到了什么没有?

托梅克　保加利亚语……

玛格达　保加利亚语？

托梅克　有两个保加利亚人……在孤儿院……我在那里长大。然后我学了意大利语和法语。现在我在学葡萄牙语。

玛格达惊奇地看着他。

玛格达　所以这些语言你都会？

托梅克　葡萄牙语还不会。

玛格达　用意大利语说"我和一个陌生男孩坐在咖啡馆里"。

托梅克用意大利语说出这个句子。

玛格达　用保加利亚语呢？

他换成保加利亚语。

玛格达　你是个怪人……

托梅克　不……我只是记性好。我什么事都能记得，自头到尾。

玛格达　出生那天的事你也记得？

托梅克　我有时候觉得自己记得。

玛格达　记得你父母？

托梅克　不。他们，不记得。我从来不想记得。我想忘记我妈妈，我从来没见过我爸爸。

玛格达　你还记得那个瘦瘦的年轻人吗？去年秋天来看我的那个。

托梅克　记得，他每次给你带面包，也带走了小纸箱……

玛格达　他出国了，再没回来。

托梅克　他……我喜欢他。不是一进来就……

玛格达　是的。他去了奥地利，然后又去了澳大利亚。

托梅克　澳大利亚？

托梅克说话的样子就像这一切对他来说都是闻所未闻。他把手伸进夹克口袋，犹豫着。

托梅克　我没想到是他……你知道……是我截了你的信。

他拿出之前放在家里那堆衣服下面的信，给玛格达。

托梅克　我在邮局上班……

玛格达　你好像把我包围了……给我送来了修煤气的，把我叫去邮局，私藏我的信件，给我送牛奶……

托梅克　对不起。

玛格达　你浪费了我很多时间。

托梅克　我很想你……

玛格达　你还想谁？

托梅克　我最好的朋友。他在叙利亚，联合国波兰分遣队。我们是邮政大专同学，我临时寄宿在他妈妈家。他之前也一直监视你。

玛格达　他有跟你说过我的事情吗？

托梅克　没有。他只是给我看他的望远镜，然后离开时给我指了指你家的窗口。

玛格达　他说了什么？

托梅克　s.a.s.a.是个特别的暗号。

玛格达　这代表什么？告诉我。

托梅克　性感的屁股……鬼……鬼混……

服务生　晚上好，要点单吗？

他俩中断对话。托梅克想点得时髦点，似乎就该这么做。

托梅克　两杯咖啡，两块蛋糕。

玛格达　一杯酒，红酒。

托梅克　那就一杯酒。多少钱？

服务生　每份一百克吗？240兹罗提。

托梅克　那就两杯红酒。

玛格达　把你的手给我。

托梅克伸出放在桌下的那只大手。玛格达拿出她的钟摆，放在他手的上方。一开始还一动不动地挂着，慢慢开始转圈，越转越快。

玛格达　你是个好人。

托梅克　不，我做了些坏事。

第六诫之爱情短片

玛格达　你对我很好。

她把手放在他手上。

玛格达　摸它。

托梅克捏着她的手掌心。

19.

托梅克站在玛格达的房间里,从这个视角看过去,一切都不一样了,像第一次见到这房间里的样子。他拿出玻璃球镇纸,放在挂毯架上。玛格达从浴室里出来,穿一件束腰的晨衣,头发湿着。她走到挂毯前,看着玻璃球里,雪片缓缓落到仙境般的房屋和落日上。

托梅克　你能照着这个镇纸做一幅刺绣吗?

玛格达在甩头发,水溅到托梅克脸上,让他眯起了眼睛。玛格达大笑,托梅克也大笑。

玛格达　我经常这样做吗?

托梅克　我不知道有没有看到过你这样。

玛格达　很好,我们都不喜欢重复。

她那个玻璃球抓在手里。

玛格达　你从哪里弄来的?

托梅克　好多年了,这是一件礼物……一个纪念品。送给你。

玛格达把他推向沙发，手里仍拿着玻璃球。如果他想拥抱她，而且觉得自己可以这么做，两人无疑立刻会干柴烈火。但托梅克觉得自己没有能力这么做，所以被迫一步步往后退。

玛格达　我不是一个好女孩，你不该送礼物给我这样的女孩。

托梅克坐在沙发上，玛格达俯下身来。

玛格达　你知道我是一个坏女孩对吧？我的意思是，我真的很糟糕。

托梅克　我爱你，我不在乎你怎样。

玛格达　关于我你还知道些什么？

托梅克　你喝很多很多牛奶。

玛格达　还有呢？

托梅克　你走路会踮起脚尖，每天总有那么几分钟。

玛格达　那看到一个接一个男人来这里，你怎么想？

托梅克　这叫……做爱。我过去常看，现在不会了，再也不会了。

玛格达　不，这和爱没有关系。告诉我，我做了些什么。

托梅克　你脱掉衣服。然后你……会把他们的衣服也脱掉。然后你倒在床上或地毯上，闭上眼睛。有时候你会双臂举起，放到脑后。

20.
托梅克的望远镜前可以看到一个女人的剪影，罩布已放到一边。女房东正用望远镜观察之前就定位好的那个窗口。跟很多女人一样，她很难睁着一只眼睛又同时让另一只闭上，只能用手遮住一只眼睛。就这样开始了她的观看……

21.
玛格达在托梅克面前蹲下，直视他的眼睛。托梅克想转开视线，但还是被她炽热的目光吸住了。

  玛格达 你有过女朋友吗？
  托梅克 没有。
  玛格达 你偷看我的时候……会自己打飞机？
  托梅克 有过……那是很久以前。
  玛格达 你知道这是一种罪，对吧？
  托梅克 是的。

托梅克的声音嘶哑起来，他在极力克制自己的欲望。

  托梅克 我再也不会了，我只是想你……
  玛格达 现在想我吧……你知道我里面什么都没

穿，对吧？

托梅克　是的。

玛格达　女人想要男人的时候，里面会湿……你想知道我现在湿了没有吗？

玛格达抓住他的手，伸进她的晨衣里。托梅克能摸到她的大腿，晨衣从腰部以上的中间位置往下敞开。

玛格达　别闭上眼睛。你的手很温柔，大，但很温柔。

玛格达把他的手往她的大腿上越滑越远。托梅克开始颤抖，呼吸越来越快，不顾她的命令，还是闭上了眼睛。他突然紧抓住她的大腿，屏住呼吸，然后猛地松开手，吸了一口气，努力恢复正常的呼吸。但为时已晚。玛格达脸上兴奋的表情消失了：她笑。

玛格达　完事了？

托梅克睁开眼，看到面前玛格达那张跟往常一样微笑的脸——看不到一丝先前的兴奋。

玛格达　感觉好吗？

托梅克的呼吸仍然快得不太自然，但已经完全懂她在说什么，脸上顿时阴云密布。

玛格达　这就是一切，爱。现在去浴室洗一下。

托梅克倔强地看着她，仿佛对一切有了新的认识：她在他面前，然后在他旁边，他在她面前，她的晨衣敞开了……他猛地跳起来，冲出了房间。玛格达看着他离开，在沙发上斜靠一会儿，然后走到窗前。她看到他难堪地跑向自己的公寓楼，从一个穿浅色大衣的男人身边经过，那人提着一只大箱子，注视着他经过。玛格达抓住窗把手，但托梅克已经走远。她几乎刚一打开窗就又把它关上了，因为她意识到这样做是徒劳的。她把脸贴到窗上，用另一只手，或者更确切地说是拳头，在窗台上敲了几下。

22.

托梅克打开浴室的灯。已经很晚了。他悄悄从架子上取下洗脸盆，用喷淋头放满水，以免弄出声响。水很热，蒸汽腾腾。他脱掉外套，小心翼翼地挂到椅背上，然后卷起袖子。他关掉水龙头，把喷淋头放回去，然后拧开了剃须刀头。他取出刀片，将刀头后仰着放回到架子上。

23.

玛格达站在昏暗的窗前，透过一副小望远镜往外看。她走到挂毯架前，从下面取出一张纸，用毡尖钢笔在上面写了"过来"两个大字，然后又加上几个小字"原谅我"。她把纸贴到窗上，让对面能看到。从她这边，我们可以看到一轮黄色的太阳透过深绿色的玻璃窗照进来，让人联想起镇纸里的场景。

24.

托梅克跪在热水盆旁边，有条不紊地检查刀片是否足够锋利，然后朝两只手腕的静脉割了下去，先是左手，再是右手。他把手放进脸盆：水迅速被染红。托梅克把头支在浴室的白墙上，蒸汽在脸上聚成的水流，又好似泪流。

25.

正当玛格达准备把她那张充满鼓励和歉意的海报用胶带固定在窗上时，她发现托梅克把大衣落下了。她把手伸进口袋，只摸到一张撕掉一半的公交车票，没有别的。她突然听到门铃响，便拿着大衣跑过去，但又决定先透过猫眼看看是谁。她看到小胡子男人那张被透镜扭曲的脸。

玛格达　我不在家。

他锤门。

玛格达　我不在家，听到没？我不在家！

玛格达跑回窗口。托梅克的房间里没有灯光，但她发现楼梯平台上有动静。有人进电梯，还有一个人在往楼梯平台上奔跑。一辆救护车等在门洞口，救护人员抬着一副担架出来了。上面躺着一个人，身上盖着毯子。急救车开走了。一个在睡衣上披着围巾的老妇人目送着救护车离去，然后走回自己的屋子。

26.

玛格达跑到六楼，手里拿着托梅克的大衣。她寻找正确的门牌号，但不确定，所以轻轻地敲门。女房东开门，睡衣上还围着披巾。

玛格达 不好意思，我一定把您吵醒了……
女房东 没有。
玛格达 他——
女房东 是的。
玛格达 他落了他的……

她指着大衣。

女房东 他不在家……请进。

玛格达进屋，女房东指着一张椅子。

女房东 放那儿吧。

玛格达把大衣放在椅子上。女房东并没有赶她走的意思。

玛格达 他……出去了吗？
女房东 他住院了。不严重……过几天就能出院。不要紧。

玛格达　我想去看看他,他刚去过我家……

女房东　我知道。

玛格达　我想我伤了他的感情。

女房东　没必要去见他,他很快就出来了。

玛格达　他怎么了?

女房东　您可能会觉得很滑稽……他爱上了您。

玛格达　但他怎么会住院?

女房东　我说过了,没什么大不了的。我能给您看点东西吗?

女房东掀掉望远镜上的罩布。

女房东　这是望远镜。这是他的闹钟,定在八点半。那是您回家的时间,对吧?

玛格达　差不多吧。

女房东　他做了个糟糕的选择,是吧?

玛格达　是的。

女房东　从现在起我来照看他。

玛格达　但你已经有一个儿子了。

女房东　他出国了。等到他回来……可能又会消失,他总是想逃跑……如果我对托梅克好,他就不会离开我。他就不会跑掉……

玛格达离开了,正要下楼,她又决定回去一趟。

玛格达 不好意思……他叫什么？[1]

女房东 就叫托梅克。

她关上门，这一次更响，也更坚决。

27.

玛格达在黎明时分醒来，冻僵了，她没脱衣服就躺下了。托梅克的女房东紧紧地裹在围巾里，拖着那辆小送奶车，从两栋公寓楼间的空地穿过。

28.

玛格达站在邮局里犹豫不决。托梅克的工作窗口挂着一则告示："员工身体抱恙，暂时关闭。"

一个老头看到玛格达时面露喜色。

职员 早上好。是登记还是注销？

玛格达 都不是，您可能不一定了解……我想知道谁住在对面那栋楼，我有他们的地址。

她递给他一张卡片。职员用手指划过名单上的名字。

职员 户主叫玛丽亚·卡尔斯卡，儿子叫马尔钦。

玛格达 应该还有一个叫托梅克的人。

---

[1] 玛格达在问托梅克的姓氏，而不是名字，但房东不想告诉她，只说他名字。

职员　他没在这儿登记。还有别的事吗？

玛格达摇头：没有，没别的事。

29.

玛格达半夜被电话吵醒。她跳起来接起话筒。

　　玛格达　喂……喂？

电话那头沉默。

　　玛格达　是你吗，托梅克？是你吗？

沉默

　　玛格达　说话。

没有声音

　　玛格达　托梅克，我一直在找你……

玛格达找出观剧用的小望远镜，放到眼前。托梅克的窗子一片漆黑。电话那头还是一点声音没有。

　　玛格达　我到处在找你……我去了好几家医院。我想告诉你一件事……你是对的。

沉默

　　玛格达　你听到了吗？你是对的……

她将电话搁在耳边又等了一会儿才挂掉。正待要走开，电话铃又响了。她一把抓起来。

　　声音　（画外音）玛格达？

　　玛格达　是我。

声音 （画外音）嗨，我是沃伊切赫，我好像打不通……

玛格达 刚才是你打来的吗？

声音 （画外音）是我，但打不通。

玛格达 你能听见我在说什么吗？

声音 （画外音）听不见，我们在——

玛格达挂掉电话，躺回到床上，即便电话铃再次响起她也不再理会，即便它在黑暗中震耳欲聋。

30.

玛格达在邮箱边等着邮递员。当那个长相古怪的小个子扛着鼓鼓的邮包出现时，她立刻走上去。

玛格达 不好意思……

邮递员 房号是？

玛格达条件反射似地答道。

玛格达 376。

邮递员 没邮件。

玛格达 您或许碰巧知道……之前在你们办公室上班的那个年轻人怎么了？他叫托梅克……

邮递员这时才对她有了兴趣，令人不快地微笑道。

邮递员 他割腕了，说是因为单相思。

玛格达 他姓什么？

邮递员 这您得问经理……

31.

黎明时分，玛格达穿着睡衣站在家中的门厅里。一听到牛奶瓶碰撞的丁当声靠近，她便打开门。托梅克的女房东正在她门前送奶。

玛格达 对不起……他回来了吗？

女房东 还没。

她拿起空奶瓶走了。

32.

那辆白色汽车停在玛格达公寓门洞口，后备箱开着。一个西装外套着雨衣的男人将汽车的后座放下，以便充分利用汽车手册中描述的"奢华后备箱空间"。他带着玛格达从门洞口出来，扛着两三幅卷好的挂毯。他把挂毯装上车后，开动了汽车。经过托梅克那栋楼时，玛格达突然抬起头。

玛格达 停车！

车停下。玛格达从车后窗看到托梅克和女房东正沿着人行道走回家。他显然仍走不稳，因为女房东搀扶着他，还把雨伞举过他头顶——场面看着有点尴尬，因为她比他矮很多。托梅克仍穿着在玛格达房间里时的那件海军蓝正装。

玛格达 倒车。

汽车往后倒。玛格达打开车门想下去,可当她看到托梅克的女房东如此呵护有加地带他走到公寓楼时,她留在了座位上。

男人 我们会错过画展的,而且你会淋湿的。

玛格达的头发实际上已经被雨水淋湿了。

玛格达 开车。

33.

晚上。玛格达站在窗前,透过小观剧镜望着。托梅克房间的灯开着。她看见女房东走到窗前,拉上窗帘。此时可以看见坐在桌前的托梅克的剪影。

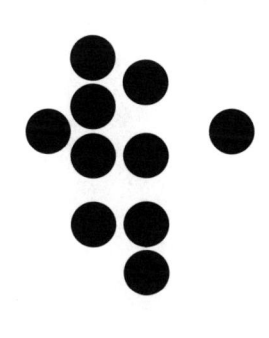

第七诫

1.

夜里。我们的公寓楼在沉睡。除了远处有轨电车的叮当声、风声和风中窗户的吱嘎声,一切平静。一个小孩突如其来的尖叫声打破了这片平静。有个窗口瞬间亮起了灯。尖叫在继续。

2.

玛雅在六岁的小阿尼娅的床前俯身下去,把她抱起,温柔地拢在怀里,试图让她平静下来:阿尼娅的哭,与其说因为疼痛,不如说因为恐惧,而且并没完全醒,甚至仍在睡梦中尖叫。无论玛雅怎么安抚,阿尼娅始终哭个不停。玛雅的母亲艾娃穿着一条破旧的睡衣匆匆跑进来。她是一个四十多岁的女人,神色严厉,五官刚毅,动作果决。她跑到床边,粗暴地把孩子弄醒，把她抱在怀里，并打发玛雅出去。

艾娃 走开！如果你哄不好她，就给我出去！

尖叫声让位于一个孩子醒来正常的哭声。玛雅一边看着一边走了出去。艾娃开始和小女孩说话，语气平静、不动声色。

艾娃 没，没，没什么好怕的。大灰狼都跑了。你做噩梦了是吗？它们都跑了……

哭声渐渐平息，我们可以听到艾娃开始对昏昏欲睡的孩子唱摇篮曲。

艾娃 （画外音）我们会搞定你，搞定你，搞定你……

玛雅二十来岁，又瘦又高，戴眼镜，进了走道尽头的房间。房间很小，每一寸可用空间都被各种尺寸的风琴管占据。粗管细管的都有，用闪亮的锡做成。玛雅的父亲斯特凡是个快乐的秃顶，五十岁上下，此刻正坐在床头，也被孩子的哭声吵醒了。玛雅跪到他脚边，父亲抱紧她，仿佛她还是一个小孩子。

斯特凡 玛雅，我的小玛雅……

玛雅 今天是她生日……我再也受不了这种日子了……

斯特凡 你小时候也这样大喊大叫的。

玛雅 但她为什么……她为什么……

斯特凡安抚她，就像刚才艾娃安抚哭闹的阿尼娅那样。

斯特凡　好啦，好啦……

艾娃走到门口站住。

艾娃　我记得你明天要早起。

斯特凡示意她离开，然后拿出一个细细的小哨子。

斯特凡　听这个。

哨子发出的声音很纯很尖。斯特凡呼吸放缓，哨声柔和了，玛雅也感觉平静了许多。

3.

孩子们在幼儿园的院子里玩，衣服纽扣都没扣上。玛雅看着阿尼娅被一个大一点的男孩放上秋千，开心地笑着。玛雅招呼她，阿尼娅跑过来，踮起脚尖，隔着院子栏杆给了玛雅一个吻，尽管她很可能更喜欢和小伙伴们玩。

玛雅　今天是你生日，对不对？

阿尼娅郑重地点头，玛雅递给她一小束鲜花。

玛雅　你待会儿会去剧院，是吗？

阿尼娅　妈妈带我去。

玛雅　我看过这戏——很搞笑。你要认真听，好好理解这出戏。

一个拄着拐杖的男人从幼儿园前走过,或许累了,又或者单纯因为这段对话而好奇地停下来观察玛雅和小阿尼娅,而阿尼娅此时已经跑回秋千那边。

4.
玛雅从包里取出她的学生记录本,对秘书微笑着说。

　　玛雅　我来交这个。

　　秘书　您不准备上诉吗?这是您最后一年,机会很大……

　　玛雅　如果他们要把我踢出去就踢出去吧,我不准备上诉。

秘书翻记录本。

　　秘书　有十页不见了……

　　玛雅　最后两个学期的成绩我撕掉了,我不想让父母失望。

5.
木偶戏快结束了。演员们扮成各种动物——一头善良的河马被淘气的猴子和一头鳄鱼彻底打败。阿尼娅在观众席里笑得前仰后合,艾娃在开心地瞥她——两人都在热烈鼓掌。

玛雅手捧一束花,伸头探进排练厅,里面好几个少女在跳芭蕾。一个精力充沛、上了年纪的女人正在用法语大声发号施令——现场看上去非常专业。

玛雅 不好意思,教授……

教授 玛雅?

玛雅 我看到您和您的团队有多优秀,我只是……

教授笑逐颜开。

教授 多少年过去了……

玛雅 他们不让我进来,直到我提了您的名字……

教授 哦是的,他们知道我在这儿。你这阵子在忙什么呀?真希望你能把舞蹈坚持下去。姑娘们,你们看到的是我教过的最优秀的学生!

玛雅被这番夸赞弄得有点尴尬。

玛雅 我在完成学业……我没法……

教授 你那么有天赋,那么阳光,那么爱笑……你还记得怎么做平转吗?

玛雅放下笨重的帆布包,准确无误地做了一个单脚尖旋转。

玛雅 但您还记得我以前经常逃课吗?这里走廊的尽头有楼梯,我们紧身衣没脱就会跑去后台看木偶戏。他们应该还在吧?

女孩们大笑起来。玛雅亲了一下教授。

第七诫 265

玛雅　我只是进来问声好。那段日子真美好……

她离开了，教授又把女孩们赶回把杆。玛雅刚出门，表情就变得狡黠和务实起来。她走去后台：门开着。木偶戏已经结束，河马正邀请观众们上台一起跳，孩子们在推推搡搡地上台，抓猴子的尾巴，摸河马的腿。小阿尼娅在兴奋地尖叫。

艾娃　你想上去吗？你不怕难为情，对吗？

她把阿尼娅推出座位。小女孩跑到台上，陶醉着。玛雅躲在后台门口那个小小的隐蔽处。从音乐声和孩子们的喊叫声来看，舞台离得不远。玛雅小心地留意着四周，悄悄凑近。

阿尼娅从艾娃的视线里消失了。像其他父母那样，艾娃离开座位，溜达去门口，点上烟，从走廊上观察舞台上的嬉闹。音乐停，孩子们跟着扮演动物的演员们一道鼓掌。幕布拉下又升起几次。孩子们开心地满脸通红，陆续回到家长身边。艾娃按灭烟头，回到座位，刚靠上椅背，又立刻站起来。阿尼娅不见了。最后几个孩子已经从舞台上下来。艾娃走到台口，上面空无一人。这一陌生的场面让她紧张起来，四周空空荡荡，鸦雀无声，只有舞台灯光还亮着。她回到大厅，那儿也没人了。她跑到服务台，最后几个人正在走出剧院。她再次跑回大厅——空无一人。

6.

艾娃奔出大门。家长们和孩子们正在下台阶,一边聊戏。没有阿尼娅。艾娃三步并作两步奔下台阶,跌了一跤。她环顾四周,往回走,又环顾四周,绕着这座弧形建筑找。

与此同时,玛雅从一根大柱子后面一把将阿尼娅拉过来,蹲在她旁边——艾娃就在附近搜寻,但没看见她们两个。

阿尼娅 我们是在玩捉迷藏吗?

玛雅从鼓起的包里拿出一件小外套。

玛雅 把衣服穿上。

艾娃走上台阶,回到剧院。

7.

她推开大厅的门。衣帽间的服务员手上拿着两件外套,吆喝声响彻整个剧院。

工作人员 这里有两件外套待认领!

艾娃从她身边跑过,往餐厅里探头看看,又跑到正在点零钱的收银员那边,声音里第一次有了歇斯底里。

艾娃 我找不到我孩子了。我女儿不见了!您听见我说话了吗?我找不到我孩子了!

8.

一辆电车驶出华沙郊区。车厢里挤满人。玛雅和阿尼娅挨着窗。

玛雅 暖一下手指,画点什么吧。

阿尼娅试着在窗上画画,这让她开心起来。玛雅松了口气,第一次露出微笑。

9.

斯特凡在他的小房间里做了更多的风琴哨,这一批的声音更低沉,已经初步完成,斯特凡一边朝里面吹进空气,一边仔细听它们发出的声音。电话铃声打断了他。

声音 (画外音)叔叔,是您吗?

斯特凡 嗨,菲利普。

声音 (画外音)叔叔,我想麻烦您帮个忙,您原来有些露营用的东西,帐篷、睡袋、煤气炉。

斯特凡 是的。

声音 (画外音)能借我一下吗?我要去——

斯特凡 睡袋和煤气炉被玛雅带走了,她和一帮大学朋友去了毕斯兹扎迪山。

声音 (画外音)我说的是暑假……

斯特凡听到门锁里钥匙转动的声音,留心听着。除了开锁声,再没动静。

斯特凡 你一个礼拜后再打给我好么?没错,一个礼拜……阿尼娅?

没有回应。他走进客厅:艾娃躺在沙发上,抬起肿着的泪眼望着他。

艾娃 阿尼娅不见了。

10.

森林里有条小路,通向一个粉刷明亮的小屋。玛雅和阿尼娅站在院门外,房子里走出一个二十多岁、长相讨喜的男生,他点着一盏灯走过来,可步子越近越犹豫。看到孩子,他像是被催眠了似的。玛雅把包扔到地上——可能背着肩膀疼,又或许想做点什么,随便做点什么,以打破紧张的气氛。

玛雅 阿尼娅,这是你爸爸。

年轻人没法将视线从孩子身上挪开。她打量一下他,然后握住了玛雅的手。

阿尼娅 玛雅,我想尿尿。

玛雅 好,我给你看着。

小女孩憋着两条腿,可还是不敢走近那个小林子。

玛雅 别怕。我帮你看着。

阿尼娅跑到林子边,蹲下。沃伊切赫的眼睛也跟了过去，完全无视玛雅的存在。

沃伊切赫　是她吗？

玛雅　是的。她有点紧张，她一紧张就想尿尿。

沃伊切赫　你想做什么？

玛雅　你不让我们先进去吗？

沃伊切赫用钥匙开了门，却挡着她的道。

沃伊切赫　你想做什么？

玛雅　我离家出走了。

沃伊切赫　所以呢？

玛雅　我想请你帮我们。

阿尼娅提着裤子回来了。沃伊切赫蹲下，近距离仔细端详她。

沃伊切赫　嗨。

阿尼娅　嗨。

11.

整个房子实际由一个大房间和一个放床的小凹间组成。大房间做了工作间：堆了几百只毛茸茸的泰迪熊和猫，还有几个装满裁剪材料的大袋子，是用来做玩具熊的身体和爪子的。

沃伊切赫　你如果喜欢，可以拿去玩。

阿尼娅　哪个？

沃伊切赫 所有的。

阿尼娅害羞地走向玩具。

玛雅 这里变了好多。

沃伊切赫 是的。爸爸去世了。应该有三年了……没错，三年前死的……

桌上有台打字机，上面有一张纸。玛雅走过去。

玛雅 你这阵子在做什么？

她抽出那张纸。沃伊切赫刚来得及在纸的居中位置，也就是诗人通常用短句开头的地方，打出五个字："我做泰迪熊。"

沃伊切赫 我做泰迪熊。

玛雅 大学呢？你所有的计划呢……？

沃伊切赫 放弃了。

玛雅 就做这个？

沃伊切赫做了一个不在乎的手势。阿尼娅已经在泰迪熊堆里找到一个舒服的位置，将一只小熊举过头顶，就像今天木偶戏里演员做的那样，四下摇晃。

沃伊切赫 你们饿吗？

玛雅 你生我气了？

沃伊切赫 生气？没有。

玛雅 那告诉我——你为什么放弃一切？

沃伊切赫 才华欠奉。

玛雅 但你以前谈论鲁热维奇[1]、《科吉托先生》[2]还有艾略特时是那么的才华横溢……

沃伊切赫望向小女孩,打断她。

沃伊切赫 她睡着了。

他从自己的床上拿了一条毛毯给玛雅,她将毛毯盖在小女孩身上。

沃伊切赫 要把她弄到床上去睡吗?

玛雅 不用,她睡这儿很开心。你看。

他俩人生中第一次——作为父母——一起看着自己的孩子睡觉。沃伊切赫显然被感动了,如果没有玛雅努力改变气氛,他或许会失控。

玛雅 你还想我吗?

沃伊切赫 没有,再没有。他们知道吗?

玛雅 我从剧院里带走她的。妈妈急得像无头苍蝇,到处找……还在台阶上摔了一跤,差点把头磕破了。我都计划好了……

沃伊切赫 你为什么用这样的口气说起她?

玛雅 我把阿尼娅从她身边带走,就没准备

---

[1]塔杜施·鲁热维奇(Tadeusz Rozewicz,1921—2014),波兰著名诗人、戏剧家、小说家。
[2]《科吉托先生》:波兰当代诗人兹比格涅夫·赫伯特(Zbigniew Herbert, 1924—1998)的诗集,发表于1974年。

回去。这一天我已经等了好多年……该发生的总会发生。

沃伊切赫 我想你错了。

玛雅 你不懂，我做了我人生中的第一个成人决定。我终于起来反对她了，我现在能做到了。我人生中的第一个十五年里从没撒过谎。第一次撒谎是我怀孕那次，然后我意识到我可以撒谎而且其实很容易。现在我意识到可以自己做决定，也一样很简单。我不再是那个会因为老师讲了个《科吉托先生》就爱上他的乖乖女，一切都过去了。

沃伊切赫 呃，如果你认为这是最好的……可你还有很长的路。你没偷没抢，也没杀过人。

玛雅 但你能偷走本来属于你的东西吗？

沃伊切赫 我不知道。

玛雅 我带走了我自己的孩子。仅此而已。至于杀人，我承认我可以杀了她……

沃伊切赫 你完全不懂她。

玛雅 我最近懂了很多……

沃伊切赫走向打字机。背对着她，问道：

沃伊切赫 比如什么？

玛雅没察觉到他的不安。她在思考接下来说什么。

玛雅 她为什么会这样。生下我后她就不能再要

第七诫

孩子了,可她还想要。所以阿尼娅一出生,她就把她夺走了。

沃伊切赫 可当时有人同意了这么做,那个人就是你。

玛雅 我那时才十六岁。

沃伊切赫 圣女贞德也没比你大多少……

玛雅 你当初就一直这么说。他们只想要最好的东西,或者他们会说我还有未来的人生、学业、前途等等。但现在我知道他们只想要这个孩子。你为什么认为我从一开始就想要这个孩子?

沃伊切赫 那丑闻呢?她,一个女校长。我,一个青年教师。你,一个学生……首先考虑的总归是你啊。

玛雅 那你呢?我记得妈妈警告过你,如果你想继续教书,不想因为勾引未成年女学生而面对麻烦,你最好守口如瓶。她就是这么跟你说的,是不是?

沃伊切赫 她这么跟你说的?

玛雅 我碰巧听到她和爸爸说起。不管怎样,爸爸——

玛雅轻笑。

沃伊切赫 什么?

玛雅 他不想知道。他把自己关在世界外面。

你知道他现在在做什么吗？做风琴管，房间里堆满了音管。

沃伊切赫 风琴管？

玛雅 十二月他退党了，申请提前退休。现在他什么都不干——只做风琴管。你俩现在或许会相处得不错。

沃伊切赫 那你妈妈呢？

玛雅 妈妈？不，和她处不好。她变了。她一直都那么严肃古板，我从不知道她有温柔的一面，当然也从没体会到过。但她对小阿尼娅是那么温柔，甚至有一次当我看到她吻她，跟她道晚安，然后我就知道了，她永远不会把她还给我。记得有一次我从夏令营回来，当时阿尼娅只有六个月大——他们老是送我去夏令营什么的——反正那次我回家早了，看到她在喂她，喂的是母乳。阿尼娅吸吮着她的乳头，尽管她已经没有奶水了。或者她还有……我曾经读到过假孕的母狗有时也能产奶。

沃伊切赫调整一下盖在阿尼娅身上的毛毯，瞅着她的小指头。

玛雅 他们甚至想把车卖了，给我买套房子。这样我就不能跟她在一起了……

沃伊切赫冲她嘘了一声，玛雅声音太大了。

沃伊切赫 那你现在想怎么样?

玛雅 我想和她在一起,听着很奇怪吗?

沃伊切赫 不奇怪,但你准备怎么做?

玛雅 我不知道。带走她已经用尽我所有的力气,接下来会发生什么没人说得准。

沃伊切赫 你觉得他们会报警吗?

玛雅 肯定会。

沃伊切赫 他们会猜到是你吗?

玛雅 不会。我今天是出门度假,带走了我的东西,跟他们道过别。

沃伊切赫站起身——突然想到了什么。

沃伊切赫 我觉得……你还是应该给他们打个电话。

玛雅 为什么?

沃伊切赫 你看,你不能就这么……你没有任何证据证明她是你的女儿。你哪儿都去不了,哪儿都待不下来。

玛雅 那又怎样?

沃伊切赫 打电话告诉他们,如果答应提供证明小阿尼娅是你女儿的文件,你就回去。

玛雅 如果他们不答应呢?

沃伊切赫 给他们两个钟头想清楚。

玛雅　这可能会很有趣。

沃伊切赫　你想让我陪你回去吗？天快黑了……

玛雅已经穿上外套走到门口，随后转过身严厉地说：

玛雅　看着她。

沃伊切赫独自留下陪孩子。他走到打字机的桌前，翻书架，取出一个灰色的旧文件夹，解开绳子，找到他要找的东西。

沃伊切赫　我读点东西给你听，好吗？

阿尼娅在睡。

沃伊切赫　是关于你妈妈，还有你外婆的。

沃伊切赫自己先看了一遍要读给女儿的东西。微笑着，努力拿出合适的语调。

沃伊切赫　"一部意大利电影，一对母女，周围几个我能感受到的场景……"

窗户透进来一束窄窄的光。沃伊切赫放下灰色文件夹，看到窗外有一辆打着前灯的车。他瞥一眼阿尼娅，确认她是否还睡着，便走了出去。一辆尼萨[1]面包车停在院子门口。沃伊切赫打开院门，让车开进院子里的车道。

沃伊切赫　很准时。

---

[1] 一种波兰面包车。

年轻人 有货吗？

沃伊切赫 有一些。

沃伊切赫打开房门，门边小走廊里堆着几个无疑装满了泰迪熊和玩具猫的大箱子。沃伊切赫指了指睡在屋中间的孩子。

沃伊切赫 嘘……

年轻人看着她。

年轻人 这是谁？

沃伊切赫 我女儿。

他们把袋子搬上车。

沃伊切赫 这几天别过来了，我这儿有点状况。

沃伊切赫 跟她有关？

沃伊切赫点点头。车开走了。

12.

沃伊切赫站在门阶上。阿尼娅正坐在一堆泰迪熊中间，瞪大眼睛看着他，脸上露出一抹迟疑的微笑。

阿尼娅 玛雅呢？

沃伊切赫 她出去了，马上回来。

阿尼娅 你是……

沃伊切赫 我叫沃伊切赫。你怎么醒了？

阿尼娅 我经常醒。玛雅今天告诉我，我没有妈妈。

沃伊切赫 嘿，你听错了，你当然有妈妈。

阿尼娅 我有妈妈？

沃伊切赫 是的。

阿尼娅 还有爸爸？

沃伊切赫 也有一个爸爸。

阿尼娅 玛雅告诉我你是我的——

沃伊切赫 你不困吗？

阿尼娅摇摇头，不，她不困。

沃伊切赫 要不要我给你看看泰迪熊是怎么做出来的？

阿尼娅环顾四周：有上百只小熊。

阿尼娅 跟它们一样的？

沃伊切赫 没错，跟它们一样的小熊。

阿尼娅看看周围，拿起她身边躺着的那只。

阿尼娅 给我看看这只怎么做。

13.

电话铃声划破夜的寂静。堆满了管子、锡和哨子的房间里，斯特凡迅速拿起听筒。

斯特凡 哪位？

玛雅 爸爸？

斯特凡 是我。

玛雅在站台上的电话亭里。

玛雅 她跟我在一起。

斯特凡 我猜到了,你打算怎么办?

玛雅 把电话给妈妈。

斯特凡 告诉我。

玛雅 你帮不上忙的,爸爸。我知道你想帮我,但你帮不了。

斯特凡尽可能压低声音。

斯特凡 你妈妈哭了一整天,得吃镇定剂了。

艾娃站在门道里,紧张得发抖。

艾娃 谁的电话?

斯特凡把话筒递过去,一句话没说。艾娃缓慢而谨慎地接起电话,担心最坏的情况发生。她的声音死气沉沉,嘴唇全干了。

艾娃 喂……

玛雅 她跟我在一起。

艾娃 哦我的天啊……你跟她在一起呢……哦我的天啊……

玛雅 你们报警没?

艾娃 是的,但这已经不重要。我们的确报了警。你们在哪里?

玛雅的声音清晰而从容，明显准备了一路。

玛雅　再给警察打个电话，告诉他们找到了。这是第一件事。

艾娃恢复了平常的活力。

艾娃　没问题，我会打给他们。你们在哪里？我们过来接你们。斯特凡！

没听到回应，她又问了一遍。

艾娃　你们在哪里？我们过来接你们。

玛雅　我们在某个地方。我不会告诉你的。你首先得把一切改回来。

斯特凡走进来，拿着香烟、火柴和一个烟缸。艾娃示意他安静。

艾娃　改什么？

斯特凡点了根烟，放进艾娃嘴里。

艾娃　我要改什么？我不明白！

玛雅　一切。阿尼娅属于我，所有的文件都得改掉，所有的。

艾娃吸了一口烟。

艾娃　这不可能。

玛雅　可能。

艾娃　没人知道真相。

玛雅　我担保他们会发现。

艾娃 阿尼娅是我的,出生证上写着我的名字。只有雅德维嘉知道她是你生的,她什么都不会说。告诉我你们到底在哪儿?

玛雅 仔细听我说。你偷走了我的孩子——这是赤裸裸的抢劫。我再也忍不下去了,我给你两个小时考虑怎么把她还给我。不论如何,你都要想出办法。

14.

沃伊切赫刚充填完一只小熊,小熊的脸上还没有表情。直到沃伊切赫从之前的小盒子里取出眼睛,用针将它固定在小熊的头上后,玩具才变得生动可爱起来。小阿尼娅站在沃伊切赫的工作椅上,着迷地看着小熊怎样一点点有了生气。沃伊切赫让她把第二只眼睛缝上,固定到合适的位置。玛雅回来了。

玛雅 你怎么没睡?

沃伊切赫 她醒了。

阿尼娅给她看小熊。

阿尼娅 我把它的眼睛塞进去了。玛雅,你看。

小女孩见玛雅反应平淡,便站到桌子上,这样她俩一样高了,她把小熊伸到玛雅的鼻子前。

阿尼娅 玛雅!

玛雅 我说了你应该叫我妈妈。

阿尼娅手里握着小熊，以为这是个游戏。

阿尼娅　玛雅。

玛雅把她从桌上抱起来，搂在怀里，平视着她，提高了嗓音。

玛雅　你应该叫我妈妈，你懂吗？

小女孩沉默。玛雅开始摇晃她，大喊。

玛雅　叫妈妈！妈妈，你听明白了吗？叫妈妈！

玛雅使劲摇晃着孩子，阿尼娅发疯般尖叫起来。沃伊切赫在旁惊呆了。

玛雅　你必须叫我妈妈。你是我的。叫妈妈，求求你。

玛雅　好吗？叫妈妈……

小女孩一声不应。玛雅的声音转为温柔的祈求。

玛雅　阿尼娅，叫妈妈。求求你。

阿尼娅哭了。玛雅把她放到床上躺下，抚摸着她的乱发，在她耳边轻柔地恳求，向她认错。小女孩渐渐平静下来。电话铃响。为了不吵到孩子，沃伊切赫迅速跑过去接起电话，又中途顿了顿，示意玛雅别让孩子出声。他等到第二声铃响才拿起听筒，假装刚被吵醒的样子，语气惊讶。

沃伊切赫　您好，哪位？啊是的，听出来了，没问题。我不知道，我已经六年没见过她了。不客气，好的。（他打个哈欠）好。

15.

斯特凡 他什么都不知道，在睡觉。我们打扰的人够多了。

他从长名单上划去最后一个名字。

艾娃 又没伤害到谁。

他们坐在艾娃的大房间里。

斯特凡 我们真的应该把孩子还给她。

艾娃看着他，一脸愠怒。

艾娃 我就知道，你不爱她。

斯特凡 我爱她，但我们犯了错误，我们面临的危险是会同时失去她们两个。

艾娃 可你一开始是同意的。

斯特凡 我当时不知道会变成现在这样。

艾娃 你当时说，我不想要那个捣蛋鬼……

斯特凡 我有我的理由。

艾娃 所以问题是什么？

斯特凡 没什么问题。只是情况发生了变化……

艾娃 是你变了，就这么回事。戒严令后，你就垮了。现在你变得毫无用处——变的是这个。

斯特凡 我只是一个工程师……

艾娃　什么屁话！你是一个能搅动风云的工程师！

斯特凡　坐下！你现在已经不是校长了。

艾娃在房间里停止了走动，斯特凡则用筋疲力尽的声音重复着他的请求——他们的争吵大概一向如此，只维持短暂的紧张状态。

斯特凡　坐下。拜托。

艾娃站了一会儿，然后坐到丈夫身旁，斯特凡伸手扶着她脖子。

斯特凡　对不起。

艾娃　我们对自己的孩子几乎一无所知。她认识些什么人，会去哪里，我从不知道……我从来没想过她会……

斯特凡　你要求她太多了，她只是不再能承受了。她永远要按照你的要求穿衣服，你让她对什么感兴趣，她就得对什么感兴趣。还有你给她安排的那些舞蹈课、弦乐课，那些讨论小组和团体，都是你成立的，在你的监督之下。她知道她到哪都得表现得最好。就为了听到一句"玛雅你没让我丢脸"。她只是坚持不下去了……她怀孕六个月时，你在浴室里看到她肚子上有绑带的痕迹就大呼小叫，那时候你俩就出现问题了。

艾娃　你没必要告诉我这些家庭历史，这些我都知道。

斯特凡 但你似乎以为玛雅并不知道。。

艾娃 拜托了……去找找其他人……你以前那么多朋友……我求你了。

16.

玛雅 沃伊切赫？（手上拿着那个灰色文件）我能看看吗？

正在倒茶的沃伊切赫停下手。

沃伊切赫 都是些旧东西……

玛雅 可你拿出来了。

沃伊切赫 我想给阿尼娅读点什么，你放下吧。

玛雅 是写给我的……那个吗？

沃伊切赫 是的，但你别看。

玛雅 "……灰色的双眸呼吸着每一个词语，比成百上千蓝的绿的黑的眼睛都更有智慧，流盼的眼神，充盈着没有启齿的万语千言……"是这个吗？

沃伊切赫 差不多吧。

玛雅 剩下的我记不得了。

沃伊切赫 忘了也好，没什么好记得的。

他把滚烫的水倒进杯子，放上桌子时差点烫到手。阿尼娅的尖叫让他俩跳起来。这尖叫跟本片开场时一样，充满了成年人都不愿经历的恐惧。他们冲到孩子身旁。跟在家时一样，玛雅没法让女儿平静下来，睡梦中的阿尼娅仍在惊恐又响亮地尖叫。

玛雅　我不擅长这个，在家时都是妈妈干这个。她会粗暴地把她弄醒。

沃伊切赫轻轻摇了摇小阿尼娅的肩膀，然后把她抱在怀里，先是很轻，逐渐加力拍打她的脸颊。阿尼娅睁开眼，尖叫中的她恢复了意识，转而哭起来。玛雅把孩子抱过来，语气肯定地说。

玛雅　大灰狼跑啦阿尼娅，没有大灰狼啦……

阿尼娅渐渐平静下来，玛雅抱着她坐到扶手椅上。

阿尼娅　我梦见了……

她没说完。

玛雅　你还想睡吗？

出乎意料的，阿尼娅双臂围上玛雅，紧紧抱住她。玛雅也开心地抱回去。阿尼娅找到她的耳朵轻声问，生怕沃伊切赫听到。

阿尼娅　妈妈还没来吗？

玛雅闭上眼睛。

玛雅　一切都会好的，小阿尼娅。回去睡吧。

阿尼娅的身子滑到枕边。

玛雅　你睡得着吗？

第七诫　287

阿尼娅没翻过身去，答道。

阿尼娅 能，我睡得着。

不一会儿，她的呼吸开始变得均匀：这是她一天里第三次入睡。

玛雅 她几乎每天晚上都要这样大叫。经常做噩梦，但从来不告诉我们梦到了什么。我不知道她在害怕什么。

沃伊切赫 害怕未来吧，也许。我过去……

玛雅 也可能是害怕过去。我读到说小孩子会在梦里尖叫，因为他们害怕出生，梦到自己还在里面，在子宫里。

沃伊切赫 你读的太多了，又有狗又有孩子。

玛雅 你知道的，我没比她大多少，我们俩只相差十六岁。

沃伊切赫 你妈妈也没比你大太多。

玛雅 我跟她不一样，而且我以后也会跟她不一样。

沃伊切赫 你从始至终都在谈论自己，而不是她。但你有想过她吗？有没有停下来想想，她要什么？

玛雅 她还太小，不知道自己要什么。

沃伊切赫 她承受不了这一切的。所有这些奔走，所有这些压力……她又是一个敏感的孩子。你应该在不给她造成这么多压力的前提下把这件事处理好，不让孩子发现……

玛雅　你害怕了？妈妈现在不会把你怎么样。

沃伊切赫　你俩想在这里待多久都可以，但这样会毁了孩子。有时你不得不做出一些不符合你自己最佳利益的决定。

玛雅　比如什么？

沃伊切赫　回去。她需要一个安稳的家，她自己的床，自己的早餐奶。

玛雅　我明白。

沃伊切赫　你明白什么？

玛雅　我明白你想告诉我什么，她应该有一个安稳的家。

沃伊切赫　我这儿的朋友有辆车。我去找他把车开过来，这样你们可以在天亮前到家。

玛雅　好的。

沃伊切赫不确定玛雅是否真的改变了主意，但还是起身披上外套。玛雅在冲他微笑。

沃伊切赫　你打算留下来吗？

玛雅　不了。你说得对。去取车吧。

等沃伊切赫带上门，玛雅的笑容消失了。

17.

沃伊切赫推着一辆锈迹斑驳的旧自行车来到院门。他把灯架在肩上，骑上车。东边的天空浮现出一抹玫瑰的粉色，沃伊切赫骑进了林子。他沿小路骑出林子，上到一条更好走的路上，然后在一座木屋前停下，这一带很常见的那种木屋。他敲门。朋友探出脑袋。

年轻人 嗨，沃伊切赫，什么事？

沃伊切赫 货送走了？

年轻人 是的。

沃伊切赫 把车开出来，送我家人回去。

年轻人笑了，松口气。

年轻人 我还以为出什么事了。

沃伊切赫 没，没出什么事。

18.

斯特凡坐在一个没有人味的大屋子里，这是我们第一次看见这样的房间，内部格局透出一种不一样的气氛。一个大圆桌，带坐垫的椅子和沙发，还有一张铺了被子的沙发床。一个戴着眼镜的矮个子男人进房间，睡衣睡裤外面套着浴袍，坐到斯特凡的对面，一言不发，伸手做了个强调的手势。斯特凡明白他的意思。

斯特凡 把你吵醒了，很抱歉，我这么做有点蠢。

格热戈日 你也知道,这事没那么简单……我给好几个人打过电话,但他们只记得在我们最需要你的时候,你是怎么抛弃我们的。你现在回头找我们帮忙,他们也还是那些话。

斯特凡 如果不是因为艾娃,我也不会来。你知道她……她求我……我现在很担心她。

格热戈日 我真的无能为力……我可以试试在电视新闻里播一条寻人启事,我能做的恐怕就这些。

19.

面包车停在沃伊切赫的屋外。已经是黎明。沃伊切赫悄悄走到门口。屋子里空无一人,阿尼娅睡觉的地方只有一块毛毯。他注意到桌上的打字机旁放着摊开的灰色文件夹,上面有一小张纸,写着一段诗,以"母亲和女儿"开头……

沃伊切赫 我担心的就是这个,她们跑了。

他拎起话筒拨电话。我们听到短促的忙音:电话占线。他再拨,还是占线。

20.

玛雅站在站台上的电话亭里,怀里抱着熟睡的阿尼娅。

玛雅 两个小时到了。

艾娃 是的。两个半小时。

艾娃不露声色，切中要点——显然她想把局势掌控在自己手里。

艾娃 现在听我说。带阿尼娅回家。你爸爸会卖掉车和他的风琴管。你可以买一套房子，然后做你想做的，我们不会干涉。你想什么时候来看阿尼娅就什么时候来看，所有暑假你都可以带她出去玩。周日的时候，她属于你，你可以带她去看电影，可以带她去任何你想去的地方。阿尼娅会属于我们两个人。只要我还活着，就是这样。之后，她归你。

玛雅平静地听着，一言不发。

艾娃 你还想要什么吗？

玛雅 要。给我两百万。

电话那头沉默。

玛雅 听到我说的吗？

艾娃 你这是在犯傻……

玛雅 你听没听懂我刚才说的？

艾娃开始用安抚甚至真诚的语气对她说。

艾娃 玛雅，我做不到。你知道我不能没有她。

阿尼娅在玛雅的肩头熟睡。

玛雅 那你再也见不到我俩了。阿尼娅在我肩上睡着了，我什么都不顾了。我数到五，如果你不答应，我就挂电话。

玛雅很快倒数，并没给妈妈什么机会。

玛雅 一、二、三、四、五。

她立即挂断电话。艾娃一脸惊骇地站在那里，手里拿着电话。

艾娃 玛雅！我答应你！玛雅！

她过了几秒才意识到，她的话在数公里电话线的那头已经听不见了。心里几经起伏后，她才挂上听筒，电话几乎同时又响了。

艾娃 玛雅，你们回来！我答应你，你听到了吗？

沃伊切赫吃惊地听着她突如其来的独白，趁艾娃停下来喘口气，他迅速插话。

沃伊切赫 不好意思，是我，沃伊切赫。

艾娃没搞明白怎么回事。

艾娃 谁？

沃伊切赫 沃伊切赫。

艾娃 沃伊切赫？……

沃伊切赫 没错。是我。

艾娃终于猜到是怎么一回事。

艾娃 你对我们撒谎了，是不是？刚才通话时你撒谎了⋯

沃伊切赫 是的⋯⋯我撒谎了。

艾娃 她在你那里吗？

沃伊切赫 刚才还在。我告诉她应该带阿尼娅回家⋯⋯然后我出去搞辆车。我那会儿害怕⋯⋯您⋯⋯您知道她是什么样的人，她带孩子跑了，趁我出去搞车的时候⋯⋯

艾娃 她去了哪里？她说她什么都不顾了。

沃伊切赫 我不知道，她不可能走太远。我开车沿着铁路左边找，您找右边。

艾娃 你家附近？

沃伊切赫 是的。

21.

天越来越亮。玛雅在过一座桥，怀里抱着熟睡的小阿尼娅。她停下脚步，身体靠在桥栏上，看着脚下湍急的溪流。可以听到一辆车在开近。她一把抱起阿尼娅，跑到桥的另一头躲了下去，中途在泥泞的河岸上滑了一跤。她抬头从底下看着一辆小型尼萨面包车开过桥。

22.

站台上的小候车室的门开着。玛雅绕过地上的一个醉汉,来到售票处,在破窗子上敲了好几下,终于出来一个头发蓬乱的女人,身上围着一条毯子。

玛雅 下一班车什么时候?

女人 去哪里?

玛雅 不管去哪里……随便。

女人打了个哈欠,仔细端详她。

女人 今天是礼拜天,两个小时后有一班。

玛雅指着那个醉汉。

玛雅 这人没事吧?

女人 他火力旺得可以点着火柴了。没事。

女人调整一下毯子,把自己捂得更紧了。玛雅离开窗口。阿尼娅很重——仍在熟睡。玛雅用空着的那只手推了推醉汉,他顺势慢吞吞地翻到另一边,嘴里咕哝着什么。

醉汉 第一个更好,第二个更糟……

玛雅 这儿的主路在哪里?

醉汉睁开眼睛,看看她,又倒头睡去。玛雅听见列车驶近的汽笛。她跑到站台上,一辆蒸汽机车进站了,缓慢又庄严。玛雅挥手,像是要搭顺风车。就在玛雅用力挥手时,机车像无人驾驶一般缓缓开过,然后,然后庄严地开走了。售票处女人跑了出来。我们现在才发现,她其实很年轻,只是太胖,而且邋遢。

女人 男人?

玛雅没明白。

女人 从男人那儿逃出来的?

玛雅 没有,小事。

那个女人心领神会地点点头,指指毯子。

女人 进来睡吧,里面暖和。

玛雅和阿尼娅回到候车室,走进售票处后面小房间的门。小房间很挤,她费力地把阿尼娅安顿到一张小床上。透过窗户,她看到一辆打着前灯的尼萨面包车往车站开过来,便立刻躺下,蜷缩在熟睡的女儿旁边。

23.

主路上,一辆黑色的大菲亚特慢慢开过来,尼萨面包车从反方向靠近。他们相互闪了下前灯。他们在空荡荡的主路上相互对面停下。艾娃从菲亚特里出来,沃伊切赫下了尼萨面包车。他们在路中间碰面。

艾娃 没找到?

沃伊切赫 没。

艾娃 我很担心。

沃伊切赫一言不发,看着地面。

艾娃　我们在车站周围找找吧。

沃伊切赫　这个点没有火车，今天是礼拜天。

艾娃　我们似乎从没给你带来什么好事，是吗？

沃伊切赫　我们去树林里找找看，朝奥特沃克方向。

艾娃　那我呢？我找哪条路？

24.

天彻底亮了。站台上已经等了几个人。艾娃和斯特凡从地道跑上站台。艾娃环顾下四周，走进了候车室，用力敲打售票处那扇破窗，那女人手里捧着一杯茶出现在窗子另一边。

艾娃　您有看到一个姑娘带着一个小孩吗？

女人　您是警察吗？

艾娃　我在找一个姑娘和一个孩子。姑娘很年轻，戴眼镜，背了个大包，小女孩六岁。

阿尼娅醒了，听到艾娃的声音，她从玛雅背后探起头。

女人　她们来过，差不多两个小时前在这儿，但已经走了。

艾娃　往哪个方向去了？

女人　她只是问主路怎么走……我也不知道。

小阿尼娅此刻已经从床上探出身子，透过售票台窗口看到艾娃的脸。她轻声说出一个对她而言很明显的事实。

阿尼娅 妈妈……妈咪。

玛雅睁开眼，笑了。她听到"妈妈"这个词重复了三遍，这一遍尤其响亮。然后发现阿尼娅在望着一个她看不到的地方，因为她背对着窗口，然后看着阿尼娅慢慢滑下床，跑出小后屋，喊妈妈。艾娃中断了她和那女人的对话，打开门，阿尼娅扑到她怀里。

艾娃 阿尼娅……小阿尼娅……

玛雅从小床上爬起来，提起她的包，甩到肩上。可以听到远处驶近的火车汽笛声。玛雅脑子里咀嚼着她母亲的幸福。

艾娃 玛雅……

车靠上站台，只有一位乘客下车：一个拄着拐杖的男人。他小心翼翼地从车里下来，望了一眼候车室。玛雅奔向火车，从抱着阿尼娅的艾娃还有斯特凡的身旁跑过，艾娃在她身后大喊。

艾娃 玛雅！玛雅！

艾娃抱着阿尼娅追过去，但玛雅在最后一刻跳上了开动的火车。那个拄拐杖的男人消失在黑暗的地道里。

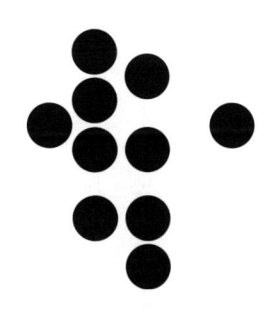

第八诫

1.

初春的早晨。公寓门洞口里走出一个女人，六十来岁，一头灰白的短发，步伐矫健：一个不会让身边的人因为她的身份而感到自卑的女人。一个不修边幅的男子提着个小手提箱从对面走来。

索菲娅　早上好！您这是出门旅行，还是回家？

男人　回家，昨晚从什切青坐夜车回来的。我跟您说……

索菲娅　这一趟值吗？……

索菲娅挺喜欢这个男人，对他的爱好了如指掌。

男人　德国人飞越北极的纪念系列，1931年……Polarfaht[1]

―――――――

[1] Polarfahrt，德语，飞行北极的意思，这里指的是1930年7月9日，齐柏林飞艇飞往北地岛。

索菲娅 是齐柏林飞艇吗？

男人 三架齐柏林飞艇。我跟您说……

索菲娅 改天您得给我看一眼。

索菲娅微笑着，轻快地朝小林子走去，我们在《第一诫》和《第四诫》里见过这个林子。

2.

索菲娅来到儿童游乐区里的印第安人大棚。她脱去外套，也没穿运动服，开始她每天的晨跑。她会绕着这个区域跑圈，中途做一些简单的体操。从远处跑来一个小伙子，他在路边停下，让她先过，同时从运动服底下掏出一样东西：一本蓝色封皮的书。

年轻人 这是一个朋友从巴黎给我捎来的，能不能麻烦教授您在上面写几句……

索菲娅好奇地从他手里拿过书。

索菲娅 我都没见过呢……翻译得不好。您有笔吗？

年轻男子拿出一支钢笔。索菲娅写了几句，把书和钢笔还给他，继续上路。

3.

现在索菲娅已重新穿上外套，正打开信箱。她从信箱里取出一叠国内外寄来的信件,边等电梯边翻看。她撕掉几封,随手扔进了垃圾箱,然后带着剩余的信进了电梯。

索菲娅的公寓装修相当朴素,里面堆满了书籍、论文和报纸,很乱但很干净。最简洁的家具属于房间后部那个锁住的奇怪房间,里面的墙上挂着一幅琴斯托霍瓦的圣母玛利亚画像,但除了桌上的花瓶里插着的那些花外,这个房间了无生气。索菲娅将陶罐里的花扔掉,换水,又换上一束紫菀花。她从刚才的信件中抽出一封放到床头柜上,挨着另一堆打开过的信封。然后关门,锁上。

冰箱门上用磁铁贴着一张小纸条,她看着上面写的,对自己轻声重复:"奶酪一片。生菜叶一片。咖啡,不放糖……"
她从冰箱里取出食材。她连续打火却打不着煤气,才发现自己忘了家里的煤气有问题,于是将金属加热圈插上电,把它放进了烧水壶。

4.
索菲娅到汽车修理厂取她的旧特拉贝特牌[1]汽车。

---

[1]东德时期的一个汽车品牌。

修理厂老板陪着她走到车前。

索菲娅 什么毛病？

老板 没什么大问题，只是化油器堵住了，然后比上次我看到它时多了几个凹痕，车前灯碎了。教授以后开车真的得当心。

索菲娅 我上环岛时没看见那辆拖拉机。我欠您多少？

老板 别客气了，您是老主顾……

索菲娅爬进车。修理厂老板又凑过来。

老板 我女儿想在大学里谋个位置……

索菲娅 真的？那恭喜她。

老板 教授您一定认识助理讲师什么的吧，可以给她考试前辅导一下吗？

索菲娅 助教们当然会做些私教——总得混口饭吃。但您知道我……我不接受这种方式。再见。

她开出几步又停下，倒了回来。

索菲娅 也许我真的欠您什么？

老板 您是我们的常客，教授。不必在意。

5.

索菲娅把车停在大学的院子里，老老少少都礼貌地向她点头致意。索菲娅身穿两件式套装和一双平底运动鞋,腋下夹着一个大公文包,也微笑地回应他们。

6.

系走廊里熟悉的一幕。坐在窗台上的学生们跳下来,恭敬地向她致意。

7.

系秘书办公室,中年女人立刻中断了打字。

女秘书 系主任问您是否有空跟他说几句。

索菲娅走进系主任办公室。他正坐在一张小桌子后面接待一位深色头发的女子,女子看上去四十来岁,手里端着一杯咖啡。两人起身,索菲娅跟他们打招呼,系主任给她介绍这位深色头发的女子。

系主任 (英语)伊丽莎白·洛朗兹女士从纽约来。

索菲娅 我们见过,如果没记错的话,您不就是我在美国的书稿译者吗?

伊丽莎白 没错,教授。

她的波兰语相当不错——系主任一惊。

系主任 我刚才舌头都快打结了,说不利索……

伊丽莎白 您英语说得很好。

系主任 洛朗兹女士是来这里参加一个文化交流

项目。她对您的著作很感兴趣，想问是否可以旁听几堂您的课。

索菲娅　太客气了，没问题。今天就开始吗？

8.

大礼堂座位不算很多，已经座无虚席。索菲娅冲着叽叽喳喳的学生们投去友善的微笑，让他们安静下来。

索菲娅　今天我们又请来几位客人。穆阿维先生来自尼日利亚，不会说波兰语，所以哪位同学可以自告奋勇做一下翻译？

一个戴无框眼镜的男生举手，走下来坐到正咧着嘴笑的穆阿维旁边。

索菲娅　还有来自布达佩斯大学的托利奇、尼拉兹和戈多斯三位先生，你们都已经认识——他们已经旁听了好几个月。伊丽莎白·洛朗兹女士来自纽约，她会说波兰语，在一家专门研究二战期间犹太幸存者命运的研究机构工作。我们接着上一堂课的讨论：伦理炼狱。谁自告奋勇第一个发言？

已近傍晚时分，大礼堂沐浴在格栅分明的红色阳光里。索菲娅坐在阴影处，一度将目光投到伊丽莎白身上，伊丽莎白在下意识地摆弄脖子上的一条金项链。

索菲娅　让我提醒大家一下，我们需要从两个政治范畴选取例子，为了简便起见，我们可以把其中一个叫作社会习俗范畴。

女学生1　让我们想象这样一个情境：一个人得了癌症，快死了……

礼堂里哄堂大笑。

索菲娅　这是本学期第三个涉及癌症的故事了。

女学生　他怎么死的实际并不重要，而且他并不是这个故事里的英雄——他只是在死去。给这个人治病的是位一流的大夫，重要的是，大夫信上帝。大夫和病人住同一个楼，病人的妻子开始来纠缠他，想问清楚丈夫的生存机会有多大。大夫没法告诉她，也不愿意告诉她，因为他看过太多医学上放弃却最后奇迹生还的例子。这个垂死的病人的妻子变得越来越固执，事实证明，她有一个非常特别的理由让她迫切想知道丈夫的命运。她怀上了另一个男人的孩子，但丈夫并不知情。她以前没能有孩子——如今她爱这个未出生的孩子就如同爱她的丈夫一样。如果丈夫活下来，她觉得自己道德上有义务堕胎。如果他死了，她便可以把这个孩子生下来。大夫听过这一切，孩子的命运便掌握到了他手上。如果他说她丈夫能活下去，等于判了孩子死刑。如果他说她丈夫活不成，孩子就可以得救。大体就是这样一个故事。

学生们已经忘了她刚开始讲这个故事时他们是如何哄笑的,他们全神贯注地听着,忙着做笔记。

索菲娅 我恰好知道这个故事的结局是什么。为了给您的任务增加难度,我可以告诉您,这个孩子最后活下来了,或许这才是最重要的……

伊丽莎白打断了索菲娅,她从座位上起身,把录音机又挪近了一些。她解释了为什么她要移动它。

伊丽莎白 我怕它离我太远……录不下来。

索菲娅 (重复)我刚才说了,这个孩子最后活下来了,而且我认为这是最重要的一点。现在我想让你们尽可能地独立思考,故事主人公的性格特点以及他们行为背后的动机……还有其他人要发言吗?或者我们可以开始分析刚才的故事?

伊丽莎白举手,索菲娅露出微笑。

索菲娅 您?

伊丽莎白 如果我可以……

索菲娅 当然可以,这里每个人都有权发言。

伊丽莎白 我也有一个故事,想讲给大家听。

索菲娅 我相信您的故事是最有趣的。

伊丽莎白 您可能会认为这个故事有一个缺点,那就是它发生在过去。但它也有一个优点:这是一个真实的故事。

索菲娅 我们在这里讨论的伦理困境并非一定要来自当下生活。

伊丽莎白 这个故事发生在战时占领期间。

索菲娅 太好了，战争中发生的事情往往要比当下更尖锐。

学生的目光对外国访问学者饶有兴趣。她有深色的眼睛，深色微卷的头发，坐着讲她的故事，也许她认为这是作为四十五岁长辈的特权，又或许她习惯了这样。

伊丽莎白 那是1943年的冬天。故事的主人公是一个六岁的犹太女孩，一直藏在一个波兰家庭的地窖里。有一天她突然发现自己必须搬家——她藏身的这个佐利波茨的别墅即将被盖世太保征用。女孩的父亲被困在犹太人区，他的朋友们在设法为她找到新的藏身之处。他们有了一个可能的选项，但是未来的监护人提出一个条件：小女孩必须有正式文件证明她受过洗。

一直在简单做笔记的索菲娅此刻抬起头，她发现伊丽莎白正直直地看着她，实际是在讲给她听。她低下头继续做笔记。

伊丽莎白 于是女孩的监护人开始四处寻找愿意协助的夫妻，伪装成她的教父教母。这纯粹是走一个形式，但教父教母必须是真实的，活着的人。他们也开始寻找一个愿意帮忙的神父，证明这个女孩受过洗。

戴眼镜的学生　这曾经有什么问题吗？

他这个问题明显是代表穆阿维问的，他在给他做翻译。

伊丽莎白　没什么问题，有很多神父愿意提供帮助。问题是要安排好一个时间，把他们一道找来，就所有必要的细节对好口径。

伊丽莎白等着戴眼镜的学生翻译完她的回答。穆阿维举手致谢，满意地笑：他懂了。

伊丽莎白　最终一切都安排妥当。那是一个寒冷的冬夜，女孩跟着监护人来到那对虚构的教父教母的住处，那是一对年轻夫妇。女孩冻坏了，她花了整整一个下午穿过城市来到这里。她的监护人，一位男士，一路胆战心惊。主人给他们递上一杯热茶。女孩渴望一杯热饮，但时间不多了，神父在等，宵禁也不远了。尽管如此，那对夫妇并没去穿外套，而是请他们坐下。

索菲娅神色有点异样，一动不动地坐着，面无表情地看着伊丽莎白。伊丽莎白在直接对她讲。

伊丽莎白　于是他俩在桌旁坐下。男主人在桌子周围不安地踱步,女主人则坐在女孩监护人对面,告诉他们为何如此难以启齿。他们不得不收回之前提供帮助的承诺,经过左思右想,他们决定不能违背自己信奉的上帝,尽管上帝教导人行善,但也禁止信徒做伪证。即便在如此重要的事情上,做伪证也不容于他们的教义。他们能说的就这些。女孩和监护人站了起来。那位年轻女士说:"再坐一会儿吧,喝点茶再走。"女孩喝了一小口茶,看了看监护人后又把杯子放下。下了楼梯,女孩不耐烦地看看监护人,看看门外的夜色和空荡荡的街道。"走吧,"她说,同伴没有动,"走吧,马上要宵禁了。"

伊丽莎白的故事讲完了,礼堂里一阵沉默。

索菲娅 当时房间里有其他人吧?

伊丽莎白 是的,有个老人。他背对我们坐着——我想他应该是坐在轮椅里。

索菲娅 你还记得其他细节吗?

伊丽莎白 茶杯是用上等瓷器做的,每个都很独特。桌上有一盏绿色的油灯没点亮——他们把头顶的大灯打开了。窗户都用报纸蒙着。整个对话的两三分钟里,男主人一直把手插在口袋里。这是我能记得的所有细节。

索菲娅 这是在华沙?

伊丽莎白　奥迪涅茨街的外莫科托夫区。

索菲娅将身体靠到椅背上，双手微微颤抖。她拿起笔，双手又恢复了平静。

索菲娅　有提问吗？没有人？没有疑问？

一个瘦小的女生举手。

女学生2　《十诫》里只是说不能做伪证危害亲人，但这个故事跟亲人无关。如果这对夫妻真是虔诚的天主教徒，那他们给出的理由并不成立。

伊丽莎白　这是他们给我的唯一理由，当时听上去是真诚的。

索菲娅现在转向伊丽莎白。

索菲娅　洛朗兹女士，您觉得还会有什么其他理由吗？

伊丽莎白　我不知道。对我来说，这个决定没有合理性。

那个戴眼镜的学生这次代表自己举起了手。

戴眼镜的学生　理由也许是恐惧。比如一小时前，这栋楼里刚查出一户犹太家庭，并连同藏匿他们的波兰家庭一道在院子里处决，那这对夫妻会很害怕。

伊丽莎白考虑片刻。

伊丽莎白　是的。恐惧，没错。但对你来说，这算是正当理由吗？恐惧？

戴眼镜的学生　我只是提出一种可能的动机，没想争辩是否……

索菲娅　对不起，我想我们在这个问题上已经讨论得够远了。我想请你们每个人都思考一下主角的性格和他们行为的动机。谢谢。两周后见。

她站起身，第一个走出大教室。等她出去后，学生们才纷纷起身。

9.

秘书办公室昏暗无人。索菲娅打开灯，又立即关上。窗户里照进一抹落日的橙色微光。索菲娅坐在低矮的扶手椅上，两手紧握住扶手。就这样维持了一段时间。然后她站起身，拿起公文包，带着她通常的使命感走出了房间。

10.

索菲娅走在走廊上。一天的这个时候，这条走廊显得过于昏暗和空空荡荡。她隐约看到前方的一个窗台上有人坐着抽烟。走近后发现——是伊丽莎白。她在几步远的地方停下，两人互相注视了一会儿。

索菲娅　故事不是发生在莫科托，对吧？

伊丽莎白　不是，在市中心。

索菲娅　新城大街。

伊丽莎白　对。

索菲娅在寻找合适的词。

索菲娅　是您。

伊丽莎白异常的平静。

伊丽莎白　是的，是我。

索菲娅　原来您活着……我这辈子，一直在想……多少次看到有人这样摆弄金项链，我就会想：上帝啊……

伊丽莎白　我好几年前就不玩项链了。

索菲娅蓦然一笑。

索菲娅　总之您还活着。

伊丽莎白　我跟人躲进了布拉格区，就是护送我去见你们的那个男人的亲戚。他们曾经私酿过伏特加——我在土豆发酵的臭味里度过了两年。他们现在和我一起在美国生活，但他已经不在了……

索菲娅　所以您是来看看我会对您的故事作何反应。

伊丽莎白　我本想更早一点告诉您，趁您还在美国的时候。几次想写信，或者飞过来。刚才如果您没有点评那个孩子活下来的问题，我可能永远都……

索菲娅 是的，我发现了。

伊丽莎白 有一种理论认为，跟被拯救的人一样，救世主们也有一些相同的性格特征。我想知道是否有人能将这些特质分离出来，建一个模型，将有能力和没能力拯救他人的人区分出来。这是一种逆向受害者学。

索菲娅 我敢说您说的没错，这样的特征无疑存在。

伊丽莎白 您就有。

索菲娅 我？

伊丽莎白 您在我这件事之后所做的一切已经众人皆知。如果没有您的帮助，我的很多同胞都活不到今天。

索菲娅 您夸张了。

伊丽莎白 没有，我有数据。很有趣是不是，那个女孩这么快就看破了他们虚伪的解释，那只是表面上的天主教。

索菲娅 这一点也不奇怪，这里的人都对天主教感兴趣。

伊丽莎白 我花了好几年才想明白。

伊丽莎白的烟抽完了，看看四周，想把烟蒂扔出窗外。

索菲娅 那边有烟缸。

伊丽莎白 但您不抽烟。

索菲娅 我脑袋后面长眼睛。您住哪儿?或许我可以捎您一程?我还记得您开车带我逛了整个纽约。

伊丽莎白 维多利亚酒店,离这里只有三百米远——恐怕这个交换不公平。

索菲娅向她走近。

索菲娅 也许您愿意来我家共进晚餐?

11.

索菲娅拉开特拉贝特的车门,移到一边让伊丽莎白上车。她发动引擎。

12.

特拉贝特停在新城大街的一处拱门前,索菲娅熄引擎。伊丽莎白看起来很好奇。

伊丽莎白 这是您住的地方吗?

索菲娅 不是。

伊丽莎白 那为什么……啊,当然……是在这里吧?

索菲娅 是的,"走吧,马上要宵禁了"……就是这里。

伊丽莎白从车里爬出来,穿过拱门。这里静悄悄的,空无一人,只听见她的鞋跟像步枪打在混凝土石板上似的。院子里矗立着一座圣母玛利亚小神龛,旁边点着一支小蜡烛。伊丽莎白在中间站了一会儿。她能听到不远处传来的电话铃声和一声大吼——"我没有喊,我只是再也受不了了",然后声音渐弱。她能听到另一扇窗口里传来电视里的体育节目开始了。伊丽莎白的脸色阴沉起来。她慢慢走出院子,穿过拱门,站到拱门一侧的阴影里。她看到索菲娅正一脸不安地看过来——她已经下车,站在车旁。伊丽莎白没有动,索菲娅也不确定自己是否看见她。她小心翼翼地朝拱门走来,确认是伊丽莎白后,才深深地松一口气。

伊丽莎白　我们走吧。

索菲娅　我有件事想告诉您……

她走近前想摸她,伊丽莎白猛地往后退。

索菲娅　您怎么了?

伊丽莎白　走吧,马上要宵禁了。

13.

尾气弥漫,特拉贝特车停在公寓楼外。索菲娅锁上车。

索菲娅　我今天刚从维修店提的车……不知道又出什么问题了。

　　伊丽莎白　（检查车的型号）我对特拉贝特一窍不通……

她想帮索菲娅提她的大公文包，索菲娅拒绝了她的好意，径直走向门洞口。

14.

伊丽莎白把一本书放回书架上，回到厨房，看着索菲娅准备一顿简单的晚餐。

　　伊丽莎白　我没想到。

　　索菲娅　什么？

　　伊丽莎白　没想到您的生活是这样的——房子、车、公文包……

　　索菲娅　我有我需要的一切。您可能不信，但别人拥有的更少。

　　伊丽莎白　我信。

她翻拣着切过片的红萝卜。

　　索菲娅　我在节食……也没料到会有客人来。

她们坐下来用餐。

　　伊丽莎白　我丝毫没有想到我记忆里的那个女人会变成您现在这样。您的思想，您的书，甚至您自己，都和她给我的那个理由扯不上关系……

索菲娅 如果您大老远飞过来，只是想为往事找到一些神秘的解释，恐怕您会大失所望的。我当时是被迫放弃，没错，那个放弃犹太小孩的理由太平庸。那个手插在口袋里在房间里踱来踱去的男人就是我丈夫，他1952年死在牢里。

伊丽莎白 我知道。

索菲娅 当时他在KDW[1]工作。我们得到消息说，准备收容小女孩的那人实际是盖世太保的线人，通过她、她的监护人和神父，他们最终会找到我们……找到组织。这是全部的秘密。

伊丽莎白对这一简单的解释感到吃惊。

伊丽莎白 这听上去太简单了……

索菲娅 我们没法将实情告诉女孩的监护人，因为我们不认识他。所以不得不想出一个借口，任何借口，即便今天的学生都能看破它。但您相信了，而且过去的四十年里一直深信不疑。而我……一直不知道原来您还活着……我以为您早死了，过去的四十年里也一直这么以为。更有甚之的是，我们当时得到的消息是假的，尽管他们因此差点就被处决了。

---

[1] KDW，即Komisja Dywersji Wywiadowczej，波兰国家军的一个反谍报机构，也是二战时抵抗纳粹的地下组织。

伊丽莎白　我从没想到过真相是这样……

索菲娅冲自己苦笑。

索菲娅　如果我要说那天晚上一直萦绕在我心头……我牺牲了您，我在明知后果的情况下，以我当时强烈信奉的价值观的名义，任由您去送死……

伊丽莎白　那现在呢……您坚信什么？

索菲娅　我坚信没有什么理念或目标能比保护一个孩子的生命更重要。生命……

伊丽莎白　是的，我自己也一直这么想。但你怎么教你的学生们？告诉他们怎么活下去吗？

索菲娅　我没有教他们什么，我是来帮他们找到自己的结论。

伊丽莎白　关于什么的结论？

索菲娅　关于善。我相信每个人……都拥有善。世界在我们心里种下的不是善就是恶，1943年那个晚上并没有引出我心中的善。

伊丽莎白　那谁来评判善和恶？

索菲娅　存在于我们所有人心里的那一位。

伊丽莎白　我在您书里从没有读到过上帝。

索菲娅　我不用"上帝"这个词，您不一定非得用某个字眼才能去相信。人生来就是要做选择的……如果这样的话，也许我们可以弃用上帝。

伊丽莎白 那谁来替代他的位置？

索菲娅 这里，在地球上，只有孤独。如果真的死而不能复生，如果那边真的什么都没有，那么……

门铃响。伊丽莎白看向索菲娅，后者歉意地一笑，去开门。一个年长的男人走进来，就是我们早先见到刚从什切青回来的那位。索菲娅退到一边让他进屋。他没进门就从一本小通讯录里取出三枚用玻璃纸包着的邮票，交给索菲娅，然后才注意到房间里有别人。

男人 原谅我……我不知道您有客人。晚上好。

他微微躬身向伊丽莎白致意。索菲娅看着邮票。

索菲娅 很美，真的……

男人 我就想拿来给您看一眼……原谅我。如果哪天您碰到我儿子，也许您会告诉他。

索菲娅 当然，Polarfahrt，三架齐柏林飞艇，1931年。伊丽莎白，您要不要来看一眼？

伊丽莎白 不用了……

索菲娅把邮票还给他，男人走了。

伊丽莎白 邻居？

索菲娅 是的……我们今天讲到的那个医生和病人——他们也住在这栋楼里。

伊丽莎白 有趣的一栋楼。

索菲娅 跟别的楼一样，每个人都有自己的故事，就这么回事。

伊丽莎白 那些人……本来要把我藏起来的那些人……您认识他们吗？

索菲娅 认识。

伊丽莎白 您觉得我能去看看他们吗？

索菲娅 我明天开车带您去。是一家小裁缝店。但我不会跟您进去。我在战后见过他们一次……他们仍然无法接受自己的正直受到质疑。我告诉他们我很抱歉，我还能说什么呢？

伊丽莎白 那个女学生提到了十诫……

索菲娅 是的，那条不能做伪证伤害亲人的诫律，被僭越了。只不过其他人最后还是受到了影响。

索菲娅笑。她用茶壶往茶杯里加点水，茶杯用精致的瓷器制成，形态各异。

索菲娅 一切似乎都那么荒谬，一切都在循环往复。同样的诫律，同样的僭越，尤其在我们这个时代……

伊丽莎白 大家总喜欢说"尤其在我们这个时代"。

索菲娅 是的，但情况正变得更糟。你们在美国也有同样的问题吗？

伊丽莎白 是的，跟每个人一样，我们在寻找一条路径。这条路径是什么，我不太确定。（微笑）谢谢您的晚餐，我得走了。

索菲娅从扶手椅上抬头看她。

索菲娅 如果您能留下来过夜，我会不胜荣幸。这里有一个空房间……我不经常有客人。

索菲娅起身带她去那个一直锁着的房间。她打开床头灯，照出里面简朴的陈设和某人的缺席。

伊丽莎白看着索菲娅从床上取下黑色被子，动手铺床单。随后，索菲娅去打开浴室的灯，又去前门检查下是否关好。当她走回伊丽莎白的房间时，从门缝里可以看到：伊丽莎白正跪在床边，紧扣着双手祈祷。

15.

索菲娅身穿运动服，沿着森林小道跑步。她比往常跑得快，精神也更充沛。她跑下一个小河堤，靠在一棵树上喘气。这没什么特别的——只是在比往常更激烈的运动后稍事休息。她环顾四周，之前从没有跑过这么远。河岸的另一边，林子延伸到一个带有木质平台的公园，平台上有个奇怪的小人形。索菲娅不得不凑近去看是什么，可越凑近，人形就越古怪。最后她径直朝他走过去。平台中央是个男人，身体向后弯得很厉害，头都伸到了两膝之间。此外，这个头还在冲索菲娅微笑，如果用"微笑"这个词是恰当的话，毕竟这个头和他的脚踝处于同一高度。索菲娅又走近一步。

橡皮人 您觉得怎么样？

索菲娅觉得跟这样一个头交谈很让人不安，尤其当他在没有站直的情况下又跳近了几步。

橡皮人 您觉得怎么样？

索菲娅 您在干什么？

橡皮人 电视上有个家伙……所有人都说他做得最棒，都跟他比，我想证明我比他厉害。

索菲娅 您能不能……让我看看您正常的样子？

这个男人利落地挺直身体，是一个高大英俊的青年。他看看手表。

橡皮人 我已经比他多坚持了38秒。不好意思。

索菲娅 您是怎么学会的？

橡皮人 熟能生巧，任何人都能做到……您试着身体往后弯看看。

索菲娅尽力往后弯，却没弯过去多少。

橡皮人 再往后一点，对……

男人站到边上用专业的眼神看着索菲娅拼命地往后弯。

橡皮人 还能再往后一点吗？

索菲娅 不行。

橡皮人 好吧,您恐怕过了可以弯过去的年龄。抱歉。

橡皮男只用一个动作就把自己又卷成了一个球。索菲娅继续慢跑回去。一条狗坐在从主路岔向小区的小路上,我们之前见过它——《第五诫》里出租车司机喂三明治的那条。索菲娅朝狗走过去,在几米外停下,一步一步慢慢靠近,眼睛一直看着它。那条狗没有朝她移动,但几步之后,它卷起嘴唇,向她发出嘶哑的警告。索菲娅停下,用脚在地上做一个标记,跟昨天的对比,显然她今天更近了一步。

索菲娅 看到了吗?更近了……明天我会更近,你等着吧……

狗又卷起嘴唇。索菲娅一点点往后退,回到先前的安全位置后,她才扬起轻快的步伐,朝小区的方向跑去。

16.

索菲娅尽可能轻手轻脚地进屋,但有个声音让她转过身。伊丽莎白已经穿好衣服,笑盈盈地站在厨房里。厨房桌上有一个购物袋,我们可以看到里面有一瓶牛奶和新鲜的圆面包等。

伊丽莎白 （她读着贴在冰箱门上的卡片）除了"五克奶酪，咖啡不加糖"之外，早餐您跟我吃点别的也可以吧？

索菲娅 可以破例。

伊丽莎白 那吃一顿正常早餐怎么样？鸡蛋、面包和黄油？

索菲娅 不错。

伊丽莎白努力点煤气，但没成功。

坏了。

她指一指金属加热线圈。伊丽莎白把水倒进锅里，加入鸡蛋。

伊丽莎白 牛奶呢？

索菲娅 不用热。

伊丽莎白把牛奶倒进杯子。索菲娅注意到她在厨房里驾轻就熟。

索菲娅 您有几个孩子？

伊丽莎白 三个。老大是医生。儿子在加拿大——每年写一封信来。老幺已经放弃学业。我还有一个孙子。

索菲娅 怪不得你知道怎么切面包……我有一个儿子。

伊丽莎白 那我昨晚睡的那个……是他的房

间吗?

索菲娅　是,他的。

索菲娅回答得很自然,仿佛已经不是敏感话题。

伊丽莎白　但他应该不住这儿了,我猜得没错的话?

索菲娅　他不想跟我一起生活。

伊丽莎白　他在哪里?

索菲娅笑。

索菲娅　简单说……很远的地方。

17.

特拉贝特跨过桥,经过动物园熊山的斑马线,右转,然后左转,停在一溜小铺子外。索菲娅给伊丽莎白指出其中一个。

18.

伊丽莎白从窗口望进那个小小的裁缝铺。一个小伙子正在机器上缝东西。另一个年长的男子穿着一件V领毛衣,在一张大长凳上裁面料。伊丽莎白走进去,门上的一个小铃铛随之响动。拿着剪刀的男人抬头看了眼这个进店的客人,又平静地继续干活。伊丽莎白看看四周:一台胜家牌缝纫机,年轻伙计在店后头用它干活。一个柜台,看上去仿佛被成千上万双手抚摸过,被洗过上百次。旧杂志。一把退色的旧椅子。一幅从报纸上剪下的教皇画像。那个年长男子完成手头的活儿,带着惯常的迎客笑容走过来。

伊丽莎白　我想跟您聊聊。

男人　哦天啊!聊什么?

伊丽莎白　我的名字叫伊丽莎白·洛朗兹。

伊丽莎白郑重其事地说出自己的名字,仿佛这样就一切了然了。

男人　您叫什么名字对我没什么意义。

伊丽莎白　我知道,我们从没见过面……但我们本来要见面的,在战争期间。我本来要来您家…是一个冬天……

男人　住嘴。

伊丽莎白吓一跳,没作声。

男人　我不会聊战时,也不会讲战后。我们可以聊聊现在,如果您愿意的话。或者我可以给您做条裙子、外套或正装。您甚至可以挑自己喜欢的款式。

这个男人拿给伊丽莎白几本二手杂志。她草草翻阅着,兴许只为了理一下思路。

伊丽莎白　您当时准备救我的命,我是来跟您说声谢谢。

男人 您选好面料了吗？眼下很难弄到合适的面料。

伊丽莎白 当时我六岁，那是1943年，冬天……

男人 那年我二十二岁。您想做哪种——套装还是外套？

伊丽莎白 这些杂志很旧了。如果您不介意，我可以给你寄一些更近期的来？

男人 不，这些也都是从国外寄来的。

伊丽莎白 您真的不打算跟我聊一聊吗？

男人 不，真不用。

19.

伊丽莎白走向那辆停在路边的特拉贝特。

索菲娅 我决定留下来，以防万一。

伊丽莎白 他想给我做一件外套。

索菲娅 我怕的就是这个。他经受得太多——或者对他来说太多了。当时他和我丈夫关在同一个牢房，1955年才放出来。就在那时我去看过他，为了跟他说声对不起。

20.

特拉贝特行驶在路上，距离华沙还很远。索菲娅开进一个小镇，驶过主广场，然后开进一条通往教堂的岔路。

21.

索菲娅走进教堂的主殿,没有跪下,也没有在圣水里洗手。她看看周围,显然在搜寻什么人或什么东西。她留意到告解室里有一个侧影,便走过去。神父是一个中年人,完全是你在一个小镇教堂里会见到的那类神父,手里握着圣带,在打盹。索菲娅笑,看着告解室窗格后面那张闭着眼的面孔,轻轻敲一下窗格。神父缓缓睁开眼睛,装出不是突然被惊醒的样子。

神父 您怎么来了?

索菲娅 我有重要的事要告诉你。她还活着。

神父从窗格后面看着她。

索菲娅 那个小女孩。她还活着。

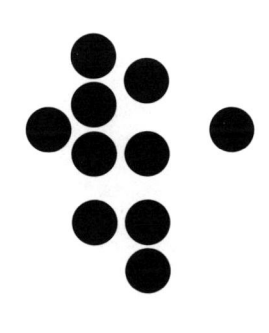

第九诫

1.

午时刚过。小阿尼娅(《第七诫》里的)在公寓楼前玩洋娃娃。汉卡从门洞口走出来,一个三十岁左右的女人,活泼迷人。匆匆忙忙的她突然慢下脚步,像是忘了什么东西,转身迅速跑回家。

2.

汉卡进客厅,没脱大衣就坐到一张沙发上,等着。没等多久,电话铃就响了。这就是她回家的原因,她立即拎起电话筒。

  罗曼 (画外音)汉卡!嗨!

  汉卡 嗨!我预感你会打过来。

  罗曼 (画外音)什么意思?

  汉卡 我已经出门了,又赶回来。你从哪里打来的？

罗曼 （画外音）我还在克拉科夫，晚上回来。

汉卡 小心开车。拜。

3.

罗曼坐在诊疗室里，医生不在。罗曼四十来岁，长着一张洞悉世事的脸。他身材不错，只是略超重，手粗壮有力。我们稍后会发现，这是一双外科医生的手。穿着短白大褂的米科拉伊走进来。他从桌上拿走烟缸，坐到罗曼身边，抽出一根万宝路，递给他的朋友。又从口袋里拿出几张纸，装模作样地在桌上摊开。他在看纸上的内容，尽管他很清楚上面是什么。

米科拉伊 你想让我怎么说？

罗曼 直接说吧。

米科拉伊 啊哈。朋友，情况比较糟糕。我们可以往好的方面想，但我得先问你一个问题。你有过多少？你知道的——女人、鸟，看你怎么叫了。

罗曼 八个，十个。数清楚的话，或许十五个。

米科拉伊 不赖啊。

罗曼 我结婚十年了。

米科拉伊 也不错啊。她是个好妻子吧？

罗曼 非常好。

米科拉伊　想听我建议吗？作为朋友，而不是医生。离婚吧。

罗曼身体往后靠——任何事情他都已做好准备。

米科拉伊　想喝一杯吗？

罗曼　你确定？我永远不能——和任何女人那个了？

米科拉伊　阳性。你是典型病例——不论症状还是检查结果。

罗曼　我没跟你说太多症状啊。

米科拉伊　那又怎样，我能猜到。三年半，也许是三年前，你就注意到了……

罗曼　四年前。

米科拉伊　那就对了，你看。四年前就出现勃起困难，或许那会儿已经不行了。你把它归结于过度疲劳，然后去滑雪，然后好了一点，你松了口气。但之后又开始越来越严重，你那个小家伙就是拒绝配合。你想起了医学院里学的，开始找入门书。你开始吃人参，花了好多冤枉钱。然后你开始吃育亨宾和番木鳖碱，仍没什么起色。你不能在华沙找任何人帮忙，因为大家都认识你，有点尴尬。所以你慌了，找到我。我说得没错吧？

罗曼　差不多吧。

米科拉伊　还有，这病没有解药。

罗曼　真的没得治吗？

米科拉伊　当然，我不该说得这么直接，其他医生会让你找鸟试试，或者所谓性伴侣。别这么做。你只会对自己期望更高，然后是一场灾难。

罗曼　谢谢，你真够坦率的。

米科拉伊　好了。我已经把话说白了。但还是那几句话。我对所有人都这么直接。就像老格罗茨伯之前说的——

罗曼　对不起，米科拉伊，但我真的不在乎老格罗茨伯说过些什么。

4.

罗曼开着柴油车从斜坡上全速过来。他看到道路往一片林子蜿蜒而下，便拉直了方向盘。路上没人，对面也没有车过来。罗曼闭眼，加速。起初一切正常，路是笔直的，但随着路左右弯曲，车轮开始蹭到路肩。汽车仍在加速，罗曼始终没睁眼。路肩的一个路桩被巨大的冲力撞飞。撞车了。罗曼急刹车。车子开始蛇行，一路急刹车，打着转停下。罗曼往后压住自己的头，嘴角流出白沫。

汉卡从国际旅行社的售票处抬头盯着上方，像在看向太空。她脸上没有一寸肌肉在动。一个穿着体面的男人惊讶地看着她，她给他看票。

男人 您好。嘿！

汉卡没搭理。

5.

柴油车停在公寓楼外面。天黑了。车子绿色的警报灯在闪，收音机在放柔慢的音乐。罗曼忘关了。

6.

汉卡在床上看报纸，同时留神听浴室里的水声。浴室门开，她瞥了一眼。罗曼腰间裹着一条浴巾进来。他朝衣柜走去，没有看汉卡。他取了件睡衣回浴室。随后，穿上睡衣的他关掉了他床头的台灯。他把羽绒被折成一个小四方形，放上枕头，开始折被单。

汉卡 过来和我睡。

她声音温柔——努力对他态度好一点。罗曼摊开被单，一言不发，把枕头和被子放到往常的位置，在她身边躺下。她伸手关灯，两人默默躺着。汉卡喜欢裸睡，她把被子往下拉一点，将罗曼的手放到她胸口。沉默中有音乐声，罗曼关掉床头的收音机。

罗曼 我忘了关车上的收音机。

汉卡 没关系。克拉科夫怎样？有艳遇吗？

她把手滑到被子下面。

罗曼 我恨自己。

汉卡贴上来，手臂绕着他的肩膀，尽管她小心翼翼地不让自己表露出任何情色挑逗。她平静温柔地对他说。

汉卡 我觉得挺好。

罗曼 你骗人。

汉卡 没有。我爱你，也许就是这个原因。

罗曼 我去见过米科拉伊。我跟你提过他。

汉卡 我记得，那个混蛋。

罗曼 他告诉我——他很懂这个。给我做了检查，检查了所有项目。你想知道结果吗？

汉卡点头，她想知道。

罗曼 没必要拐弯抹角，遮遮掩掩的。他直言告诉我了，无能为力。不管现在还是将来，好不了了。

汉卡 我不相信，我不相信这些医学检查。不管怎么说，人生中还有更重要的事情——比如感情，爱……

罗曼 那也是事实。至少如果现在严肃谈这个事情的话，我们分开也不会有谁觉得失望或被背叛。说得更直白一点，是我辜负了你的感情。

罗曼不动声色，就像那种下决心要理性处理一件事的人那样。汉卡的脸埋进了他的睡衣。

汉卡　告诉我，你爱我吗？

汉卡忍过片刻的沉默，然后翻过身，从床头柜上取出两根烟，点上一根，把另一根递给罗曼。

汉卡　你怕说你爱我，即便你分明很爱我。爱不是每个礼拜五分钟的性爱，你知道的。

罗曼　但性生活也很重要。

汉卡　那只是生理需求，爱与你两腿之间的那点事无关。对我来说更重要的是我们曾经共同承担过分享过什么，而不是未来我们无法分享的那些。

罗曼　你还年轻……

汉卡　我会处理好。

罗曼　你迟早会找个情人。

汉卡翻过身——此刻两人面对面。

罗曼　即便你现在还没有，毕竟这样的情况已经持续好几年了。

汉卡　不，不用这么说。有些事没必要都说出来。

罗曼　汉卡，我是认真的。我们得讨论这事，如果我们还想继续这段关系，还想在一起的话。

汉卡　你说你再也不能和我有性生活了——或至

少医生是这么说的。我告诉你，尽管如此，我还是想和你在一起。至于那事——女人能把自己照顾好，男人不用太聪明。我们没谈过的事情本来就不存在，所以不是每件事情都要拿出来谈的。除非你有什么事情瞒着我，有没有？

罗曼 没有。

汉卡 某些我应该知道的事情？

罗曼 没有。

汉卡 你有别人了，所有关于身体上的毛病或其他种种都不过是借口？

罗曼 不是。

汉卡 或者……

罗曼 或者？

汉卡 你嫉妒了。

罗曼沉默。

汉卡 有吗？

罗曼 每个人都多多少少会有点嫉妒。我们的生活就是这么过来的，我们就是这么约法三章的。我们早就解决好了，不会干涉彼此的生活。不是所有事都需要说出来。

汉卡 你说得没错。这个问题很蠢。

罗曼摸她的后背。汉卡往下移了移，背靠在他的胸口。两个人同时吸了一口烟：黑暗的房间里两束微光。

罗曼 反正我们从来就没想过要小孩。

汉卡 是的。

罗曼 也许有了孩子，事情反而更容易。

汉卡 也许吧，但我们没有，也不会有的。从克拉科夫回来的路上有发生什么事吗？

罗曼 为什么这么问？你看到我车了？

汉卡 没有。

罗曼 停车的时候，保险杠被人砸了。

汉卡 我是说路上。我当时正在给一个客户开票，突然觉得很恐怖很焦虑——总感觉会发生点什么。可怕的事情。

罗曼 什么事都没发生。

7.

早晨。罗曼上车，身体扑在仪表盘上，抬头看公寓楼。汉卡在窗口冲他招手，罗曼挥手道别。正要发动车子时，他注意到一个穿一身彩色夹克的年轻人，四目相接，那人仿佛故意转过身去。罗曼看着他，慢慢开走，一边看着后视镜里的那人。他在下一个公寓楼转角拐过去，停下，走回去——年轻人已经不在了。

罗曼立即朝门洞口走去。

8.

他开门，快步进屋。汉卡正在喝咖啡读报纸。听到开门声，她斜过身来。罗曼迅速扫一眼房间。

  罗曼 我忘了拿洗衣店的单子。

汉卡起身，在桌上的杂物中翻找。罗曼同时从夹克口袋里取出一张折叠好的纸，偷偷扔地上，又捡起来。

  罗曼 没事，我找到了，一定是之前掉的。

9.

罗曼在医院外停下车，注意力被一个打扮体面的老男人吸引了，那人穿着羊皮夹克，戴一幅银边眼镜，很艰难地用一个漏斗和汽油罐在加油。

  罗曼 早上好，主任。要我帮忙吗？

  主任医师 谢谢。我来拿着漏斗，这个汽油罐太重了。

罗曼抬起汽油罐，主任医师把漏斗插进了油箱。

  主任医师 这是什么世道？——医院最好的心脏科医生和主任医师在把从黑市奸商那里非法买来的汽油倒进一辆可能发动不了的破车里。您很幸运，您的车烧的是柴油。

罗曼　这确实让人欣慰。

主任医师　我也这么想。

罗曼　您想让我带句话给……

主任医师　啊是的。她是个年轻的女孩子,我不知道她到底想干嘛,名字叫亚蕾克,欧拉·亚蕾克。她母亲的职业非常高贵,受人尊重,您会喜欢她的。她靠站着谋生。

罗曼　您说的"站着"是什么意思?

主任医师　她站着工作。您想要买洗衣机,她就去帮您排队。您想要家具,她就去代您买。百分之二十五提成,但保证给您搞定。

罗曼加满油,把汽油罐放到一边,小心翼翼地不洒出一滴。主任医师闻闻他刚才拿漏斗的手。

主任医师　真够熏人的。

10.

罗曼和一个年轻女孩坐在走廊的抽烟区。她长相平平,穿着医院里的病号服。罗曼点了根烟。

欧拉　我能抽一根吗?

罗曼　抽烟对你不好。

欧拉　死不了。

她伸手要烟,罗曼不情愿地给了她一根。

罗曼 你现在还可以改变主意。

欧拉笑了,这一笑给她的容颜注入了生机和魅力。罗曼也笑了,两人达成了默契。罗曼决定开门见山。

罗曼 主任医师说他不明白你想要什么。

欧拉 好吧,其实很简单——我可能长得不好看,但我有一副好嗓子。

她又笑,这一次笑得有点尴尬。

罗曼 好嗓子?

欧拉 好嗓子。唱歌的嗓子。我妈工作很辛苦,你懂的,她想让我自食其力。她想让我去唱歌,可音乐学校不收我,因为我心脏不太好。我不应该唱歌的,因为我心脏承受不了。但我妈想让我试试。

罗曼 你唱什么?

欧拉 巴赫、马勒——您听过马勒的音乐吗?

罗曼 听过。

欧拉 他的曲子很难唱,可我唱得了。我妈想让我成为一个名歌星,那样我就得做手术。我妈想让主任医师,如果更好的话,想让您……

罗曼 你自己怎么想?

欧拉 活得开心,对我就足够了。唱歌没那么重要。而且手术也让我紧张——主任医师说您会让我放心。告诉我吧,这不会有风险,手术后我什么事都可以做。告诉我。

罗曼 我也希望我能做到。这种手术是最后一搏……别无选择时才做。

欧拉 我还是有其他选择,对吗?

罗曼 跟你说实话,是的。别唱歌了。

欧拉又笑了。

欧拉 问题是每个人想要的东西不一样。我妈想让我什么都有,而我只想要……这么多。

欧拉伸起食指和拇指比划了一下,向他表明她想从生活里获得什么:看着并不多。

11.

罗曼放了一张国外唱片。音响在完美演绎马勒的音乐,但被电话铃声打断了。罗曼调低音量,拿起话筒。

声音 (画外音)下午好。汉卡在家吗?

罗曼站到窗口,手上拿着听筒,看到汉卡正以平常的速度向公寓楼走来。

罗曼 不在,她还没回来。

声音 (画外音)谢谢您。

汉卡走进门洞口,从罗曼的视线里消失。

罗曼 要捎什么话吗?

电话那头已经挂断。罗曼呆站几秒,手上还握着听筒。他放下听筒，调回原来的音量。他拿出一本小日历，在今天的日期上划一个小叉。之前的日期上也都划上了叉。汉卡进门时，日历本已经被藏了起来，罗曼在闭着眼睛听音乐，汉卡在他额头亲了一下，外套还没脱。这时——或至少看上去如此——罗曼似乎才意识到她回来了。

汉卡　放的什么曲子？

罗曼　马勒。很好听，是不是？

汉卡靠在门上听着，没脱外套。

汉卡　好听。

罗曼　有人打电话给你。

汉卡　谁打来的。

罗曼耸耸肩，他不知道。汉卡也耸耸肩，显然不关心。马勒的音乐结束，罗曼关掉唱机。

汉卡　美。

此时她才记起手上的大袋子，从里面拿出一件崭新的夹克。

汉卡　试试看。

罗曼从椅子里起身，套进夹克——很合身。他退后一步，让汉卡看看有多合身。

汉卡　你看？！

12.

罗曼在主持一档受欢迎的心脏保健类电视节目。摄像机前,他向观众讲解着为什么有时候心脏会出问题,医生又是怎样修复缺陷的。在各种影片和视觉材料的辅助下,他还演示了心脏手术。他幽默风趣,平易近人,也会在话题需要时表现得很严肃。他穿着那件新夹克,此刻正在解释节目里最戏剧化的部分:心脏移植——用一颗新心脏替代病了的旧心脏。

13.

电视节目在继续,这会儿是罗曼和汉卡在家里的电视机上看。电视里罗曼讲了几句,便开始滚动致谢名单。汉卡立即用遥控器关掉电视——罗曼探询地看着她。她点点头。

汉卡 不错,进步很大。

罗曼 你确定?

汉卡 我估计又会有人跑来跟我说我有一个多么棒的老公了。我们单位已经有好几个女孩子迷上你,你不久就会有自己的粉丝俱乐部。

罗曼 幸亏我们提前试过了。

汉卡 可难道你不想……

罗曼 我以为也许可以严肃一点,但这样更简单,也更好。希望能给观众一点思考——如果他们真看了的话。

电话铃响,罗曼紧张起来。

汉卡 证据来了。(她提起听筒)是的,我让他接电话。

她把听筒递给罗曼。

罗曼 您好?晚上好,谢谢您,女士,我很感动。真的吗?——那是我太太的主意。好的,我会转达,再见。

他挂掉电话。铃声又响。

汉卡 我保证接下来的晚上会一直响个不停。你来接。

罗曼提起听筒。

罗曼 您好。(漫不经心地听了下)是打给你的。

他把听筒递给汉卡,她示意他不要走开,他还是离开了。他朝后面的小房间走去,那里已经被他改造成了工作室。我们能看到里面有一张杂乱无章的桌子、一把烙铁、一些托架、锯子和榔头。罗曼走到桌边的电话机前,用长电线一端的夹子接上耳机,紧贴住耳朵。罗曼在听——对话很清晰。

汉卡 (画外音)是的,我可以。

声音 (画外音)六点,怎么样?

汉卡 （画外音）好。

声音 （画外音）良善大街见？

汉卡 （画外音）好。

她的声音和罗曼在房间里时如出一辙：冷漠。罗曼表情痛苦，仍强忍着听完对话。他走出去，来到长长的阳台上，风很大。罗曼靠在阳台围栏上，头埋在手里，身体在剧烈颤抖——像只是因为天气太冷。汉卡探头看看小房间，然后是卧室、厨房，最后敲浴室和卫生间的门。没有声音。她生气（或许还有内疚），一把扯下挂在门厅墙上的大衣，冲出房间。罗曼看见了她，大衣在风里鼓荡。

罗曼 汉卡！

汉卡望见六楼阳台上他的身影。

汉卡 我出来找你！

她把自己更紧地裹进大衣，慢慢走回家。罗曼来到门外的楼梯口。汉卡在等电梯，刚按过按钮。电梯门开，她便倒在罗曼的怀里。

汉卡 你去哪里了？把我吓坏了。

罗曼 我在阳台上——夕阳很美。

汉卡 我怕。

罗曼 怕什么？

汉卡 不知道，我到处找你找不到。

14.

汉卡是一个好司机,她冒险超越一辆重型卡车,娴熟地从卡车和迎面驶来的菲亚特中间穿过,罗曼笑。车停在一个游泳池外。

汉卡　两个小时后我在这里等你。

罗曼消失在入口处。汉卡开走了。罗曼没有进衣帽间,只是向服务员点点头,便从后门走了出去。一辆出租车等在侧街上,罗曼拉开车门。

罗曼　您是在等我吗?

司机　良善大街?

罗曼　没错。

他上车,出租车开走。

罗曼　良善大街到索莱茨区的交汇处。

出租车停在拐角,罗曼结帐。

罗曼　我过几分钟就回来。

他走进大门,经过一个小花园——面前的房子就是他要找的,外面站着一个穿彩色夹克的年轻人。一会儿,汉卡的柴油车减速开过来,停在他身前。她下车,投入他的怀抱。

15.

穿着泳裤的罗曼站在跳板最高的平台上。他往下看,身体慢慢前倾，双腿形成一个垂直的轴线，跃入水中。他往泳池的梯子游去，潜在最下面一级，想尽可能久地待在水里。回到水面时，他上气不接下气地猛喘，让氧气灌入缺氧的肺里。

16.

在医生休息室，罗曼给自己弄了一杯咖啡。门开了，可没人敲门。

  病房看护 吃午饭吗，大夫？

  罗曼 菜单上有什么？

  病房看护 有猪头肉。

  罗曼 谢谢。

看护走了，没关门。罗曼朝门走去，恰好看见欧拉。

  罗曼 不去吃午饭吗？

  欧拉 我妈给我带吃的了。

  罗曼 进来，我一直在想你的事情。

他清理走椅子上的文件，请欧拉坐下，自己则端着咖啡深深地陷进长沙发里。欧拉羡慕地看着杯子。

  罗曼 你不能喝咖啡。

  欧拉 是的，我知道。

  罗曼 那天聊完后，我出去买了一张唱片。

  欧拉 马勒？

罗曼 是的,德语版——特别棒。

欧拉兴奋起来。

欧拉 您还能记得怎么唱吗?

罗曼 一点点。

罗曼试着哼起零星记得的几句,音很含糊。欧拉大笑。她从他哼出的音符中挑出曲调,安静地坐在那里,用她纯净、顿挫、优雅的嗓音轻松地唱出几小节。这不是一副受过训练的嗓子,但美丽的质地展露无遗。罗曼惊叹地注视着她。他没有提到是哪首曲目,但欧拉唱出的正是他们谈论的那首。发现罗曼在盯着自己,欧拉的声音越来越轻,不好意思起来。

罗曼 唱得好,这么好的声音不能去唱歌真是太可惜了……

欧拉 我妈就是这么说的。

罗曼 她说得没错。

欧拉 您在我这个年龄想干什么?

罗曼 我想成为一个外科医生。

欧拉 您没有梦想过一个家吗?

罗曼顿了一下:哪壶不开提哪壶。

罗曼 我不记得了。

欧拉 也许那时您不觉得这有什么重要。我有一个男朋友,在店里上班。我想嫁给他,生两个孩子,也许三个。然后离开市中心,搬去布鲁德诺或里尤尔斯诺夫区。我可以这样将就着过一辈子。

罗曼笑。

罗曼 你不想有人照顾你爱你吗?
欧拉 他爱的就是现在的我。

17.

罗曼向停在医院前的汽车走去。夜里起了点霜,覆在车窗上。他擦掉霜,上车。打开杂物箱取发梳时,他发现里面有一个练习本,显然是有人不小心落下的。罗曼的心一紧。封皮上用毡尖笔写着"马里乌什·扎维茨基,物理学,第六学期"。罗曼翻了翻:都是些神秘陌生的方程式。开车出发。车停在小区的巨型垃圾站边上,他下车把本子扔进去。继续上路,开出几百米后又刹车,调头回来,下车,走向垃圾站。垃圾箱里没看到练习本。他瞅瞅周围,找到一根棍子,回身往垃圾箱里捅,总算找到了那个本子。他一脸嫌恶地伸手取出,又从车里拿出一块布,努力让本子回复到可以接受的状态。然后开走了。

18.

罗曼小心地打开房门,挂起外套。床整理过了,汉卡睡在里侧，身体一部分露在外面。罗曼轻轻用被子盖住她的背。她的包立在床脚的地板上，他拎起包，蹑手蹑脚地走出房间。他翻阅她的通讯录，又在一堆收据、照片和化妆用品里翻找。一本皱巴巴的小存折封皮上记着一个电话号码，他默念了一遍号码，背下。再没发现其他有价值的东西，他把东西放回去，回到卧室。汉卡还像之前那样睡着。罗曼把包放了回去。

19.

女性朋友 你没有加油站的电话号码吗？我的油又烧完了。

汉卡把手伸进手提包找通讯录——不在原来的位置。她把号码给朋友，不安地琢磨起自己的手提包。她拨了一个号码。

汉卡 是我。

声音 （画外音）嗨。

汉卡留意着周围，压低声音。

汉卡 你能帮我个忙吗？不到不得已，别往我家里打电话了。

声音 （画外音）出了什么事吗？

汉卡 没有，没什么。只要在我上班时打过来就好。

声音 （画外音）十点到六点。

汉卡 没错，十点到六点。周二和周四到八点。

声音 （画外音）遵命。

汉卡 谢谢。

声音 （画外音）再见。

20.

夜里，两人都在床上。罗曼在读《盖普眼中的世界》，自顾自轻笑起来。汉卡在听随声听，依稀能听到她听的音乐。罗曼碰碰她的肩膀——因为戴着耳机，汉卡开口出奇的响。

  汉卡 什么？

罗曼把书递给她，指着那段逗他发笑的段落。汉卡读了，也像罗曼那样自顾自笑起来。

21.

罗曼开车送汉卡去她工作的旅行社。她下了车，罗曼满心愉悦地留意到她走路的样子有多自然多美。汉卡又记起什么，回到车里。

  汉卡 我忘了一样东西。

她看着手表。

  罗曼 什么？

汉卡　我妈给我来电话了——让我把雨伞和围巾送过去,她今天要飞伦敦。

罗曼　她在那边买不到吗?

汉卡　她喜欢自己的。

罗曼看看手表。

罗曼　几点的航班?

汉卡　十二点。

罗曼　我下午的手术,我可以去。

汉卡　谢谢你亲爱的。

她把钥匙给他。

汉卡　雨伞在衣帽架上,围巾,你知道的,就是那条羊绒带海军蓝和黑色格子花纹的,在衣橱里。卧室里那个。

罗曼接过钥匙。

罗曼　我会找到的。

22.

罗曼站在市中心百货大楼里配钥匙的摊位前。几分钟前,他把钥匙给了配钥匙的人,那人把它放在一把新的但还没成型的钥匙边上,机器精确地在新钥匙上切磨出小小的锯齿。

23.

罗曼把车停在良善大街外面，打开杂物箱，里面是空的——练习本不见了。罗曼下车，向那栋楼走去。

24.

罗曼试试两把钥匙：都能打开。这套公寓没人住，整洁，空无一人，家具积满灰尘。罗曼环顾四周，脑子里尽是沮丧的思绪和不详的预感。他在那张没叠起来的大沙发床旁站了一会儿，猛地掀掉罩子，下面的床单是干净的。他走到卧室，拉开自动洗衣机门：里面是皱巴巴的被单和枕套。罗曼扯开床单查看一番，发现中间有一处黄色污渍。他把它们放回去，走进客厅，注意到有几份报纸便拿了起来，发现了他期待发现的东西。练习本压在下面，比之前干了一些，垃圾箱里的短暂停留让它有点脏。罗曼拨下那个记在心里的号码，几声铃响过后，有人接了。

女人　（画外音）您好。

罗曼　请问是马里乌什家吗？

女人　（画外音）！电话！

罗曼用手捂住嘴，听到电话那头传来一个男人欢快的声音。

马里乌什　您好。

罗曼没说话。

马里乌什 哪位？您好？

罗曼沉默，没有回答，马里乌什不耐烦挂了电话。罗曼也挂下电话。他打开衣橱，听到电话铃声。他迟疑一会儿，拿起听筒。

汉卡 （画外音）是你吗？

罗曼 是我。

汉卡 （画外音）刚才占线，你一直在打？

罗曼 没有，我刚接，你一定是拨错了。

汉卡 （画外音）你找到了吗？

罗曼 还没，稍等。

他打开柜子，拿出围巾，汉卡说得没错。他回到电话机前。

罗曼 找到围巾了，进屋时看到了雨伞。

汉卡 （画外音）好的，回来吧。

罗曼 好。

汉卡 （画外音）罗曼，别闲逛，妈妈喜欢什么事都按部就班。

罗曼 我知道，马上过来。

25.

旅行社里有不少客户，但没多到拥挤的程度。汉卡径直向罗曼走去,接下围巾和雨伞。

汉卡 他们还没走,我要在这待到六点。

罗曼取出车钥匙。

罗曼 我把车钥匙留给你。

汉卡 你来得及吗?

罗曼 简单,我把登记卡放在了车子杂物箱里。

他看着她的反应,汉卡笑。

汉卡 好的。

罗曼走了,汉卡急忙跑到一个穿航空制服的小伙子面前。

汉卡 你能帮我带一下这个吗?机长知道,我妈会在伦敦取。

年轻人 还有什么要我帮忙吗?

汉卡回答,没有笑容。

汉卡 不用,就这些,谢谢。

她没有留意罗曼正站在窗外,透过玻璃看着她。

26.

汉卡的面庞迷醉地扭曲着。她把头扭向一边,泪水淌下来:因为快感?恶心?还是羞辱?年轻人温柔地看着她流泪,想用同情关爱的姿势抚摸她的脸颊,她推开了。他抚摸她的头发,亲吻那拒绝他抚摸的手。

罗曼走进手术室隔壁的房间，主任医师叼着一根烟在洗手。医生和护士在这个房间和手术室之间进进出出。

主任医师　您总算来了。

罗曼　您看，我——

主任医师　换衣服，马上要开始了。

罗曼　我在想……我今天的状态是否适合做手术。

主任医师　怎么了？

罗曼　我觉得不舒服。如果您能代我，感激不尽。

主任医师　我们也有两台手术。

罗曼　真抱歉。

主任医师认真地端详着他。

主任医师　您跟那个姑娘聊过了？

罗曼　是的，她并不急着想做手术。

主任医师　那好，那您待会儿走吧。

年轻人坐在良善大街的公寓里，一丝不挂，惊讶地检查着自己的练习簿。

马里乌什　您对它做了什么？扔进水坑了还是怎么？

汉卡　没有，不是我干的。你确定是落在了杂物箱里吗？

马里乌什 我记得是,之前还很干净,里面是我一整个学期的物理课笔记……哪里捡到的?

汉卡 杂物箱。

年轻人往她身上蹭。

马里乌什 不好意思。

汉卡 怎么了?

马里乌什 是我忘在了杂物箱里。

27.

罗曼乘坐的出租车停在良善大街到索莱茨区的交汇处。

罗曼 请问现在几点?

司机 七点半。

罗曼下车,穿过我们之前见到的大门。正如他预料和害怕的那样,柴油车在停车场,自动警报灯在闪。他摸一下引擎盖——还有余温。

28.

罗曼来到二楼,走到前门,留神听着。毫无疑问,他在犹豫是进去(他还有一把钥匙)还是独自等在外面,心如刀绞,却又不足为外人道。

他最终决定往上爬几级台阶。他坐在楼梯上,双手掩面，手肘支在高高的膝盖上。我们不清楚他是否在想象妻子在里面做什么，或已心知肚明。不管怎样，他一动不动地坐着，直到听到门锁转动的声音。他站起身，朝上面的夹层走去。从那儿，他看到汉卡先是探出身子，随后退回去，让那个穿着彩色夹克的年轻人走出房间。他敏捷地跑下楼梯，轻快得意的口哨声伴随着下楼的节奏。罗曼等了一会儿，突然下决心走到房门口。他取出钥匙，就在他要插进锁里的当口，听到汉卡从一侧走过来。他完全本能地逃到另一侧，就像被当场抓现行似的。热水管从墙上延伸下来到门的一边。罗曼把身子挤在水管间，她出来关门时，距离他只有几步之遥。她的外套没有系上纽扣，手提包挂下来，看上去很疲惫。机械地锁上门之后，她离开了，没有发现罗曼。

她的样子和走路的姿势，与当天早些时候判若两人。下楼时鞋跟敲出沉重的啪嗒声。跟在手术室里做外科手术那样，罗曼抹着额头的汗水。透过楼梯间的窗，他看到疲惫的妻子随手将手提包扔进车里。她忘了关警报灯——车前灯在闪，喇叭也响，过一会儿才停住。汉卡开走了。罗曼从水管后面爬出来，面如死灰。

29.

罗曼站在医院传达室前,翻上大衣领子。他的出租车在身后驶离。罗曼环顾四周,他不想被医院的朋友们撞见。他瞥了眼院子,他们最有可能从那里出现,便独自挪到阴影里。汉卡从对面开过来,把车停到他身前,摇下车窗。她自然快乐地笑着,再一次和方才在良善大街上公寓楼楼梯间看到的那个人判然有别。

汉卡 我迟到了吗?你等很久了?

罗曼看着她,无法理解这个摇身一变的人。

汉卡 你来开?

她挪一下身子,作势要从驾驶座下来。

罗曼 不了。

他从车前绕过去,坐进副驾驶座。他没法对刚经历的一切装作若无其事。她热情洋溢的笑容渐渐退去。

汉卡 你还好吗?

罗曼给出否定的回答。汉卡转身靠向他,温柔地把手放在他脸颊上。

汉卡 今天心情不好?

罗曼对她的触摸毫无反应。他无法忍受她或许不久前刚用同样的手势……

汉卡 因为手术?告诉我。

罗曼 是的。

汉卡 有人死了？

罗曼 是的。

罗曼还在想象她的手在抚摸另一个人的脸。汉卡仍在温柔怜爱地抚摸他。

罗曼 放开你的手。

汉卡停住抚摸，但没有收回手。

汉卡 怎么了？

罗曼爆发了。

罗曼 别碰我！

一群医生跟着主任医师从医院出来，朝他们车的方向过来。

罗曼 我们走。

汉卡看着他，莫名其妙。罗曼只想做一件事——离开，越快越好。

罗曼 对不起。我们走吧。

汽车开走。

30.

汉卡醒过来。是夜里。她眼睛还闭着，发觉枕边是空的，便坐起来。

汉卡 罗曼？

她起床，披上浴袍。发现浴室门下面有光，便拉开门把：罗曼坐在浴缸边上。

汉卡　罗曼……

罗曼　我睡不着。

洗衣机上放着一包烟，和一个女式小打火机。罗曼与她四目相接。

罗曼　我找不到自己的了。

汉卡　没事。

罗曼　告诉我——你读书时物理好吗？

汉卡　为什么这么问？

罗曼　浸在液体里时，失去的体重相当于——什么？我想不起来后面的了。

汉卡　浸在液体里时，失去的体重相当于取代它的水的重量——应该是这样。回去睡觉吧。

罗曼　一定是这样。

汉卡回卧室。她一走，罗曼便关上浴室门，拉上门闩，从浴缸后面角落里拿出她的手提包，将烟和打火机放回去，再用水池里的自来水灭了香烟。他听见汉卡大声叫他的名字。

汉卡　罗曼！

罗曼也大声回答。

罗曼　什么？

汉卡　好了吗？

罗曼 完事了。

白天了。汉卡坐在大客厅里,听着罗曼改造成工作室的小房间里传出的噪音——榔头敲击着软金属。她走到电视机前,电视里在放儿童动画片。汉卡慢慢调高音量,拿起电话。罗曼正在压平连接两条锡片的铆钉。突然他停下来,听了一会儿,然后从柜子里取出耳机,连在身边的电话机上。他把耳机塞进耳朵里,听着铃声。一会儿,一个男人的声音接电话,他认得这个声音。

马里乌什 (画外音)你好。

汉卡 (画外音)是我。

马里乌什 (画外音)汉卡——早上好。

汉卡 (画外音)我要见你。

马里乌什 (画外音)我等你这句话等了整整一个礼拜。

罗曼的脸开始变形,变成我们之前在良善大街的房间里看到过的那种表情。这一次更加狰狞。

汉卡 (画外音)好,我在想。

马里乌什 (画外音)我想你。

汉卡 (画外音)好。周四你有时间吗?

马里乌什 (画外音)任何一天我都有空。

汉卡 (画外音)那就周四,六点。

马里乌什 （画外音）汉卡——发生什么事了——

汉卡 （画外音）六点。

我们听到汉卡放下听筒。罗曼立即拔下他的装备，继续用榔头敲打那个连接两条锡片的铆钉。

汉卡 你在做什么？

罗曼 装电池用——冬天前要做好。

汉卡 我还有一个从湖里弄来的果子罐头——你想吃什么？要不我给你做饺子[1]还是什么？饿不饿？

罗曼 不饿，不过如果你做啥我都吃点。

31.

汉卡在良善大街的公寓里等马里乌什。她坐在厨房里的一张旧的大桌子前，浏览着从一个盒子里拿下来的老照片：她和母亲在扎科帕内的照片。她和一只人扮布偶熊的照片，也是在扎科帕内拍的。几张旧学生证照片。还有一张小女孩的她，在海边，微笑着握着父母的手。门铃声打断了她。马里乌什笑着进来，拉开夹克拉链。

---

[1]指波兰饺子（Pierogi），是一种波兰主食，一般以肉和奶酪为馅，但也有水果馅。

汉卡 不了，我时间不多。

马里乌什跟她进房间，伸手抱她。汉卡没有拒绝，也没有表现出热情或温存。

马里乌什 我想你想得发疯。

汉卡从他的拥抱里挣脱开，坐下来。马里乌什把手放到她膝盖上，正视着她，手慢慢地滑到她的大腿上。汉卡中途制止他。

汉卡 不要。

他收回手。

马里乌什 好。

汉卡 我说"不要"就是到此为止的意思，这是我俩最后一次见面。

马里乌什 汉卡——

汉卡 这就是我想跟你说的，现在走吧。

摄像机慢慢移到房间的某个位置，初初看来并无特别之处。柜子和墙之间有四十厘米的空隙，在一个敞开的门后有个隐蔽的空当。在那个空当里，因拥挤而将头倒向一边的那个人就是罗曼。

马里乌什 我可以不跟你上床，但不要赶我走。

汉卡 我没有赶你走，但你还是走吧。

马里乌什 我爱你，我们之前从来没有谈到过这点——

汉卡　我们现在也不会谈这点。

马里乌什　被他发现了吗？

汉卡　没有，他没有发现，他也不会发现。拉上拉链，然后走人。

汉卡站了起来。

马里乌什　是不是我做错了什么？你不能突然就这么——

汉卡　你没做错什么，跟你无关。

他看着她，就好像她做了什么对他特别不公平的事情。汉卡为他拉上外套的拉链。

汉卡　你很精神。

马里乌什不知道怎么面对这一突如其来的变故，愁眉苦脸地站着。

马里乌什　汉卡——

汉卡　你会好起来的，可以重新捡起你的物理课，或者随便找个女同学。

她轻轻地推他到过道上。马里乌什貌似还想说点什么或做点什么，但汉卡没有给他机会。她关上他身后的门，在门上靠了一会儿，显然她没料到他的表白，有点被震撼到。汉卡等了一会儿，直到他走出这栋楼，便关掉客厅里的灯，出去时带上门。此时她才意识到那件她起初不敢相信的事。她往前走一步，又停下来，手还在门把上，她感觉像在照着镜子，后面出现了一张陌生的脸。她还是没法相信自己看到的，便回到房间里，走到柜子和墙之间的那个空档。漆黑一片。她打开头顶的灯，又上前一步，发现自己正对着罗曼的脸。他俩面面相觑许久。罗曼以那样一个不舒服又屈辱的姿势，僵直地站在那里。

汉卡　出来。（更大声）出来！

罗曼没有移动。

汉卡　你以为你在玩什么！你想看我们滚床单吗？那你应该一个礼拜前来，就什么都看到了。

罗曼轻声嘟囔，几乎没动嘴唇。

罗曼　我来过。

汉卡　你来过？

罗曼　那天我在外面的楼梯上。我看到了一切。

一阵沉默，门铃声很不合时宜地响了。汉卡没动弹，罗曼也是，原因很明显。

罗曼　去开门吧。

汉卡走到前门，开门。马里乌什站在那里，表情严肃，仿佛刚做出一个至关重要的决定。

马里乌什　我想娶你。跟他离婚，嫁给我。

汉卡关上门，一言不发，像门口没人似的。罗曼已经从柜子后面钻出来，深色毛衣上沾满了白色墙灰。汉卡回到房间里，突然紧紧抓住他身上那件弄脏的针织套衫。

汉卡　抱紧我，如果你还想的话。

她没有感觉到他手臂的环抱。恰恰相反，罗曼虚弱地跌坐在地。汉卡跪在他身旁坐下。这一姿势没有任何象征意味——她只是想靠他近一点。

汉卡　这是我想让你做的最重要的一件事：伸出你的手臂抱住我。

她热切地注视他的双眼。罗曼缓缓抬起双臂，摸摸她的肩膀。

罗曼　我没力气了。

汉卡依偎在他怀里，像孩子一样无法抑制地哭起来。罗曼抚摸她，让她平静。哭声渐渐平息。汉卡把头埋进他的套衫里，罗曼起初听不清她说什么。

汉卡　你是对的，我们应该——

罗曼　嗯。

汉卡　我们应该要一个孩子，领养一个。有那么多孩子没人爱。你是对的。

罗曼　太晚了。

汉卡　但你不会就因为……就因为我和别人上过床就离开我吧——

罗曼　不会。

汉卡 我会处理好的,如果你能原谅我。抱着我,好吗?

罗曼 好。

汉卡 我一直不知道——我一直不知道你会这么难过。

罗曼 我也没想到,我无权嫉妒别人。

汉卡 你有权这样做。而我——你说得没错。从现在开始,我什么都告诉你,你不用——

罗曼 我配了一把备用钥匙。

汉卡 好,今后你用不着这样。相信我。

罗曼 我觉得我们应该暂时分开,分开一段时间。

汉卡 好。你可以出门散散心,我来处理领养孩子的事情,我去找律师。

罗曼 不用,你出门散心。我不想让那个物理学生再——

汉卡 好,那我出门。

汉卡脸上露出一丝试探性的微笑。她不知道罗曼会作何回应,但他的眼角还是挤出一丝微笑。

汉卡 你说的没错,我走。

32.

罗曼在验收一副做工精良的滑雪板,刚在一家滑雪器材店里磨好的。他用手指划过刀锋，试试它是否足够锋利，冲店主点点头，后者显然对自己的作品很满意。这家店里贴满了滑雪靴、滑雪固定器、滑雪板和其他器材的商标，所有装备都全套整齐地陈列着，每套都配了一个红色手环。这双靴子和刚系紧的固定器完美配套。

店主 不会太小吧？

罗曼 是买给我太太的。

店主 那就不同了，女人需要小一点的滑雪板。

33.

汉卡正在填一堆票据，突然间听到头顶传来一个声音。

马里乌什 不好意思，我想问去墨尔本的机票多少钱？

汉卡抬起头，尽量压住声音。

汉卡 走开。

马里乌什 我只是想问你去墨尔本的机票多少钱一张。

汉卡极力避免争执。她看看周围，认出了那个之前她托付围巾和雨伞的小伙子。

汉卡 雅努什！

第九诫

汉卡转向马里乌什，大声以公事公办的语气宣告。

汉卡　我的同事会提供你任何你想要的信息，他负责那一片。抱歉。

夜里。旅行社已经关门。罗曼敲敲玻璃窗，汉卡起身离开办公室，我们方才见过的那个人，雅努什，关上她身后的门，用很复杂的安全锁锁上。汉卡注意到车里的滑雪板，便用手指划过刀锋，像之前罗曼那样。

汉卡　太棒了。

罗曼　我订了一张周四的卧铺。一切都好吧？

汉卡　一切都好，我和律师约了明天见面。

34.

汉卡从写着"律师事务所"的门里走出来。她在一家女装店前停下，注意到玻璃窗上倒映出她身边一个穿着彩色夹克的人影。

马里乌什　你好。

汉卡　嗨，还没去墨尔本？

马里乌什　那次，我——我是认真的。你可能觉得我在犯傻。

汉卡　没有。

马里乌什　我爱你。

汉卡　听着。我需要一个枕边人。你床上技术不差，但也没你认为的那么好，有人技术比你更好。我不需要你了，明白吗？

马里乌什　我不信。

汉卡　相信我的话，你的位置被人取代了。

马里乌什　别这么说。这不是你的心里话，那不是你。

汉卡　是我，就是我——真的。你还有很多要学的。

35.

罗曼拉上运动包的拉链，滑雪板和滑雪杖已经放包里。

汉卡　……看来要等很久。要男孩的话会更难，女孩容易一些。律师说会全权处理。他只是建议我们搬家，这样她跟邻居聊天时不会发现。没问题吧？

罗曼　没有，当然没问题。要等多久？

汉卡　女孩吗？几个月——女孩很多，所有人都想要男孩。你要提供的是一张不育证明。

罗曼　米科拉伊可以安排。

罗曼把包放到一边，汉卡抓住他的手。

汉卡　罗曼，这是你想要的，是不是？

罗曼 是的。

汉卡 你想要我从扎科帕内打电话给你吗？每天？

罗曼 不用。

汉卡 你信任我，是不是？

罗曼 是的。

36.

罗曼把滑雪包从车窗递给汉卡。

汉卡 就十天。

罗曼 对你有好处。

汉卡 罗曼……

她探出窗口，凑得他很近。

汉卡 我知道我一直在跟你说这话——我爱你。我是认真的，比任何时候都认真。

37.

罗曼从瓶里倒一点牛奶到锅里，隔窗看着小阿尼娅（"第七诫"里那个小女孩）在外面的院子里玩。阿尼娅把洋娃娃们放在长椅上，在和她们聊天。罗曼打开窗，想听听她的聊天内容，但隔太远什么都没听见。他站着，手里还拿着锅。电话铃响起。电话那头沉默。

罗曼 你好。

罗曼听到或他想象自己听见了对方挂掉电话。他走到窗前，用力关上窗户。

38.

罗曼把车停在店外。这个点没什么人。罗曼拿出一个购物袋，锁上车门。突然他僵住了，手还握在门把上。马里乌什穿着彩色的夹克，从店里出来，买了很多东西。罗曼没法将视线从他身上移开。马里乌什走向他那辆小菲亚特——车顶行李架上是一对滑雪板。

39.

罗曼已经换上白大褂和裤子，在走廊上和医院主任医师边走边聊天。

罗曼 我……

主任医师 怎么？

罗曼 我在想有没有可能——少给我安排几台手术。

主任医师 减少？您今天要做三台。

罗曼 我的意思是不给我安排任何手术。

主任医师 为您的小姑娘忧心忡忡了？她叫什么

名字——欧拉?

罗曼 欧拉·亚蕾克,是的——

主任医师 没人能猜到她能——

罗曼 我知道,不过我还是想少做几台手术。

主任医师 有没有想过换去做阑尾切除呢?

听到这个玩笑,罗曼一呆。

罗曼 您懂的,也许那就是答案。

40.

罗曼正心不在焉地在看纪录片,将声音调得很低。这一天里,他第N次走到电话机前,机械地拨下一个电话号码。占线。罗曼立即放下听筒——显然占线有一阵了。他把牛奶瓶放门外,回屋又拨了那个号码。出乎他意料的是,这一次听到了那边的铃声,有人拾起听筒。一个女人的声音。

女人 (画外音)您好?

罗曼 早上好——晚上好。不好意思,我一直打不通,能麻烦您让马里乌什接电话吗?

女人 (画外音)他不在,您哪位?

罗曼 一个朋友——他物理课上的。

女人 (画外音)他去滑雪了,去了扎科帕内,要留话——

41.

汉卡排在买缆车票的长队后面，队伍已经从小房子里延伸到了外面。天气晴好：白雪覆盖，艳阳高照。滑雪的人们倚在深深插入雪中的滑雪板上晒太阳。马里乌什扛着滑雪板出现在汉卡身后，他端详她一会儿——汉卡正抬起头面朝太阳。马里乌什从口袋里拿出两张预留票，用手挡住阳光。

马里乌什　9点45分的——这是你的。

汉卡起初低头看票，然后才转过身来。

汉卡　什么——你在这里干什么？

马里乌什　在你办公室，他们告诉我你去了哪里，所以我开车过来了。我不——我不相信你说——

汉卡看他一眼，表情变成前几幕里我们看到的样子。她直直地盯着前方，仿佛在看向太空。

马里乌什　汉卡——

汉卡　你等一会儿，我忘了点东西。

她把滑雪板交给他，踩着滑雪靴在冰冻的地面有点打滑，她奔向一辆出租车。

42.

汉卡仍穿着滑雪服，拨了一个长途电话。

汉卡　是医院吗？

第九诫　379

声音 （画外音）是。

汉卡 我是从扎科帕内打来的——我叫汉娜·尼奇，我丈夫在吗？

声音 （画外音）大夫打电话来说他今天不来。你能听清楚我的话吗？

汉卡 是的，我听得见。我有个讯息要留给他，非常重要。如果他再打来，能不能麻烦你告诉他我在回家的路上——赶第一班大巴或火车。哈喽？

汉卡 （画外音）听见了，好的，我会代你转达。

43.
罗曼坐在桌前，穿着外套：他刚写好一张小纸条，折了一下，塞进信封，顺手扔在桌上，走出公寓。

44.
在长途车站，汉卡迫不及待地挤到队伍前面，想赶上去华沙的大巴。她拼命往前挤。

汉卡 还有位子吗？我要——
看到她表情如此坚定，司机二话不说指着他旁边的一张空座位。

45.

罗曼上了停在公寓楼外的车。他一路往南开,开上一条标有巨大的"克拉科夫"字样的道路。下雨了,他打开雨刷,又打开收音机,找到一个电台,把声音开得震天响。车子开得飞快,收音机在轰鸣,高速公路在前方笔直延伸。汽车冲进一个弯道,没跟着弯道曲线走,而是笔直往前,冲出了高速公路,撞向一堵水泥厂的围墙。寂静。一个骑自行车的年轻人拖着一辆装行李的小拖斗,正从对面过来。他朝汽车看去,放慢速度,头发被雨淋湿了。那堵墙没有想象的厚,汽车直接撞了进去,几乎从墙的另一面穿出来。小雨透过撞破的挡风玻璃落进车里。罗曼挂在安全带上,整个人扑倒在变形的方向盘上。雨滴从他血淋淋的脸上往下淌,垂下的手指慢慢伸直。他半睁着一只眼睛,往后靠到驾驶椅背上。他万念俱灰,用手够着关掉音乐。他看到碎掉的挡风玻璃上积起了雨,张嘴喝了一滴。

天黑了,雨还在下。汉卡的大巴从停在硬路肩的警车旁经过。那个年轻人在不远处把着车。汉卡的眼睛半闭着,但即便她睁眼,隔着雨水和越来越深的夜色,也看不清那一小群人正在把那具柴油车的残骸搬到一辆大救援车上。她也没看见那个骑车的年轻人消失在黑暗里。

46.
汉卡进公寓，仍穿着滑雪服和靴子。她打开灯，屋子里空寂无人。她发现桌上的信封，伸手去取，想看看她的命运是什么。

47.
罗曼头上缠着绷带，胸前打着石膏，躺在镇上的一家医院里，隔壁的手术室很小，设备简陋。一个年轻的护士走过来，弯下身。

护士 您能听到我说话吗？

罗曼用眼睛示意他听得见。

护士 您太太不在扎科帕内的宾馆，她早上出发去华沙了。

罗曼想笑，但笑不出来。

罗曼 能不能麻烦您——打个电话去华沙？37-20-65。

电话响。仍穿着滑雪服的汉卡，预感到这个电话将证实她最坏的预感，证实一切为时已晚。她紧握双手，迟迟不敢拿起电话。

护士把电话拿过来，尽量凑到他耳边。铃声还在响，没有中断。

护士　没人接听？

罗曼完全无视她，电话那头终于接了起来，传来妻子虚弱且沙哑的声音。

汉卡　（画外音）喂？

罗曼　汉卡……

第十诫

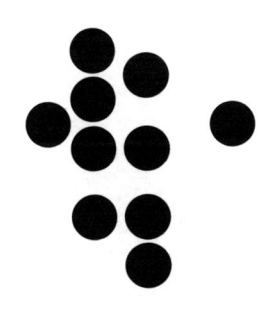

1.

早春。地上仍有积雪,太阳已经照上公寓楼周围干燥的人行道,母亲们推着婴儿车。门洞口的玻璃窗上贴了一张居民亡故的讣告。

一个一室户。几个金属柜占据了一整面墙,都用重重的挂锁锁着。房间里没有地毯、垫子或植物,只有柜子、一张大桌,窗边有张床,没有床头柜,只有一张凳子。还有一口鱼缸:又大又红的金鱼浮在水面,肚皮朝上。

2.

墓地平坦而荒凉。我们正在见证一场正式的葬礼。仪式的繁琐,抑或其机械化的流程,都无法提起我们的兴趣。一个发福的矮个男子穿着一身灰色西装,正在发言。他准备了一份讲稿，但对于发言内容已经了熟于心，没看讲稿。我们会称他为会长，并会发现这不是没有原因的。

会长　……出于高贵的热情，他牺牲了他的家庭、他的职业，甚至他的感情生活。今天，谁能说清楚他为这一热情付出了多少？只要"树根"——这是二战时他在军队的代号——发现有机会给自己的收藏增添一件重要的新藏品，便没什么能阻挡他，时间、距离和金钱对他来说都不在话下——他总能放弃一切，只为追寻自己的梦想，以及，即使在我们协会的大会上我也会毫不犹豫说出的这个词：他的欲望。

有两个男人离墓最近。一个穿着得体，典型的白领衣装，虽然他的努力得到了很多回报，但还有很长的路要走。另一个比他小几岁，则完全相反，一件绿色的军人夹克，一双高统靴，金色长发披撒在没有系紧的围巾上，目光热烈而聪慧，只是略显得心不在焉。他俩是死者的儿子，也是在场仅存的死者家属。他们在一众哀悼者中很醒目，因为他们的位置几乎就在墓的正前方，样貌也年轻许多。虽然身处这样的场合，两人并没有那种亲人猝然离世的孤苦遗子相。会长是对着他俩说话的，发言也接近结束。

会长　今天我们向这位出色的同事告别，这位十一枚国际金牌奖章得主，各大展览上的常客，我谨在此向其家人表达最深挚的悼念。如果需要，我愿给予必要的帮助和支持。我谨代表波兰集邮协会，代表他的好友和对手，以及他的家庭，也代表我个人，向他鞠躬致敬。永别了。

那些一直在不耐烦地等待演讲结束的掘墓人开始工作。悼念者则排着长队，陆续来到两个儿子面前，表达最后的哀思。

3.

阿图尔和耶日很难在面目划一的小区里找到方位。

耶日 我几年前来过，应该是七楼。我只记得这么多。

他俩站在那里，有点迷茫。阿图尔注意到前方有个门洞贴着一张讣告，兄弟俩便向这栋楼走去。

4.

有四把钥匙，三把锁和一个挂锁，兄弟俩尝试用钥匙开锁。挂锁无疑最容易，一打开，金属栓就掉了下来。其他几把钥匙他们还不太确定怎么用。

阿图尔 看，金属栓……

事实上，这扇门用一块又厚又硬的金属板加固过。他们开始试其他钥匙。

耶日 以前都是爸自己开，我看着他开过。

阿图尔发现第四把锁在门的顶端，门洞的下缘，这样第四把钥匙也就位了。钥匙看上去像一根长钉子，藏着一圈锯齿，插进锁里转动才会露出来。怪不得插不进其他锁。钥匙很轻易就滑进最上面的锁孔，锁孔小得几乎看不见，然后听到锁转动的声音：开了。还剩三把锁，不过接下来就简单多了。第一把像通常那样往左开，另一把稍有点迷惑性，往右开。第三把是弹子锁，试几下后，门把终于松动，却随即发出一阵尖利的防盗铃声。兄弟俩立马把门关上，防盗铃却仍闹个不停。有个邻居从楼上跑下来，脚上穿着拖鞋，衬衫上打着领带。

邻居 你们是谁？

耶日 他的儿子。

他们被迫说得很大声——防盗铃太吵。邻居跑进屋。小门厅里，有面小镜子挂在一颗钉子上，钉子就是防盗铃开关。铃声停了，邻居回身又堵在门口。

邻居 请出示身份证。

耶日拿出他的身份证，邻居仔细查看。

阿图尔 我一般不带身份证——我是他弟弟。

耶日 是的，他是我弟弟。

邻居将身份证照片和耶日的脸比照一番，基本吻合，姓也和他父亲吻合。

邻居 您得带着身份证。您的这张也太老了，应该去换张新的。

他递回身份证，并主动握手。

邻居 致以最深切的哀悼。

耶日 谢谢。

邻居上楼梯时又回头看了一眼。兄弟俩惊魂未定地进门。

5.

耶日 天啊！

我们熟悉这间公寓，有几个金属柜，小床上盖着条毯子，一把凳子，厨房里有台旧冰箱，玻璃罐里放着盐，卫生间上了丙烯酸油漆。兄弟俩在小公寓里走来走去，被眼前的景象惊得想吐，随后在漂着死鱼的鱼缸前站住。

耶日 饿死的，扔了吧。

他俩试图搬鱼缸，但太重了。

耶日 去拿个大勺子来。

阿图尔去厨房拿勺子过来，舀出鱼。进展还算顺利：只有一条很顽固，就是抓不到，最终还是被舀出来。

阿图尔提着滴着水的勺子去卫生间，倒进马桶，放水冲走。耶日则站在屋子中间，捂着鼻子。

耶日　这儿臭死了。

阿图尔　很臭，你说得没错。

他走到窗前，转动窗把手，纹丝不动。耶日试图去开阳台门，怎么也打不开，最后发现窗框上打了些钉子。

耶日　跟棺材一样钉得死死的。

阿图尔　为什么？

耶日　为什么要有那个防盗门铃？为什么要装挂锁？你还不了解老头子是什么样的人吗？

阿图尔　不了解。

耶日　他这里怎么透气啊？

有扇窗前装了台大空调，阿图尔过去竖耳听。

阿图尔　（英语）空调。居然还能用。

耶日看一眼空调上的温度计。

耶日　可以调节温度，还有湿度。

他们从我们刚看到的那串钥匙里找出几把，打开柜子，拨下金属栓。柜子里整整齐齐摆满了一层集邮册，另一层放着集邮工具，放大镜、镊子什么的，旁边还有从世界各地收来的目录和集邮杂志。父亲那十一枚从国际展会上赢来的金牌则放在一个特别的位置。

耶日 我们得把这些通通卖掉。你懂邮票吗?一点点?

阿图尔摇摇头,他也束手无策。

阿图尔 卖来的钱怎么处理——买个冰箱?要不买台电视机?

耶日 我已经有了。或者买个录像机,如果钱够的话。

阿图尔耸耸肩。

阿图尔 我要花掉它,一分钱不剩——管它值不值。(他做了个喝酒的手势)我想喝一杯……爸爸房子里会有酒吗?

耶日打开冰箱,找到还剩一点的伏特加。

耶日 我不喝,我有正事要做。

阿图尔把酒平分倒完,没有酒出来一滴。

阿图尔 半杯都不到——敬老头子,怎么样?

耶日举起酒杯,小心翼翼喝了一小口。阿图尔则一饮而尽,回味地点点头——蛮冰爽的。两人坐下。

阿图尔 你觉得这些值多少钱?

耶日 这年头邮票很值钱。我没概念,没准能卖二十万,甚至五十万也说不定。

他喝掉剩下的伏特加,从柜子里拿出几本集邮册,一本接一本扔到桌子上，然后开始历数父亲的罪状。

耶日　这是我们妈妈悲惨的一生，没吃过一顿好饭，裤子上还要打补丁。

阿图尔　别这样。

耶日　你知道他下葬时连件像样的西装都没有吗？我还得把自己那套贡献出来。

阿图尔随手打开集邮册，翻到一页。

阿图尔　是什么让人不惜代价去得到一样东西？你应该知道的，你喜欢物质的东西。

耶日　我？我喜欢舒适的生活，物质本身没什么意思。至于老头子，我从来都理解不了他。

阿图尔笑。

阿图尔　看上去舒适的生活真让你保养得不错，两年没见你了。

耶日　然后呢？

阿图尔　你没怎么变，西装也是同一件。

耶日　不，这件是新的，我只是喜欢这个颜色。真的有两年了吗？

阿图尔　你给我做担保人那次是一月份吧——实际上都不止两年了。我还欠你两万块，现在能还你了。你最近在忙什么？

耶日　我在利比亚待了一段时间，搞建筑工程。

你有兴趣吗？

阿图尔 倒没有。

耶日 我赚了点钱，搬进了公寓。我应该还会回去，然后买辆车。你说得没错，无聊的工作。

阿图尔饶有趣味地端详着他，没想到哥哥会流露出一丝苦涩。

阿图尔 你觉得自己老了？

耶日 没有，我该有的都有了。那有什么用？我有一个小儿子——你还记得他吗？他对这些都满不在乎，倒是逢人就说你是他叔叔，还有一张你亲笔签名的照片——这让他在班上最有面子了。

阿图尔谦虚地笑笑。

阿图尔 我以为只有小姑娘喜欢我。

耶日 小男孩也喜欢你。

阿图尔 带一张我的唱片给他吧，他会是第一个听众——是样带版的。

耶日点点头。阿图尔笑了，两人享受着彼此的陪伴。

阿图尔 就跟过去那样？怎么样？再来一杯？

耶日看眼手表，掐了下时间。

耶日 好，你去买吗？

阿图尔披上夹克，翻一下兜里有没有钱。他走出房间，又在门口转过身。

阿图尔 七点结束,怎样?然后你可以赶我走。我们晚上八点在里维埃拉酒吧有演出。

正当耶日打算查看一个角柜时,门铃响了。

耶日 进来吧!

门铃又响。耶日去开门——一个看不出年纪的男子站在那里。

耶日 有事吗?

男子礼貌地鞠躬。

男人 我叫布罗姆斯基。

耶日 有什么事?

男人 可以进来吗?

耶日让他进来。男人伸出手,汗津津的。布罗姆斯基笑,他自以为讨人喜欢的笑。

男人 您是他儿子——?

耶日 没错。

男人 我有件小事想跟您谈谈。

耶日瞅一眼阿图尔是否回来,关上门。他把男人领到屋里,布罗姆斯基对散落的集邮册表现出兴趣。

男人 要卖掉吗?

耶日 您刚才说有事要跟我谈。

男人 啊是的。我知道可能现在不是谈这事的最佳时机,但这事——

耶日　直说吧。

那个男人时不时笑笑：也许有点紧张。

男人　我是您父亲的朋友。您今天可能见过我，葬礼时我也在。

耶日　那到底什么事呢？

那个男子伸手取钱包，抽出一张纸，展开，又马上折好。

男人　说起来有点尴尬——但您父亲……您看……这是……没几天就到期了。他欠我二十二万兹罗提。

他把纸递过去，耶日看了看，确实是父亲的签名。

耶日　我不知道这事。

男人　我知道葬礼要花很多钱——

耶日　确实。

男人　如果您允许，或许我可以——从这里拿一些等价的东西回去，这样就没那么麻烦了。

他指指桌上摊开的那堆集邮册。耶日站到他和桌子中间，在欠条背面写上一个电话号码，递给布罗姆斯基。

耶日　五天后给我电话吧，我会把钱打给您。

男人　太感谢了，不然我只能去咨询律师了。请问您现在是否想脱手这批邮票？如果您需要什么建议或者需要咨询的话，我可以——

阿图尔进屋，得意洋洋地握着一个酒瓶。

男人 我明白。当然，您有您的道理，换作是我也会这么做——

一阵尴尬的沉默后，这人鞠躬告辞。

耶日 老头欠了那人二十二万。他是第一个来讨债的，就目前来说。

阿图尔把酒瓶放到桌上，看着耶日从角柜里拿出来的东西，然后走到剪报前。

耶日 他收藏了很多你的剪报。

阿图尔 我还以为他连我叫什么名字都不知道。

耶日 你看，这个冰箱还有那个带毯子的床归我，正好我小农园需要。其他的归你——怎么样？

阿图尔浏览着剪报，报纸的名字和出版日期都小心翼翼地记在每一页剪报上。耶日不确定阿图尔是否接受他关于父亲遗产的分配。

耶日 同意？

阿图尔 同意，同意。你有没有想过咱俩之间为什么会有这么大的年龄差距？

耶日 我是49年以前生的，你是56年，中间那段时间他在坐牢。

阿图尔 原来这样，我从没往这方面想过。

他打开酒瓶，均匀地倒了两杯。他有跟你提过那段经历吗？

耶日　我那时太小了，后来就再没有机会谈起。他以前在国家军，好像级别挺高。我还记得他出狱回家的那天，我们俩都晒得黑黑的，可他很苍白。妈妈一个礼拜前就开始准备饭菜给他接风洗尘。她借了桌布，给桌布上了浆，做了可口的饭菜，还借了刀叉——你知道的，真的是去镇上借的，特意为他布置的餐桌。他站到桌前看了看，说："所以，我不在的时候，你们过得跟皇宫里似的。"说完走进自己的房间，再没出来。从那之后我见过他很多次——他经常对我笑。差不多1958年里的一天，他收到一封老战友的信。他跑进厨房，把邮票从信封上分离下来，然后盯着看，很仔细地看。就这么站着，盯着看……

阿图尔　就是从那个时候开始的？

耶日　应该是，那之前他对邮票一窍不通，可打那以后他对谁都没了兴趣：妈妈，我，还有你……

阿图尔　那个桌布的故事很不错，虽然搁到现在有点过时，我或许可以写首歌。

耶日　现在时兴什么？

阿图尔　愚蠢。我记得——你有一辆自行车，蓝色的那辆。

耶日 老头子继承下来的。他弟弟战前去了美国，死在了那边。爸爸送妈妈一块手表，送我的是一辆自行车——其他的都被他花掉了。妈妈从来没告诉我他拿到了多少钱，至少好几千美元吧。我没鞋子穿，却有一辆自行车。妈妈把手表卖了买吃的，他却去买邮票，除此之外真的什么都不关心……

阿图尔举杯。

阿图尔 我都开始有点喜欢那家伙了。

耶日 谁？

阿图尔 老头。就这么不声不响地沉没在自己的世界里——没吃药，没喝酒，没吸毒……

两人一饮而尽。

耶日 谁知道那是否反而更好。

阿图尔 这房子怎么处理？登记的我名字，可我从没来住过。

耶日 这房子是归国家的。我不知道能不能动，能不能买卖——你想住过来吗？

阿图尔 一点不想。

阿图尔又往杯子里倒满酒，两人干了，耶日皱起眉头。

耶日 毒药。

阿图尔 习惯就好。再敬爸一杯。妈的，我几乎都不认识他。你只有失去时才开始喜欢。

耶日 眼下我们还有一笔二十二万元的债。

他伸手去翻离他最近的那本集邮册。

耶日 我听说有个邮票交易市场,好像在国家委员会大街的一个学校里。要不你去试试?

邮票以分组的形式排列,各组间相互空开很多。每页一枚或几枚邮票,摆放规则对门外汉来说是理解不了的。耶日把集邮册递给阿图尔。

阿图尔 你儿子玩集邮吗?

耶日 谈不上喜欢,他只喜欢有飞机图案的邮票。

阿图尔停在某页上。

阿图尔 把这个给他吧,三只气球……不,是齐柏林飞艇,一个系列的。(用德语大声念)飞向北极。他有爷爷留下的东西了。

他从玻璃纸下面拉出三枚齐柏林飞艇的三色邮票:蓝的、红的和褐色的。色彩暗淡,几乎已经褪色。

阿图尔 真棒,好像是一场比赛,1931年发行的。

6.

出租车停在一栋独立式住宅前。耶日下车,身后的阿图尔探出头来。他们没喝醉,只是因为出租车引擎动静太大,说话声音有点大。

阿图尔 这里？

耶日 就是这里。

阿图尔 很不错啊。告诉小家伙我给他带唱片来了。

耶日 他已经不小了。

阿图尔回去车里。

阿图尔 去里维埃拉。

车动了，他摇下车窗。

阿图尔 很高兴咱们又见面了。

7.

耶日站在厨房门道里。他的妻子曾经很美，但日复一日的生计让她面露憔悴。她一脸怒意地看着耶日：跟往常一样，他回家晚了，而且又没履行诺言。

耶日 对不起……

妻子没有反应。

耶日 我没空，我们明天就去。葬礼后我和阿图尔聊了聊。

妻子 明天门诊关了。

耶日 那就后天去吧，我会打电话给他们。真的很抱歉，但你知道……

妻子 我什么都没说。

耶日 没错你是没说。皮奥特！

耶日转身去儿子房间。

耶日 你还记得爷爷吗？

皮奥特 一点点。

耶日 我给你带了些爷爷的邮票——留作纪念。

耶日翻着钱包，找出那三枚齐柏林飞艇邮票。皮奥特拿过邮票后，放在练习本上，仔细观察。

皮奥特 真好看。

耶日 爷爷死了，你知道吧？今天下葬的。

小男孩看着他，眼里闪着光。耶日很惊讶。

耶日 你哭了？

皮奥特 没有，我哭过了。午饭时妈妈告诉我了。

耶日闭上眼睛。

皮奥特 爷爷去世，我很难过，你不会吗？

耶日 阿图尔要送你一张他的唱片。全新的，别人都还没有。

男孩点头。

耶日 你牙还疼吗？

皮奥特 没有，还好。

耶日 抱歉我没有……

皮奥特 妈妈很生气。她吼了一整天。

8.

一辆五彩斑斓的迷你巴士正在马尔赫莱夫斯基大道上疾驰，车身上绘着巨大的黄色英文字"城市现场"。车里坐着四个长发青年和少女，窗边的阿图尔在吃苹果，音乐器材、扬声器和电缆散落一地。

女孩　你不该吃苹果，对身体不好，会生癌。

阿图尔　你是说抽烟致癌吧。

他指着女孩嘴里叼着的烟。她摇摇头。

女孩　不是，苹果致癌。

长发司机把车停在格日博夫斯基大街，就在学校前。

司机　这儿？

阿图尔　我一小时后回来。把器材架起来，好好调一下麦克风，别出问题。

9.

这个学校是华沙最大的集邮俱乐部所在地，阿图尔背着装有集邮册的包，跟这里显然有点格格不入。他好奇地看着那些大厅四处翻看集邮册和邮票的人，留意到很多人都去找某个特别的人，把他拉到一边，向他咨询。

阿图尔把自己的集邮册递过去。

阿图尔　我想知道这些大概值多少钱，以及怎么出手。

那个专家扫了眼第一本便还给他。

  专家 您是树根的儿子？

阿图尔点点头。

  专家 这只是他收藏的一小部分。

  阿图尔 我想全部卖掉。

  专家 能不能麻烦您稍等一会儿？

他消失了。阿图尔坐在窗沿，看着四周：一群年轻人正在一个箱子里淘廉价邮票。过了一会儿，专家回来，旁边跟着会长，就是葬礼上发言的那位，穿一身灰色西装，矮胖。

  专家 会长想见您。

  会长 没记错的话，你俩是兄弟吧？

  阿图尔 是的，两兄弟。

  会长 我们能找个时间去您父亲的公寓里聊吗？

阿图尔感觉情况有点怪异。

  阿图尔 当然，如果您更想在那里见面的话。

  会长 我知道地址。

10.

公寓里的金属柜打开了，耶日和阿图尔之前从柜子里拿出来的集邮册已经换过位置。会长烦躁地来回走动，显得心绪难平。难以想象那么长的葬礼演讲他是怎么撑下来的。

会长　所以，先生们，你们是什么打算？

耶日　我们想卖掉，我们需要钱。

会长　如果没什么大秘密——能不能告诉我需要多少钱？

阿图尔刚要回答，耶日抢过话头。

耶日　我们就需要钱，您知道就行。

会长伸手取出柜子里的一个金属盒，从我们见过的那一大串钥匙里找出一把，打开金属盒。盒子——柜子里这类盒子不止一个——里面有两大本集邮册。会长翻开集邮册，随手指着其中一页给耶日。他没有犹疑——显然对这些藏品如数家珍。

会长　光这一枚就够你买一辆小波兰菲亚特，两枚可以买一辆大众。这一整本买一栋好公寓都绰绰有余。

阿图尔看着哥哥，耶日被惊得直咽口水。这是第一次有行家告诉他们关于父亲藏品的情况。

耶日　多少——值多少钱？大概？

耶日指着那些集邮册、柜子、盒子，所有的。

会长　上千万。波兰没人能一口气买下来——根本没那么多钱。你们得通过一个专业中介慢慢卖到西方市场，只有官方代理才能合法处理这事。如果走非法渠道，你们或许可以一次性卖到五千万兹罗提，但会让市场混乱好几个月。

会长说到一半停下。显然他很享受这种发言的快感，停顿只是为了确认是否达到预期效果，然后继续。

会长 你们父亲一辈子的心血都在这上头，这话我在葬礼上就说过，但我不清楚你们是否明白我的话。如果你们不相信我讲的这些藏品的价值，你们可以从另一方面想想：随便糟蹋一个人三十年的心血是罪恶的，哪怕你们不太了解这个父亲。他做这些不光是为了钱，他是因为爱。

会长的"演讲"结束，在等他们鼓掌。这个结尾很精彩，但没有掌声。会长于是又从柜子里的一个架子上取出几本书。

会长 你们有这些目录，先生们，里面有各种标价：波兰的，国外的，市场上可售的数量。不是专家也能看懂，只是需要一点时间和耐心。我真诚希望，为了纪念你们的父亲，你们应该抽出一点时间和耐心。再会。如果你们——如果你们需要帮忙，我随时欢迎。我在葬礼上说的都是真的，我是你们父亲的好朋友。好了，再见了。

会长起身离开。关门声打破了沉默。

阿图尔 真是见鬼。

耶日 是啊,太意外,太意外了。

11.

耶日一进屋子,正好看到皮奥特在关上另一个房间的门。皮奥特用手指抵了下自己的嘴唇,耶日好奇地看着他。皮奥特走到父亲跟前。

皮奥特 你去上班了吗?

耶日 今天上午?是的,上班了。我还去见了阿图尔。

耶日从公文包里取出一张崭新的"城市现场"唱片,交给皮奥特。儿子开心地看着唱片,继续说。

皮奥特 妈妈给你打电话了,她一直在找你——这会儿她睡了。

耶日 什么事?

皮奥特也不知道。

皮奥特 我刚给她盖了一条毯子。

耶日脱下外套。皮奥特站在自己的卧室门口,冲父亲招手,手上拿着那张新唱片,兴奋地发现唱片套上的献词,还有乐队所有成员的签名。

皮奥特 真是他们的亲笔签名?所有人?

耶日 是的吧。你看,阿图尔还写了几句,在这里："献给皮奥特——希望能让你高兴起来。"很棒，是吧？

从皮奥特的表情来看当然是这样。

耶日 齐柏林飞艇邮票怎么样？

皮奥特带他进卧室，桌上一堆邮票。皮奥特笑着，对自己很满意。

皮奥特 我用它们换了这些，看我换了这么多。

耶日看着这堆花花绿绿的邮票，笑容瞬间消失。

耶日 跟谁换的？

12.

圣十字大街的一家邮票行前站着几个小伙子。皮奥特坐在斯柯达车里，停在马路边，他给父亲指出其中一个戴金丝边眼镜的男孩。耶日下车。

耶日 待在里面，别动。

他向男孩走去，对方一副很拽很自以为是的样子。

耶日 我想和你谈笔交易。

男孩立马回应，俨然街头小混混的口气。

男孩 很高兴为您服务。

耶日 跟我来，别声张。

他点点头让男孩跟着他。有一扇拱门通向查茨基街角的庭院，耶日穿过拱门，让小伙子过去，然后堵住门，令他插翅难逃。小伙子开始紧张。

男孩 你这是要干嘛？

耶日走到他面前，小伙子威胁说。

男孩 小心我揍你。

可他没有动弹的空间，已被挤到了墙角。

耶日 你骗了一个小孩子。

男孩 我也得赚钱糊口。

耶日 他是我儿子。

男孩 这年头谁都有父母。

耶日猛地一把揪住男孩的鼻子，用两根手指紧紧夹住，男孩痛得哭出来。

耶日 我要拿回那套齐柏林——交出来。

男孩没吱声。耶日又扭一把他的鼻子，这下夹得更紧了。鼻子开始流血。

男孩 我卖掉了。

耶日 卖了多少钱？

男孩 四万块。

耶日 卖给谁了？

男孩没应。耶日又扭一把他的鼻子——几乎要扯下来。泪水混着鲜血从男孩脸上淌下来。他动一下头，像是要说什么，但说不出来。耶日松开手。

男孩 一家店，在公众大街。

耶日　你要是撒谎，有你好看。

小伙子痛苦地一边喘气一边摸着鼻子——鲜血从指尖渗出来。

男孩　别把我卖了。他会——他不会饶了我。

耶日　我也不会饶了你。

他抚弄着自己疼痛的手指。

13.

在公众大街的一家小店，门一开门铃就自动响起。店主喜欢把自己看成是讨女人喜欢的那种男人：戴着一条优雅的领带，手上套着一副刻有自己血型的手镯。

耶日　我有件不太愉快的事情要跟您商量。

店主　很抱歉听您这么说。

他认真听着。

耶日　圣十字大街有个孩子卖了一套邮票给您，卖了四万块，那是从我儿子手上骗走的，换给他一堆垃圾。

店主一脸惊讶。

店主　我不知道您在说什么。

耶日　是吧。

店主　可能是一场误会？

耶日 可能。

店主 这种事经常发生。

耶日 是的——如果我向您买一套德国齐柏林飞艇飞向北极的邮票，1931年发行的，我猜您会对此一无所知吧？

店主 那可以谈谈。

他从柜台下取出三枚用特殊玻璃纸包装的邮票。

店主 您说的是这套吧？

耶日 没错。

店主 这些是可以卖的。

耶日 多少钱？

店主 不贵：十九万兹罗提。一枚有点损坏，可能是最近被不专业的人弄坏的。您看，就是这里。

他指着破掉的一个角。

耶日 我要报警。

店主 您可以用我的电话，没关系。

他从高架子上取下一部电话机，机身上还贴着一张裂了个小口的锡纸标签："打电话：五兹罗提。"店主发现耶日没有再要打电话的意思，表现得很惊讶，指着写有救护车、火警和警察等紧急电话号码的那张纸。

店主 本地报警电话是977或21-89-09，您还要打吗?

耶日愣在那里,手里握着听筒,但没有拨号码:他的虚张声势被揭穿。店主从一堆收据里翻找出一张。

店主 这是那次的收据,卖给我的那个人出国了——您看,您看这里有这套邮票的描述,还提到了我刚才说的损坏情况,我付了十六万八千兹罗提。您头顶的墙上,有我邮票行的营业执照。

他指着那张执照。执照细心装裱过,上面有几个硕大的官方橡皮图章。

店主 这些珍贵的邮票也许留在国内最好,不能走私出去。我相信您也会同意,这也是爱国问题,您说是吧?

14.

耶日的妻子坐在长沙发里织东西,耶日则穿着外套走来走去。

妻子 你要出门吗?

耶日 我约了阿图尔。

耶日为他将要说的话感到不安,又徘徊了一会儿。

耶日 皮奥特,回自己房间去。

妻子 不用,待在这里。

耶日 我们买不起那些家具。

妻子 哦……能不能告诉我们为什么？

耶日 爸爸一死，需要花很多钱。

妻子 你说过我们会继承他的财产，一分钱不用花。你爸不是收藏了一些东西吗？你说过……至少你对自己说过……不是有邮票吗？

耶日 没错，是有邮票。

妻子 我听说现在邮票很值钱。

耶日 是的。

妻子继续织东西。耶日站到窗边，沉默不语。

妻子 我以为你急着出去。

耶日 是的。

妻子 那你还在等什么？快走吧。

15.

大厅里阿图尔的乐队在表演，男女粉丝们跟着节奏摇摆，阿图尔冲着麦克风嘶吼。

阿图尔 杀，杀，杀

想杀谁就杀谁

欲望和激情

堕落与腐朽

弱者的每一天

弱者的每一天

星期天打妈妈

打爸爸，打弟弟

打妹妹，那个最弱的人

偷那个最温顺的人

因为一切都是你的

耶，一切都是你的

耶日朝舞台走去，觉得自己跟现场很不搭调。他从荧光棒和人流里挤过去，凑近跟阿图尔做了个手势，阿图尔用眼神示意耶日应该在哪里等他。耶日穿过后台走进化妆间，大厅里的喧闹犹然在耳。阿图尔来了，大汗淋漓，两人一同来到外面的露台。

耶日 你会着凉的。

阿图尔做个不以为然的手势。

阿图尔 我已经着凉了。

耶日 那人打电话来要钱，我跟他约了周日见面。

阿图尔 二十二万那个？

耶日 是的，我本来留了九万给皮奥特买家具，跟他们娘儿俩说暂时买不成了。

阿图尔 嫂子怎么说？

耶日 她怀疑我外面有人，这次周日又不和他们回乡下，肯定更怀疑了。

阿图尔 要不要我去搞定那人？

耶日 那就是个鸡贼的混蛋，习惯浑水摸鱼。我们该怎么办？你手头有现金吗？

阿图尔 身无分文。你知道我，钱来得快花得也快。诶！我可以卖掉扩音器。

耶日 你不是演出要用吗？

阿图尔 演出用不着那个，这玩意儿值六万。但剩下的钱怎么办？

片刻沉默，互相看着对方。

耶日 那？

阿图尔 把邮票卖了？不知道为什么……我暂时还不想动这些邮票。

耶日 我也不想动。

耶日笑，松口气。阿图尔也笑了。露台上的寒夜，兄弟俩订下密约。

阿图尔 就让它们留在那儿吧。

阿图尔的一个乐队成员出现在阳台上。

乐队成员 嘿，到我们了。

说完就走了。

阿图尔 九万加六万，那就是十五万，还差七万。我们总能凑到的，对吧？

16.

耶日把行李箱放到他那辆斯柯达的车顶行李架上,跟皮奥特道别。妻子从屋里出来。

妻子 冰箱里已经没吃的了,我都带去乡下了。

耶日 我会买的。

妻子 别被吓到,我把所有柜子和抽屉柜都锁了,不想有人乱翻。

耶日 没人会翻。

妻子 我的化妆品也藏起来了。

他妻子说完上车,自己系上安全带,拒绝来自耶日的帮助。驶离。

17.

一辆出租车停在小区的一栋楼前。阿图尔下车,拖出一个又大又重的袋子,顺便抬头望了一眼。很晚了,楼里几乎全黑,但阿图尔注意到父亲房间里的灯还亮着。一定有人。他把大袋子放到门洞口,从公寓楼旁的灌木丛里找出一根很粗的树枝,用它做了一根又长又结实的棍子,在空中挥舞几下,便扛着大袋子消失在门洞里。

18.

阿图尔悄无声息地推开门,进门时棍子举过头顶。耶日正坐在桌边看邮票,他抬起头。

阿图尔　我以为有小偷。

他卸下袋子,耶日吃惊地看着袋子。

阿图尔　你来这里干嘛?

耶日　就看看。

阿图尔　我不明白。

耶日　昨天我也在这里。

阿图尔　几点?

耶日　午饭前。

阿图尔　我们一定正好错过,我是快中午时来的。

耶日　那我已经离开了。

阿图尔　我会时不时来这里待一会儿。

他起身把袋子里的东西倒到床上,一堆衬衫、T恤、运动鞋、袜子,还有床上用品。

耶日　你被赶出来了?

阿图尔　没有,我只是担心这里不安全——什么人都可以进来,跟你一样。得有人在这里看着。不管怎么说,这房子登记了我的名字。

耶日　有道理,这下我更放心了。

阿图尔在拆行李。

耶日　你猜我找到了什么。

他给弟弟展示一页专辑里的两枚邮票,这页是给兄弟俩的。

耶日　全波兰就这么一套，但不完整。

他给阿图尔看目录册上的整套邮票照片。

耶日　蓝的、黄的——粉色那枚丢了，你以前见过吗？

耶日又给他看一沓厚厚的做过详细记录的笔记，他发现有一页的标题是"水星1851"。

耶日　"粉红奥地利水星1851，战后被Z藏起来，K.B.R.一直在寻找，1965年著名的抢劫案中被偷，后来曾在克拉科夫出现过，在J手里。1968年，在J离开波兰之前，卖了（或曰交易了），J在丹麦被询问时说他不记得买家是谁，只知道这个买家经常去克拉科夫，是K.W.介绍给他的，K.W.已于1971年去世。来自K.B.R.的消息说，它现在波兰南方某地，有可能在MW手中吗？有可能吗？"提示：不是为了钱。半本笔记本全是这类记录，这样那样的数字……都看不太懂。我已经读了好几个小时。

阿图尔　粉红奥地利水星……跟另外两枚放一起一定很漂亮。

深夜了，兄弟俩面对面坐着，手里拿着放大镜和镊子，旁边是一堆集邮册和目录。他们交换着父亲的笔记，耶日指着一本打开的册子，里面有一页空白。

阿图尔 少了它们，感觉就不一样了。多好的名字——齐柏林。

耶日 那个小笨蛋，不过我猜他也是好意。

阿图尔 我会处理好的。

黎明时分，阿图尔在阳台上舒展下双臂。一夜无眠，他感觉冻死了。他弓身靠到阳台上，一边叫耶日出来。两人从阳台探出身子，看头顶更高的楼层，它在明亮的天光下形成一道轮廓。

阿图尔 任何人用一根绳子，只需要爬三层就能下来——不费什么功夫。

耶日 我们得装个铁栅栏。

阿图尔 一个装阳台，另一个装窗户。这两个地方老头子都钉住了，可一拳就能轻松砸开玻璃，毫不费力。

耶日 你知道吗？我觉得我其他问题都变得不重要了，它们统统消失了。

阿图尔 这感觉一定很不错。

耶日 的确，非常不错。

阿图尔 也许它们从没存在过，也许都看你怎么想：你不想要——它们就不在。

耶日　写首歌吧。

阿图尔　等我不再指示别人犯罪吧。我有主意了，我们找张邮票，价值十万的那种。要有官方报价，目录上要有。

兄弟俩回屋，开始翻目录。

19.

公众大街上的小邮票行。店主从帘子后面现身，这次领带换了，脸上挂着彬彬有礼的微笑。阿图尔瞄了眼现场是否就他们两个，他没刮胡子，头发很长，穿一身绿夹克。他把包放到柜台上，取出钱包，将一枚邮票放到店主面前。

阿图尔　我听过一些夸您的报道，您是这方面的行家。

店主　略通一二啦。

阿图尔　我前几天搞到这么件小东西，值很多钱吧？

店主跑去查目录，跟阿图尔说话时头也不抬，阿图尔知道店主其实早就查到他要查的了。

店主　您从哪里发现的？

阿图尔　家里。

店主　您自己家？

阿图尔　严格来说不算。

店主　这枚值一万五千兹罗提，我可以出三千买下。

阿图尔　五千怎么样。

店主　四千，这是被偷的。

阿图尔　好，成交。

店主从收音机后面拿出四千兹罗提。阿图尔数着钱，眼睛却一直瞄着店主，店主刚要伸手拿邮票，被他一把从柜台上夺走。

店主　您这是干什么……？

阿图尔坐到一张小椅子上，掸掉柜台上想象中的灰尘，从包里拿出一个录音机。他倒一下带子，按停。

阿图尔　要我打开吗？我们看看是否录到点什么……

店主　您想怎样？

阿图尔指着那天店主向耶日展示过的营业执照。

阿图尔　这样一张执照一定价值连城。

店主　没错。说吧，您想要什么？

阿图尔　那三枚齐柏林邮票，1931年德国发行的。我可以给您四千兹罗提，附送这盘新录音带。索尼产的。刚才录了几分钟，但一共可以录90分钟。

店主　真聪明。您一进来我就觉得哪里不对劲。

阿图尔　您应该相信自己的直觉。

店主　前些天有个家伙来找过我……

阿图尔　是我哥哥。

店主　他就没您聪明。

阿图尔　他当时什么都不知道，不了解您。

店主　您想要钱还是要邮票？

阿图尔　邮票。

店主　明白了，你俩是他的儿子……？

阿图尔　是的。

店主　我懂了。

他拿出一个金属盒，打开，盒子与父亲柜子里的那些类似。他取出包在玻璃纸里的三枚邮票，递给阿图尔，并向他投去一抹友好的微笑。

店主　我知道这是私事，但你俩打算把父亲的收藏处理掉，还是留下来？

阿图尔　我们会死守它。（英语）"to remain"，英语是这么说的。

店主又笑，开始喜欢起阿图尔。

店主　您懂邮票吗？

阿图尔　您看到了，我俩都是新手。

店主把邮票递给阿图尔，迅速拿走四千兹罗提和那盘录音带。

店主　如果我哪天有什么提议,您别见外。

阿图尔　我们是开放的。现在邮票时髦着呢。

20.

阳台和窗上都装上了铁栅栏。阿图尔已经把父亲的公寓当自己家了:我们能看到一把吉他,摊开的曲谱和设备,他自己正和一只大狗面对面坐着,将一片香肠提到它鼻子跟前。

阿图尔　右手给的不可以动。不行!

这一声吼,让凑过鼻子来的大狗立马转过头去,假装不感兴趣。阿图尔把香肠换到左手,大狗扑上来几秒钟就干掉了。阿图尔拍拍它的头——大狗显然很得意。楼梯上有脚步声。

阿图尔　谁在那?

狗竖起耳朵,发出嘶哑的低吼。阿图尔发出指令。

阿图尔　去看看!

狗瞬间出现在门口,大叫,又不时地低吼。

阿图尔　可以了,趴下!

走廊里的声音停了,狗也安静下来,回到房间里,坐到金属柜边喘着粗气,吐着大舌头,深深地望着阿图尔的眼睛。

21.

耶日绕着自己的房子走了一圈,穿过平台,打开门锁,走进与房子隔开的一个房间。他脱下外套扔在床上,随后走进儿子的房间。

耶日 阿图尔来过电话吗?

皮奥特 我没听到有电话。

耶日 妈妈发火了吗?

皮奥特 没有,她说她轻松多了。你看她给我买了什么。

皮奥特指着一对漂亮的蓝色裤子背带,开始演示怎么戴上去。

皮奥特 很棒,对吧?

耶日 很棒。功课怎么样了?

皮奥特 我俄语课成绩提高了。

耶日 提高了多少?

皮奥特 拿了最高分。数学不太好……

耶日 我可以帮你。

皮奥特 妈妈说可以给我找家教,她说你靠不上。

耶日 成,那别靠我。

他走出房间,有点沮丧。他敲敲房门,妻子在里面坐着。

耶日 我能用一下电话吗?

妻子 请便。

耶日拨号。妻子举起手,令耶日无法视而不见。他有点不明白。

耶日 怎么了?

妻子 你看,手指……

耶日 结婚戒指?结婚戒指去哪了?被你弄丢了?

妻子 我卖掉了。

耶日 为什么?

妻子 不然装修的钱哪里来?

耶日 我得过去一趟,去看看阿图尔。电话一直没人接。

妻子 对话结束。

耶日 对不起。

22.

耶日想打开父亲的房门,本以为自己知道怎么开锁了,钥匙却插不进去。门里传来狗威吓的低吼。

阿图尔 谁在那儿?

耶日 我,耶日!

阿图尔拉开门栓,狗嘴里挂着唾沫。

耶日 把这畜生弄走。

阿图尔把吼叫的狗从门口拉开,狗跑到远处继续叫着。

阿图尔 我把它关到卫生间去。

耶日 这里他妈的是怎么回事？钥匙插不进去。

阿图尔 我换锁了。有人跟我说要经常换锁，这把新的钥匙给你。

耶日 谁给你的建议？

阿图尔 一些懂这个的朋友。

耶日 那也应该提前告诉我。我都联系不上你，打了你一下午的电话。

阿图尔 出什么事了？我出去买东西了，然后遛了会儿狗。

耶日 没什么。我在图书馆待了几个小时。我们得把金鱼买回来。你知道老头子为什么养鱼吗？

他拿出那本之前在图书馆用过的笔记本。

耶日 "在一个给定的空间里，鱼是最佳空气纯度的指示器。只有当空气里不存在对印刷品、书籍、邮票等有害的物质时，它们才能长得好活得好。"我从一本捷克杂志上翻译过来的。

阿图尔 你真聪明。

卫生间里狗还在叫。

耶日 它一直这么乱叫？

阿图尔 只有被关起来才这样。我要放它出来

第十诫　427

吗？我怕它会咬你。

耶日 你得管管它，教它认识我。

阿图尔走出房间，去卫生间里拿出一根小皮带把狗栓住，小心翼翼地把它牵回来。狗缩起嘴唇，露出一排獠牙。

阿图尔 他是自己人，小子，你看。

他把皮带系在门把上，向耶日走过去，亲热地搂紧他，还把他拉近身旁亲了一下。

阿图尔 看，小子，这是耶日。他是我哥哥，是自己人。老耶日。

狗安静一点，但眼神还是很狐疑。

阿图尔 这是一只好狗……

他把皮带从门把上解下。狗没有动。

阿图尔 摸摸它，来啊……

耶日伸出手，狗立刻露出牙齿，绷紧身子。

阿图尔 它会习惯你的。留下来过夜，它就跟你熟了。我买了一张折叠床。我不喜欢合睡，跟姑娘都不行。

耶日看到阿图尔摊在桌上的曲谱。

耶日 在写歌？

阿图尔 试试看。没灵感，没法集中精神。刚才去遛狗，碰到老爸欠钱的那个人，他在附近溜达。

耶日 可我们已经还他钱了。

阿图尔 他说有朋友在这里。

耶日 狗必须带出去遛吗？就不能给他弄个沙盒？

阿图尔 这是条大狗，一天至少要出去遛一次。

耶日 也许我们得再弄一条来。一条给我，一条给你。这样它们可以轮流带出去遛。

阿图尔 也许就该这样。

电话铃响起。

阿图尔 哪位？

23.

公众大街上那间小小的邮票行里迷人的后室。店主在往小杯子里倒咖啡。因为空间太小，客人只能坐小椅子，店主则靠在窗沿。他笑着，热情地给诸位加糖。

店主 你们有没有碰巧了解过那枚粉色奥地利水星的小东西？

耶日还在为上次不愉快的见面耿耿于怀。

耶日 见过，你好像门儿清嘛。

店主 我们集邮的同行互相都认识。你知道那枚值多少钱吗？

阿图尔 我们知道波兰就这一枚。

店主 是的，而且我知道在谁手里。

第十诫

兄弟俩面面相觑，阿图尔甚至取出了嘴里一直在嚼的火柴。

阿图尔 我俩最近手头有点紧，我哥刚把车卖了，不过……

店主 这个事情上，钱不是问题。

耶日 那是什么问题？

店主 这……我得知道你有多想要它。

阿图尔 非常想要。

耶日 非常想要。

店主 依我看，先生们，我们得下次见面再具体谈这事。但要能拿到那枚邮票，你俩得先做个体检。

耶日 体检？

店主 血型、血沉降、尿检……

耶日 你这是要给我俩看病还是推销邮票？

店主 邮票是不卖的，我只知道在谁手上。你们的父亲追查这么多年都没下落，他迫切想得到它。所以，如果你们也很想要那枚邮票的话……

阿图尔 可以安排做体检，没问题。

店主 正合我意。

24.

葱郁的公园里面都是人。像是有人在肖邦雕塑那株银柳的树荫下弹琴。阿图尔用脚轻轻踩着节拍，就像我们之前看到的那样。店主则在看体检报告。耶日有点不安，阿图尔则笑着等待结果。

店主　是的，就像我之前说的，这不是钱的问题。那个有粉红奥地利水星的人住在塔尔努夫。

兄弟俩面面相觑，一切和父亲的笔记吻合：塔尔努夫在波兰南部。

耶日　那他想要什么？

店主　他想要一套邮票来交换，小的，一共两枚。现在在什切青的一位很苛刻的收藏家手上。

耶日　苛刻的收藏家？

店主　好问题。他在找一枚小邮票，很平平无奇的一枚……

阿图尔　这枚我们有，但我们的血型跟这事有什么关系？

店主　先生们，你们没有。

耶日　那谁有？

店主　凑巧，我有。

阿图尔　好吧，我们别玩游戏了。

店主　好，我直奔主题，只有你符合要求。

他指着耶日，耶日惊讶得几乎要往后倒。

阿图尔　为什么他符合？

店主 只有他的血型符合。你看，这枚邮票值一百万兹罗提。

耶日 确切来说，八十八万。

店主 没错，接近一百万。但这枚邮票是不卖的，只换不卖，而且只有找到符合条件的人才换。

耶日 所以你想要什么？血液？

店主 不是，要一颗肾。我女儿十六岁，病得很重。我不能让她一辈子做透析，一直在找合适的人选……可你父亲太老了。

阿图尔看着耶日，咧嘴笑。

阿图尔 太糟了，我的血型居然跟你女儿不匹配。

店主 是的，你的不匹配。

他又看向耶日。

25.

狗躺在柜子下方，眼神追着正在发飙的耶日。

耶日 该死的……我要为了一枚邮票割掉一个肾？

阿图尔 为了一枚1851年发行的粉红奥地利水星。但你说得没错，你有家庭，还有一个儿子。

耶日 不管怎么说，我们谈的是身体的一部分，我身上的一部分。

阿图尔 没错。但如果换做我，我一秒钟不会犹豫，我要那颗肾干嘛呢——毕竟我有两颗。我认识一个家伙，他的肾割了有二十年，完全不忌口，照样玩女人，没问题的，会有好运。

耶日 去他的。

阿图尔 那你不妨这样想：你在挽救一个女孩的生命，一个年轻的女孩。非常高尚的行为。

耶日 阿图尔……

阿图尔 我没想说服你，肾是你的。

耶日 但那也是我们的邮票。

阿图尔 坐下！

已经爬起身的狗又坐下，看着阿图尔和耶日，然后不情愿地伸开身子躺下来。它在喘气，舌头吐出来。耶日蹲在窗边的地板上，盯着狗。鱼缸里游着红色的大金鱼，耶日拿出一包鱼饵，往水里洒了一些，金鱼冲上水面抢食。

耶日 困惑、绝境……贪婪的小恶魔。你看。

阿图尔 那是它们的天性，要活命。

26.

阿图尔的乐队在体育馆大厅排练。阿图尔给出一个提示，乐器齐响。如果说这样一支乐队有指挥，担任该角色的就是阿图尔。麦克风前站着个之前没见过的年轻人，音乐行进到主唱进来的点。

阿图尔 走起！

年轻人没有接上。

阿图尔 醒醒，醒醒。

乐队重新奏起，年轻人开始唱，但缺乏自信，木木的。

年轻人 我不知道。不知道谁

但我不想从你那里得到什么

也不想获得什么回报

他们中途停了。

吉他手 不是这样唱的。

阿图尔 是错了——他会摸到门道的。

吉他手 你为啥不跟我们一起排？这场地很棒啊。

阿图尔 我唱不了。假期过了或许可以，或其他什么时候。

27.

耶日从平台走到自己的房间。门锁着，他敲一敲，随后砰砰砰，妻子出现在窗口。

妻子 怎么了？

耶日 我要进来。

一会儿,锁里发出钥匙的吱吱声。他推开一半,看到两个行李箱和一个大旅行袋,妻子站在旁边,手上拿着一张纸。

妻子 我申请离婚了,这是复印件。

她拉开门,趁耶日还在一脸错愕地读离婚申请时,已经扛起行李箱和旅行袋,扔到了屋外的平台上。

妻子 如果你想要剩下的东西,得打电话,但得在听证会之后。这些够你撑过这段时间。

她砰地关上门,声音很响,将耶日从茫然无措中拉回来。他用拳头砸门,门砸开一点——但被上了链条。

妻子 还有什么要说的?

耶日 我们得谈谈……我得决定……有关……

妻子 稍等一分钟。

她不见了,随后拿着一张小卡片回来。

妻子 这是我律师的电话,离婚判决前有什么话,就打电话给他,他会转告我。

皮奥特的脸贴着窗,试图从黑暗中看清父亲,一言不发——显然他怕母亲。

耶日 去你妈的!

28.

耶日坐在行李箱上，那只狗不再警惕他。阿图尔展开备用床，几乎把房间塞满了。

耶日 我决定了。

阿图尔笑，向耶日伸出手。耶日抓住他的手，阿图尔紧握着，兄弟式地拥抱。

阿图尔 毕竟肾有什么用呢？还能腌起来不成？

耶日 不，或许可以用来炖。

阿图尔 服务员，来一只肾脏炖菜。嘿，你真让我刮目相看。

29.

阿图尔坐在医院走廊里。天色已晚。阿图尔的眼睛追着面前经过的人，看到一名年轻护士，便站起来。

阿图尔 不好意思。

护士 您好。

阿图尔 我在等……

护士 您是……"城市现场"的主唱？

阿图尔谦虚地笑笑。

阿图尔 是我。

护士 哦天啊……

阿图尔 我哥哥在做手术，肾脏切除。

护士　手术已经做完了，一切顺利。我能——摸摸您吗？

　　阿图尔　当然，确定一切顺利吗？

护士又害羞又温柔，像眼盲一样，摸阿图尔的脸。

　　护士　一切顺利。您知道吗，您本人真的很好。您哥哥会很快醒过来，您可以等等他。我以为您会很不一样。如果您愿意，我们可以一起等。

30.

阿图尔扶着耶日下楼。耶日脸色苍白身体虚弱，但行动还算正常。阿图尔的表情有异样：显然有事情发生。

　　阿图尔　你感觉怎么样？

　　耶日　还行，没觉得什么问题，像什么都没发生过。你拿到邮票了吗？

阿图尔伸手取钱包，两人停下脚步。他取出那枚邮票，包装得很专业：一枚漂亮的粉红奥地利水星。

　　耶日　老天，就是它。你拿到多久了？

　　阿图尔　一个礼拜了。

　　耶日　为什么不给我看？我无时无刻不在想着它。

　　阿图尔　耶日，我不能。

耶日看着弟弟，注意到他的表情有点奇怪。

耶日 出什么事了？

阿图尔 你做手术的时候，我在医院里等着……耶日，我们被偷了。

耶日 什么？

阿图尔 我们被洗劫了，偷光了。

阿图尔含着泪，头耷拉到哥哥的肩上。

31.

狗躺在床上，对兄弟俩全不理睬，先前的盛气凌人也荡然无存。耶日在检查屋子，阳台上的栅栏弯了，被锯开了。玻璃窗上打了圆孔，柜子上的挂锁也被锯掉，文件散落一地。耶日盯着狗。

耶日 狗当时在干什么？

阿图尔 它被关进了卫生间。

耶日 我说过你早应该弄死它。滚蛋！

狗爬下床，两腿夹着尾巴，啪嗒啪嗒走去窗口。耶日眼睛跟着它，又看到水缸里的金鱼：肚皮翻在水面。

耶日 死了。

阿图尔 忘了跟你说了，不过现在空气怎样都无所谓了。

耶日 你他妈在医院里干什么？你以为你不在手

术就做不了了？

阿图尔低下头。

耶日 警察怎么说？

门铃响。

阿图尔 请进。

一个便衣警察走进来，年轻又健壮，跟阿图尔打个招呼，又看看耶日。

警官 你俩是……？

阿图尔 他是我哥哥，今天刚出院。

警官 您觉得怎么样？

耶日 您觉得我怎么样？您知道这些被偷的邮票值多少钱吗？

警官 我很清楚，得请你俩跟我去警局一趟。

耶日 很好。您有查过那个把狗卖给我弟弟的人吗？除了他还有谁能把狗锁进卫生间？

那条狗感觉在谈论它，便抬起头，又咕哝一声睡下。

警官 我们查过，您弄错了：这条狗是我们前同事训练的，我会把他电话给您。

他拿出一张名片，递给耶日。

警官 回到正题……您弟弟可能不太清楚……窗和阳台门的防盗铃被切断了，是从里面切断的。您知道吗？

警官拉过一把椅子，向耶日展示挂在天花板下面一个盒子里的一截金属栓。阿图尔怀疑地看着耶日。

耶日　是我装铁栅栏的时候切掉的，这样可以开窗，我以为有铁栅栏就够了。

警官　我明白了，可是您弟弟不清楚。我会和你们保持联系，你们也可以主动联系我们。

阿图尔　你没跟我说过防盗铃的事。

耶日　我忘提了，但我们一定聊到过……

阿图尔　我没印象。

阿图尔仍怀疑地看着他，耶日耸耸肩。

阿图尔　我们只剩这个了。

他从钱包里取出一枚邮票。

阿图尔　所罗门会命令我们把它撕成两半，给我们中间没有将它置于首位的那个。但那已经很久远了……

他把邮票递给耶日。

阿图尔　你拿着吧，是你的肾换来的。反正我不要了。

他起身穿上夹克。情形反转，耶日一脸疑惑地看着阿图尔。

耶日　你去哪里？

阿图尔　我晚上再过来，现在去酒吧安排演出。

耶日等他离开后，走到电话机前，拨了一个号码。

耶日 你好。是警察局吗？我有事找警官……

32.

警官来了，耶日已经在餐厅里等了好久。

警官 您想见我。

耶日 您好。

警官 我听着呢。

耶日 您看，警官，我真不知道该怎么开口……

警官 我很明白。

耶日 您可能会觉得我的想法不太地道……

警官 别担心我会怎么想。

耶日 您要喝一杯吗？

警官 不用，谢谢。

耶日 我在想您可能得查查我的弟弟。

警官没有反应，只是用心听着。

耶日 那条狗——除了他，没人能接近，可它却被锁在了卫生间里。他说我做手术时，自己一直坐在医院走廊里……

警官 他说得没错，后来他睡进了护士休息室。

耶日 我没说是他偷的——但他有那么多一起玩音乐的朋友。

第十诫　441

警官 谢谢您,您提供的信息很有用。

33.

警官走出餐厅,上了等在那里的车,开走了。警车左转进光明大街,停入大西洋影院的停车场。警官走进中央百货商场后面的咖啡吧。

34.

警官在咖啡吧里找人,然后笑了,向吧台走去,阿图尔正坐那儿。

警官 您要见我……

阿图尔 嗨,我是不是疯了?

警官 没有,为什么?

阿图尔 刚聊过好几个小时,又突然约您在咖啡馆见面……

警官 随性吧,我习惯了。

阿图尔 确实。我们聊得不少,可我脑子里一直在想一件事情——不知道怎么跟您说。

警官 要不现在说?

阿图尔 也许是我错了,事实上我也相信自己错了。我——我怀疑耶日,我哥哥可能跟这事有关。那个防盗铃——为什么他不告诉我他拆掉了呢?肾脏移植手术是他同意的，也知道自己会躺在医院里。抛开所有这些……这事也让人困惑，我把邮票给了他，这是一切的起因，可他对此甚至都没有表现出一丝高兴。

警官 您提供的信息很有用。

阿图尔 电影里都是这么说的。

警官 但说得没错，谢谢您。

35.

出了餐厅，耶日向马萨科斯卡大街走去，他看到那个差点被他扭断鼻子的戴眼镜的男孩，就在路对面。他在邮局门前迟疑片刻，走进去，里面跟往常一样忙碌。他看到了寄信的窗口，顾客和邮局工作人员之间隔着玻璃，上面用透明胶粘了一些邮票做展示。耶日慢慢上前，查看最近流通的普通波兰邮票，等着托梅克（你们或许还记得"第六诫"里那个男孩）在一堆挂号信上盖好邮戳。

耶日 最近有……发行什么新邮票吗？

托梅克 这些（他指着窗上展示的那套邮票）皇家城堡这套十兹罗提，PRON[1]套装分别是六、

---

[1] PRON是波兰"民族复兴爱国运动"（Patriotyczny Ruch Odrodzenia Narodowego）的缩写。PRON是波兰统一工人党领导的统战组织，成立于1982年，1989年11月解散。

二十五、六十兹罗提三档价位。

托梅克很有礼貌,天知道为什么?

耶日　总共是……

托梅克　一百零一。

耶日取出钱包,掏出五十兹罗提。又翻遍口袋找到些零钱,小心地数着硬币。身边有人走过,他抬头看见阿图尔在他身前站下,眼睛盯着同一套邮票,一会儿他转过头来,兄弟俩四目相对,惊讶又矜持。

耶日　我没想到你也会来。

阿图尔　我也没想到,你来买邮票?

耶日　我还差三十五块。

阿图尔翻口袋,搜出一些零钱,数了数。

阿图尔　给你,四十。

他把口袋里所有的钱都给了耶日。